Yao Ming Kan

真の人間になる　下

甘《カン》耀《ヤオ》明《ミン》

白水紀子［訳］

白水社
EXLIBRIS

真の人間になる

下

Sponsored by Ministry of Culture, ROC（Taiwan）

真の人間になる　下　目次

装画
ゴトーヒナコ

装丁
緒方修一

第三章

爆撃機、月鏡湖、鹿王、そして豹の瞳の中のハルムト

結局、ハルムトは捜索隊に加わり、米軍機の遭難現場に向かうことになった。

早朝の薄霧の中を、戒茂斯《ハイムス》部落に結集した捜索隊は、登山口から入山した。日光はまだ森の低いところまで届いておらず、シュウカイドウとツツジの葉の水滴が脛《すね》を濡らし、垂れ下がったフジのつるがふいにリュックにひっかかる。みんなはおしゃべりに興じ、話のタネは米軍機の墜落、第二次世界大戦の終結、原子爆弾のことにとどまっていたが、そのおしゃべりも隊列とともに徐々に間延びしていき、ヤブドリの甲高い鳴き声だけになった。二時間後、案内役のハルムトはハアハアいう喘ぎが聞こえてきたので、振り向いて見ると城戸《きど》所長がしきりに息継ぎをし、最後尾の藤田憲兵はクスノキに寄りかかって水を飲んでいる。太くて大きなクスノキはサルゲントカズラに巻きつかれて窪みができ、おどろおどろしい姿をしている。百年前から続いているこのブヌン族の狩りの道はサルゲントカズラのように捜索隊員の足を引っ張り、行程は始まったばかりなのに、脚はもうよろよろで、今にも彼らの汗を絞り取ってしまいそうだ。

「もうすぐ着くんだろ?」藤田憲兵が訊いた。

「歩きはじめたばかりなのに、これでもう八回目だぞ」。そう言ったのは三平《みひら》隊長だ。総督府支庁の憲兵分隊の副分隊長で、今回の捜索隊の隊長という大役を仰せつかっている。「これ以降、お前に分別があるなら二度とそのことは聞くな」と彼は言った。

「もうすぐです、もうちょっとがんばってください」。ハルムトが言った。

「もうちょっとしたら、俺がムササビを捕まえてその肝を食べさせてあげます、きっと元気にぴょんぴょん跳ねまわれること請け合いです、それにきっと……」話しているのはナブだ。ハルムトの従兄で、彼も捜索隊に加わっている。

「どうなる？」

「飛ぶんだよ」。ディアンが笑って言った。彼もまたブヌンの猟師だ。

三平隊長は煙草に火をつけて吸ってから、手の甲のイナゴを焼き落とし、また一服して、藤田憲兵の首のイナゴも焼き落とした。イナゴは落下したあと縮こまり、それを藤田憲兵が荒っぽく踏みつぶした。脚絆を巻いていればイナゴの襲撃を防げるはずなのに、まさか腰から上も攻撃されるとは思ってもいなかったので驚いている。ハルムトの見るところ、三平隊長はあまり話をせず、呼吸は非常に深く、煙草を吸うリズムと同じで、これが彼の風格になっている。森林を眺めるときも穏やかな息づかいで、しっとりした緑の森林が彼の眼の中であふれかえりそうだ。ハルムトは彼が植物と対話をしているのかと思っていたが、なんと目はうつろだった――というのも、あるとき彼のすぐ前の木の幹に細長い足のゲジゲジがいたのに、ひたすら煙草を吸うばかりで心ここにあらずという様子だったからだ。反対に藤田憲兵が突進してきて、そのおぞましい虫を叩き殺した。藤田憲兵は靴の裏で昆虫とあいさつを交わすのを心得ている。

「もうすぐ……」藤田憲兵の背中は汗の洪水が発生してぐっしょり濡れている。彼は三平隊長が咳で警告を発したのを耳にして、言い直した。「もうすぐどこに着く?」

「お前、また訊いたな、何度も何度も人の秘密を訊くみたいに」。三平隊長は言った。

「こうやって訊くのは風邪の咳と同じで、とにかく我慢できないのです」

「これっぽっちの病気に耐えられなくて、あとでもっと大きな試練が来たときどうする? 黙って進め、何度も訊くな」

「着きました。においがします」。ハルムトが口をはさんだ。

空気中には清涼感のあるにおいがしていたが、このときさらに淡い香りも混ざりはじめた。枝の生い茂る一本のコルククヌギが、立ってハルムトを待っているのが見える。数え切れない歳月がすでに過ぎていたが、それはまだ待ち続けていた。この木は彼の名前を持って生きており、彼は木の名前を持って道を歩いている〔ハルムトはブヌン語でコルククヌギの意〕。木はそよ風の中で揺れ、明るい太陽の下で葉をきらきら光らせているが、深い霧の中に長時間たたずんでいても、豪雨の中で待っていても、ハルムトがいつ帰ってこようと美しい再会になる。コルククヌギはブヌンの服を着ている。ハルムトの古着だ。彼はなんだか自分自身が長い間ここで待っていたような恍惚とした気分にさせられた。ガガランが毎年春になると木に着せて、その木を友人のように扱っているのだ。以前ここに来たとき、いっしょにいたガガランがこう言ったのをまだ覚えている、もう一人のハルムトがここでお前を待っているのだよ、さすって、抱きしめてやりなさいと。何年も帰っていない彼が、今、木に近づいて見ると、樹皮は前と同じように分厚くて柔らかい。溝の模様は深く刻まれ、敏感な手の甲で擦ってみると、それはまるで巨大でおとなしい、ふさふさした毛におおわれた生き物のように彼に甘えてきた。すると、言いようのない感覚が手の甲から広がり、神経を伝って、彼の脳の一番奥で突然何かに突き当たった。

「どこに着いた？」藤田憲兵が訊いた。

「旧部落です。ここが呼びかけの儀式をする鍵となる場所です」。ハルムトは木が着ている服のポケットからクヌギのドングリを取り出した。それは去年の取り残しだ。

コルククヌギの実は特別で、殻斗《かくと》には細長いカールした糸が付いており、四方を激しい炎で照らす小さな太陽のようだ。それで秋に実が落ちると、燃え盛る炎で位置を教えて、賢い鳥類やネズミなどの齧歯《げっし》類に真っ先にそれを与え、食べ残しは落葉といっしょに大地に戻すのだ。

山頂を越えると、何軒かおんぼろの古い家屋が見えた。家屋は大自然に還元されて、落葉と雑草が家の訪問客になっている。板石の壁には苔の生えた水鹿《スイロク》の頭骨が掛かり、裏庭のクルミの木は成長して客間まで枝葉を伸ばしている。室内の床下にはまだガガランのへその緒が埋められており、そこには祖先も埋葬されている。用済みになった家屋の邪魔をするのはよくないので、彼らは付近に小屋を建てて、栗を植えていた。栗は春に枝を剪定して余計な枝を切り落とし、夏に新しい芽を摘み取り、秋に実をつけると、先端に鉤《かぎ》をつけた長い竿で引っかけて落としたあと、厚底の靴で表面にトゲがいっぱい生えている殻斗を踏み割り、ヤットコで中の実を取りだす。栗の経済価値は高く、羊羹《ようかん》や菓子の材料になった。

長い間、警察は彼らが植物の栽培をするのは許可していたので、ガガランはハルムトを連れて耕作のためにここに来ていた。農繁期が終わると、祖父と孫は静かに腰をかけて、代代伝承されてきた三石《さんせき》かまどの石を立て直し、山林の吟詠に耳を傾けた。そこに一時間ほどいて、クルミの木の影が家屋に入りこみ、草や苔が生えた廃屋がさらさらと音を立てて、穏やかで静かな時間が流れていくのを見ていると、ガガランはどうしても気持ちを吐き出さずにいられなくなる。ずいぶん昔に彼が多肥《たひ》皂樹《そうじゅ》渓に首狩りに行ったことへの懲罰として、監視のために、戒茂斯《ハイムス》部落から霧鹿《ブル》部落に移住させられたことについてだ。しかし戒茂斯部落の古い家屋には、客間の石板の下で座葬している祖先たちが今も変わらず生きていて、木の葉が転げまわる音で話をしている。片岩の石板の壁は日光の下で特有のしっとりとした光を放っている。それは祖霊が涙を流しているのではないのか？ ガガランが先に涙を流して言った。「わしの心（isang）は昔の部落（mai-asang）に深く埋まっている」。ハルムトは冷ややかに聞いていた。彼は昔の部落になんの感慨もなく、こんなに険しい山の中では野球ができない、今は山の下に住んでいてよかったと思うのだった。

今、再び昔の家に帰ってきたハルムトは、神と祖先を祭る祭告《さいこく》〔神や祖先を祭って報告をする儀式〕を行っていた。使っていた土地や住んでいた部落を再訪したときは、祭祀を行って挨拶をしなければならない。酒の代わりにコルククヌギを家の前の石板に置いた。ナブ、ディアンも敬虔に行った。三平隊長は手の中で遊んでいた二個の木の実を、指の間で数回ぐるぐる回してから、ポケットにしまった。彼はこの比較的大きなドングリが気に入っている。城戸所長は誠実に自分のドングリを供えた。彼は霧鹿部落に十六年滞在しているので、経験が彼にこう告げていた、何も信じないけれども、とにかくブヌン人が信じている通りにやろうと。彼が置いた木の実は石板の上でちょっと揺れ、どうやら神の承諾を得たようだった。旧部落を離れる際に、一匹のリスが木のこずえから這いおりて、お供え物をくわえて行くのがちらりと見えた。ドングリは食べられたかもしれない。いちばんいいのは森林のどこかに運ばれて埋められることだ。芽が出て森林の一員となり、懸命に太陽の光と雨水を集めるだろう、ハルムトと再び出会うことだけを願って。

清らかな松林の中に、褐色の松葉が道をつくっている。陽光が降り注ぎ、光と影が揺れ動いて、イノモトソウの下に生えているルリソウが紫の花を咲かせている。あたり一面に芳香が漂い、三平隊長が深呼吸をして、ポケットの中のコルククヌギのドングリを地面に捨てた。このおもちゃはもう持っていたくないらしい。後ろから来たハルムトが拾って、自分のポケットに入れた。この辺りの松林はドングリの発芽には適していないので、ここで死ぬことになる。彼はそれを小百歩蛇渓《しょうひゃっぽだ》の支流に置いて、水を飲みにくる動物をねぎらう褒美にしようと思った。水鹿に食べられたドングリは幸せだ、ルリカケスもよい美食家だ。木の実はそこで、死ぬ前までずっと小川の歌を聞き続けることができるのだから。

藤田憲兵はハルムトがドングリを拾ったのを見て、ふと思いついて言った。「もし今回、俺たちが救援に行って、宝石を拾ったら、アメリカ人に返さなければならないのですか?」

「当然返すべきだ」。城戸所長は言った。

「でももし宝石が我々の物だったとしたら?」

「どういうことだ?」

「アメリカが勝ったのは、我が方の兵士や住民の財宝を収奪して、国に送ったからに決まっています。彼らはあんなに大金をつぎ込んで飛行機と戦艦をつくったから、間違いなく金《カネ》が不足した、だから我々のところで悪だくみを働いたのです」

「そうかもしれんな。我々も戦時中は金《きん》を差し出した、たとえば私自身も結婚したときのちょっとした金の装飾品を献納したし、鉄釘や窓の格子の金属類でさえ、みんな供出して船や飛行機をつくったからな」

「俺も佩刀《はいとう》を強制的に寄付させられました、でも俺の刀は銃弾になったら、よく飛んで結構活躍するんじゃないかな」。ナブが笑い出した。

「お前の刀で作った銃弾には問題があるぞ」。ディアンが笑いこけている。「敵の前で兵士がこの銃弾を発射したら、銃弾はカーブしてイノシシにあたって、万を超える銃弾が巣から飛び出したハチみたいにイノシシを攻撃するだろうよ」

「そんなばかな。俺の刀で銃弾は数個しか作れない、どこにそんなにたくさんあるんだ」

「お前の刀は『イノシシばかり攻める』悪い癖がある。溶かして鋼鉄にするとき、この癖が溶鉱炉の鋼鉄ぜんぶにうつった、だからすべての銃弾が変な病気にかかったのさ」

みんなが笑っているとき、眉をしかめていた城戸所長が振り向いて三平隊長に訊いた。「もし墜落した米軍の飛行機に貴重な宝石が積まれていたら、我々はまず総督府に上申する。あなたはどう思う？」

「その決定は正しい、賛成ですな」。三平隊長がうなずいた。

「二つ記録を残し、一つは総督府のために記録する、それは詳しく詳細なものだ。もう一つはアメリカのために記録する。私がこうするのをみんな了解してほしい。やはり、我々はアメリカをあまり信用していない」。城戸所長は振り返って、藤田憲兵に言った。「とはいえ、君はなかなか細かいところに気が回るな、米軍機が宝石を運んでいるかもしれないとよく思いついたな」

「おや、皆さんはボースのことを思い出さなかったのですか?」

チャンドラ・ボース（Netaji Subhas Chandra Bose）のことは、みんな知っていた。ボースはインド独立運動の過激派で、インドが英国の植民から早期離脱するために、自らドイツのヒットラーとソ連のスターリンに支援を求めたが、同意を得られなかった。一九四一年、日本軍はシンガポールに侵攻すると、ボースを支援して、臨時政府を打ち立て、ボースが「インド国民軍」の最高司令官に就任した。第二次世界大戦終結後、ボースは彼の建国の道を継続させるため、民衆が贈った宝石と貴金属を持ってソ連に連携を求めようとしたが、台北で飛行機に乗り換えたときに墜落した。ハルムトは飛行機が墜落したニュースを覚えている。それは天皇が終戦を宣言して間もなくのころだ。死亡のニュースが新聞に載り、記事にはムスリムの帽子ソンコッ（songkok）をかぶり、サングラスをかけたボースの写真が添えられていて、見出しは「独立の雄図空し」とあった。建国の夢は砕け、流れ星が寂寞の夜空に消えるように、ただ徒に無限の漆黒を残した。

「インド人は面白くなかったに違いない。我々が敗戦したとき、ついでにボースを謀殺したと思っている。だが飛行機は台北の飛行場で事故が起きたのだし、死んだのはボース一人ではなかった。同機に随行していた者の中には我々ビルマ方面の参謀長の四手井《しでい》中将もいたのだがね」。城戸所長が言った。

「そこなんです、恐ろしいことにインド人は我々が計画を完成させるために、四手井中将の命まで差し出して、完璧な犠牲劇を演出したと思っているのです。インド人は許さないでしょう、我々の友情にとっては泣きっ面にハチです。彼らがこの件を調べに駆けつけてきても、いかんせんボースはすでに灰になっていて、我々のために話をすることができない」

「宝石のことは本当ですか？　うわさでは台北第一高女*の学生を集めて回収しに行ったそうですが」とハルムトが尋ねた。この噂は盛んに取りざたされていて、花蓮の人まで知っている。

「本当だと思うな」。憲兵の藤田が言った。「俺の友だちが台北で憲兵をしているのだが、それによると、飛行機の墜落事故が発生したあと、急いで負傷者を病院に運んで、同時にあたりを封鎖して、如何なる者の侵入も禁じたそうだ。そのあと二百名の第一高女の学生を呼んできて、横に一列に並んで、墜落区域を歩かせて、宝石類を拾わせたんだそうだ。ところでなぜ第一高女に手伝いを頼んだのかわかるか？」

「もったいぶらないで、早く教えてください」

「墜落現場にかなりの宝石類があったから、総督府でさえ心配したのさ。もし数が減ったりしてみろ、インド人は我々が財物目当てに命をねらったと非難するだろう。それで名門校の女学生に拾いにきてもらったのだ、彼女たちは分別があるからね」

「それはありえますね」

＊　原注：現在の「北一女」の前身、台北第一高等女学校。

「米国の爆撃機は台北をさんざんな目に遭わせて、死者も多数出た。とりわけ第一高女は爆撃危険地域である総督府の傍にあるから、その余波を受けて、校長がパトロール中に爆死している。少女たちは戦火の中に生きて、それまでにもたくさんの死傷者を見ていただろうに、噂ではある少女は現場に入ったあと、墜落機に押しつぶされた人間の肉塊を見て、事後に狂ってしまったそうだ。かわいそうに、ちゃんとした、汚れのない少女が一人、いなくなってしまった」

話題がここに及んだとき、ハルムトは隊列から外れ、頭を低く垂れて、自分の地下足袋を見つめた。その少女のために悲しんでいるのではない。少女が狂ったというのは噂話にすぎないだろう。戦火はたくさんの幻の物語を生みだし、どれもとてもリアリティがある。彼は言葉にできない気持ちのせいで鬱々とした。何かにきつく塞がれて、呼吸が乱れ、激しい痛みをもたらす情緒の釣り針が、喉につかえている気がするのだ。呑み込むことができないし、吐き出すのはもっとできない。何事もなかったようにみんなの話に加わることができなかった。

城戸所長が振り向いて、ハルムトに大丈夫かと声をかけた。彼は隊列に後れをとっている。みんなも振り返って、彼がしょんぼりした顔をしているのを見た。このとき、渓流がハルムトを救った。小百歩蛇渓の源流が前方に現れたのだ。水は澄みきり、大きな石と倒木の間で上に下に奔流して、永遠の嗚咽と礼賛の声を発し、聴く者の気持ちを細やかに推し量ってくれる。ハルムトはしゃがんで水を飲んだ。液体の雲の詩情が喉を通過する。広大な深山も混ざっている。気分が少し晴れたハルムトは、みんなに携帯している容器に水を満タンに汲むように、腹の中もそうしておくように言った。さもないと、次に水を見るのは小便をしているときだからだ。藤田憲兵が「さらに上に行くと水がないということか？」と尋ねた。ハルムトはあると言った。彼らが通過する予定の月鏡湖《げっきょうこ》には昔、二個目の太陽が月に変わったというブヌン族の伝説があり、そこの水は飲み尽くせないほどあるが、一風変わった味がする、絶対に月の味だ。

「月の味？」藤田憲兵が尋ねた。

「月の味は神秘的で、飲んだあと、美味しいと言わなくてはいけません、そうしないと月の鏡は喜ばないんです」とナブが言った。

「とてもうまいですよ、飲んだ人はうまいと言います」とディアンが補足した。

「僕は、藤田さんはあまり好きじゃないかもしれないと思って」。ハルムトはこう言いながらすこし平坦な草地に到着した。野営地だ。「月の味は、完成していない詩に似ています」

「そう言われると、今回の捜索に力がわいてくるというものだ。我々の頭の中にはずっと墜落した飛行機ばかり詰まっているのかと思っていたよ」。城戸所長は野営地の地面をちょっと踏みつけた。固すぎることはない。「今晩はここで寝よう。一生懸命に詩の味を想像しようじゃないか。もしよければ、あとで私がいくつか俳句を朗読してみんなに披露しましょう」

「先に我々に一句聞かせてくれるほうがありがたいですな、疲労回復になります」と三平隊長が言った。

「三平隊長がそうおっしゃるなら、仰せに従いまして、お慰みにひとつ」。城戸所長は背嚢《はいのう》を下ろすと、深呼吸をして念じた。

　　山蟬も

霧の如く嘆《たん》
山桜＊

聞くと、みんなはしんとなり、意味がわからずに困っている。ハルムトは意味がわかった。平凡な句で、人生についての禅の心を述べている。藤田憲兵は脚絆と地下足袋を脱いで、汗臭いにおいを漂わせ、足の裏にできたマメを針で刺して破りながら、このつかみどころのない詩はあまりわからないと言った。ナブとディアンは首を振った。彼らの日本語は会話程度にしか使えない。三平隊長はうなずいて、この句は城戸所長の傑作に違いないのに、他人の作だと謙遜しているのではないかと、しきりに言っている。

城戸所長は笑っている。彼は四十歳余りで、顔のほうれい線は笑顔の下に何やら怪しい考えを隠しているように見える。「これは女性詩人が作ったものだ、名前は忘れたが、新聞に載った写真は見たことがある。もしこの女性詩人が大正時代の国民的美女の柳原白蓮《やなぎわらびゃくれん》に似ていると言ったりしたら、おそらくみんなは信じないだろうが、しかし気質はとてもよく似ているんだ。その女性詩人は色白で、小作りで整った鼻と富士額《ふじびたい》と、利発な心を持っている。どうか想像力を発揮して、想像してみてください、柳原白蓮が和服を着て、木の下駄を履き、道を歩いている。彼女は春風に耐えられずに、なまめかしく恥じらい、しとやかにしゃがんで花びらを拾う。彼女の気立てに、蟬でさえ嘆声を上げる」と城戸所長は言った。

「なんとそういうことだったのですね！　俺はこの詩は狩りの方法を語っているのかと思ってました。蟬の鳴き声が止んだら注意せよ、イノシシが来るぞって」。ナブはブヌン刀を持って、松のつかせようぜ！」

柴を刈りに行った。そしてディアンに言った。「松の木に目にもの見せて、奴らに恐怖のため息を

「俺はわかりましたよ」と藤田憲兵が言った。

「どうやらわかったようだね」

「なんとそういうことでしたか。三平隊長の言う通りだとすれば、この詩は所長が書いたものだけど、柳原白蓮のような美人のイメージを借りて、俺たちに詩心をわからせようとしたんですね」

「これは本当に私が書いたのではありませんよ。そうまで言われては、次につたないものをお目にかけるしかなさそうだな。私が書いた俳句をお見せして、私の詩風と、その女性詩人との差を理解してもらいましょう。みんなは俳句の情景がわからないかもしれないので、先に説明しておくと、その句は秋の蟬を詠んだもので、蟬は鳴き声でしきりに礼賛していて、おおいに大正ロマン時代の広大さと奥深さも秘めています」と城戸所長は言った。

「どんなに奥深い蟬の鳴き声だって、俺たちは耐えられますよ」

みんなは作業の手を止めた。ハルムトはしばらくテントのロープや釘を固定する手を止め、三平隊長は煙草を吸うのを止め、ナブとディアンは振り返って見た。

城戸所長はちょうど掘っていたテントの排水溝に銃剣を挿し、満面の笑顔で、天を仰ぎ、秋の蟬

＊ 何もない山の松林で、霧が桜の花びらをそっとなでるだけで、セミでさえその美しさに圧倒されてため息をつく。

の声を長く伸ばして唸った。
ジジジジジ
ジジジジジジジ
ジジジジジ……
みんなは堪えきれなくなった。静寂に我慢できなくなると、笑い声が爆発した。噴き出た唾は、まるで木にとまっているぜんぶの蟬が、驚いて飛び立つ際に、尿を引っかけていったみたいだ。みんなは自分の仕事に取り掛かり、もうおしゃべりはしなくなったが、なんども脇腹が痛くなるくらい大笑いしている。この詩は笑い病となり、その後数日のあいだ、誰かが突然笑い出したりすれば、それはきっとそのウイルスのせいなのだった。

遥か遠い昔、太陽は二つあった。一つが山の谷間に落ちると、もう一つが丘から這い上がってくる。世界は昼と夜の区別がなくなり、ますます暑くなった。一組の夫婦が野良仕事をしているあいだ、赤子を木の下に置いていたところ、思いもかけず赤ん坊は日に当たりすぎて死んでしまい、縮こまって乾いたサソリになった。
父親は大いに腹を立て、上の息子を連れて、敵を討ちに行く決心をした。上の息子はまだ幼く、歩き続けるには、やはり父親に背負ってもらわなければならなかった。彼らは十数年歩いて、無数の山脈を越えた。息子は成長し、父親は徐々に老いていった。しかし道のりに終止のときはなく、恨みと怒りはいつまでも続いた。父親はしょっちゅう胸ポケットから干からびたサソリを取り出しては、日の当たる手のひらの上にのせて、恨みや痛みが消える日はそう遠くないのだと念押しした。息子はますますわからなくなった。わからないのは、なぜ恨みは三十数年かけてもまだ消えないのかということだ。何度も勇気を振り絞って父親に訊いてみた、自分は家に帰りたいのだと。そしてあるとき父親からビンタをされてからは、もう訊くもんかと腹を立て、Uターンして家の方に向かった。しかし途中で引き返して、父親の孤独な後ろ姿に黙々とついていった。父親が転び、地面で長いこともがいて起きあがれないのが見えた。父親はひどく怒って、ブヌン刀でさえ握れなくなったと怒鳴っている。遠くで見ていた息子は、自分の辛酸、悲しみ、愛憎はまさに父親の後ろ姿なのだと見て取った。近づいていって、父親を助け起こし、父親といっしょに歩いた。その後ますます多くの年月を経て、さらに父親を背負ってさえも復讐の道を歩き続けた。息子に恨みはない、ただ父親が恨みを晴らすのを手助けしているだけだ。

　ついにその日が来た。父子二人は世界の果てにたどり着き、太陽が稜線に触れたあと、非常に明るい光の輪をかぶった太陽人に変わり、谷を下っていくのが見えた。太陽人はとても明るく、すれ違った樹木は暑くて巻き上がり、どれもワラビに変わった。ひどくまぶしいので、二人はそいつをはっきり見ることができず、あやうくチャンスを見逃しそうになった。とうとう復讐の機会が巡ってきた。父親は駆けていって太陽人に抱きつき、そのすきに太陽人を射殺するよう息子に命令した。息子は知っていた、彼らが一生奮闘してきた目標はこの時なのだということを。だがもし太陽人を殺せば、父親も死んでしまうかもしれない、なぜなら父親の生きるエネルギーはまさに恨みだったからだ。そこで息子は弓を一つだけ放って、太陽人の右目を射抜いた。太陽人は痛くて雄叫びをあげ、光の威力が弱まり、現れた本当の姿はなんと発光している熊だった。怒り狂った熊は手で父親を押さえつけ、もう片方の手で息子をなぎ倒して足を押さえつけた。息子は穏やかな表情をして抵抗もせず、微笑を浮かべて熊を見ている。これで冷静になった熊は、その理由を尋ねた。熊はとても感動して、父子を許してやった。

それからさらに長い月日が経ち、息子は片方の足を引きずって部落に戻った。老いて弱々しい老人になり、右足は灼熱の熊の手で押さえつけられたせいで、曲がってワラビのようになっていた。部落の者は彼を嘲笑した。汚れて落ちぶれ、脚に障害があり、褌《ふんどし》の前垂れでさえぼろぼろだと言って。老人は言った、自分は一生をかけて太陽熊を射抜き、世界を救ったので、こんな姿になったのだと。部落の者は彼のたわごとを信じなかった。老人はまた言った、光を放つ熊は弓に射抜かれて傷を負ったあと、血は空まで飛び散って星になり、こぼれ落ちた目玉は丘の上で涙の湖に変わった。それで熊はその湖面を鏡にして自分の傷口が回復する様子を知ることができた。部落の者はやはり彼のたわごとを信じなかった。

「これはわしの弟だ、名前はhalus（シオノキ）と言う」。老人は胸ポケットから白い塩の顆粒を数粒取り出して、こう言った。「もとは干からびたサソリだった。わしの親父の干からびた涙に触れて塩に変わり、太陽人はそれを種に変えた。種は土の中で生き返ることができる」

「嘘つけ」。みんなが言った。

「これはわしの親父だ」。老人が胸ポケットから黒い聖鳥ハイビスを取り出して、「親父は太陽に長く抑えつけられて黒焦げになった」

「ありえない」。みんなは言った。

聖鳥ハイビスは怒った。話すことはできなくとも、息子が英雄であることは証明できる。聖鳥は羽をばたつかせて、空へ向かって飛び立ち、ますます高く飛んで、空から熱々の星をくわえて降りてきた。くちばしが真っ赤に焼けるのに耐えたのは、まさに何かを証明したいと思ったからだ。聖鳥が下降するとき、くちばしに灼熱の光をくわえていたので、誰もが信じた。

しかし老人は死んだ。聖鳥ハイビスが空を飛んだとき、彼はそれが天使になったと思い、安心して死んでいったのだ。聖鳥ハイビスはひどく悲しんで、一日中猫のような悲鳴をあげて嘆き悲しんだ。永遠に息子を失ってしまった。聖鳥は鳴き続け、息子を誇りに思った……

捜索隊は森林を出て、高山の草原に入った。二日目の正午のことだ。気温が下がり、強風が霧の波をうねらせて地面から数十メートルのところで激しく沸き返っている。ハルムトが背嚢にぶら下げているクルミの飾り物が音を立てて、風の力をさらに際立たせた。三平隊長ら数人の平地から来た人は、高山の気候に慣れていない。昨日はよく眠れず、冷たい氷のまな板の上に寝ているみたいで、そのうえ睡眠はテントの外でうなり声を上げる風に切り刻まれて断続的になった。頭痛がして、朝食のご飯と味噌汁を食べても味がしなかった。

「頭がひどく痛い」。藤田憲兵が言った。「ご飯粒が頭に引っ掛かっているみたいだ」

「それにますます息が切れるようになった。どうやら、この木とか、動物とか、こうして元気に生きていられるのは、奴らが呼吸しなくていいからじゃないかって思えてくる」。三平隊長が話を継いだ。そして何かで首をこすって、気つけをしてから言った。「俺は近ごろ、〝かっさ〟は人の血中の酸素量を増やすことができると信じているんだ、ハルムト、俺を擦ってくれないか」

ここはすでに標高三千メートルに達していて、稜線はだだっ広く、寒風が吹きつけ、数人に高山病の症状が出ていた。藤田憲兵は朝飯を嘔吐し、口元に唾液がたまっている。彼の休憩時間はどんどん長くなり、その上歩く速度がますますのろくなってきた。一匹の水鹿が視界のいちばん端に立ち、人間の嘔吐物を食べながら、しきりに短い鳴き声をあげている。夢の中でしか見られない窪んだ湿地の情景は、あたかも人間の弱さを嘲笑しているかのようだ。ハルムトの顔の産毛じゅうに露の水滴がついていて、細い霧の流れがうなるような音を立てている。彼は顔を上げて水鹿が霧の中のビャクシンの下に立っているのを凝視した。ビャクシンの樹齢は二百年余りで、年老いたその姿はたくましく、枝は長い年月の風雪の圧迫に耐えて横へ大きく伸びている。ビャクシンは月鏡湖へ通じる道標であり、それを見ると目標が遠くないことがわかる。高山の草原にはほとんどはっきりした道がなく、霧の中でもし道に迷って低体温になれば、結末は途中で目にした骨だけになった水鹿の死骸のようになるだろう。

その水鹿の骨は、年齢はわからないが、骨瓷《ボーンチャイナ》のように真っ白でつやがあった。死は優しく友好的で、永遠に美しいとでも言いたげで、無味乾燥な草原の中に人がしばし立ち止まる美しい場所を提供している。みんなはちょっと立ち止まって褒め称えた。三平隊長は水鹿の骨板を一つ拾い上げて、ハルムトにそれで首を擦ってくれと言った。皮膚を充血させてひりひりさせると、毛細血管が破れて青あざができる。〝かっさ〟は体の調子が悪いときの漢人の治療法で、解毒、解熱、覚醒、邪気を取り除くのに効果がある。三平隊長はもともと民間療法を信じないほうだったが、台湾で試してみてからはすっかりはまっている。

月鏡湖に近づいた。思い出がぎっしり詰まった湖に近づくにつれ、ハルムトは擦るのに集中できなくなった。気分は風の中で揺れている襟のようにせわしなく動いて、ハイヌナンが話してくれた太陽を射る伝説をどうしても思い出してしまう。まもなくビャクシンの木に近づいた。風がとても強いので、結び目のような節のある木が風の中で小刻みに震えており、針状の細長い葉には一面に水滴がついている。ハルムトが水鹿の骨を二つその上にぶら下げるとすぐにぶつかり合う音がして、ひそひそと気持ちをささやき合っている。水鹿はさらに遠くに退いて、鳴き続けている。だがハルムトにはそれは呼びかけに思われた。水鹿が彼を呼んでいる。丘に登ると、湖が眼前に広がり、幾重にも重なる濃霧の中で、感情を抑えきれずに大声でさけんだ。ミホミサン。

月鏡湖がすぐ前にあり、浅瀬には石をつなぎ合わせて作った「ミホミサン」という文字がある。ずいぶん前にハルムトが残した幸福を祈る言葉だ。歩いて行くと、小さな山あいの窪地に、標高三千三百メートルの湖が静かに横たわっていた。水面は柔らかく、濃霧の中でひっそりとしている。ハルムトはそれを見ると話したいことで胸がいっぱいになった。藤田憲兵が狂ったように湖の水を飲んだ。腹ばいになって、喉をごくごく鳴らしている。道中ずっとたくさん吐いたので、今は喉が渇いて何かを体に入れる必要があった。腰を曲げているコートの下に革製の銃カバーが目立った。

ハルムトはその銃を注視した。なぜなら憲兵が山に登るのに、銃を携帯しているからだ。

「ここは何の池だ？　水鹿のプールだな！　生臭いにおいがする」。藤田憲兵が大声で言った。

「うまいでしょう！」とナブが言った。

「バカやろう、俺をからかってるのか？　どこがうまいんだ」

「誤解ですよ。この池の水の味を覚えておいてください、このあと数日、ここの水の味が恋しくなりますからね」

「これから先の水は、俺は絶対に飲まんぞ」

「水鹿のプールの水を飲む練習をしておくのに越したことはありません、なぜかというと、このあと数日は」、ナブが笑って言った、「もっと強烈な、水鹿の小便桶の味を試すことになるからです」

その晩、捜索隊は湖のほとりの氷堆石《ひょうたいせき》の丘に泊まった。野営するスペースがあり、ハルムトはかつて狩猟訓練でここに泊まったことがある。月鏡湖は圏谷湖《けんこくこ》*1の遺跡で、氷河期の水分が岩の隙間に浸透していて、夜間に気温が急降下すると、その水が凍結して膨張し、岩石を砕いて石ころに変える。ブヌン人は神話からそのことを学んでいた。月がここに来て湖水を鏡の代わりに、射抜かれて見えなくなった右目を検査しようとして、石に座ったときに砕いてしまったのだと信じている。捜索隊はテントの帆布《はんぷ》を氷堆石の上にかぶせ、石で押さえて風で飛ばないようにした。狭い空間で火をおこすので、松の煙がそこらじゅうを駆け巡り、靴下の臭いにおいと混ざりあった。昨日はテントを分けて寝たが、今晩はみんな一か所に集まり、小さな焚き火に当たっている。顔の陰影がことのほか深く映り、永遠に焦点距離が定まらない一種の恍惚感がある。だがハルムトにはお互いの顔かたちがはっきりわかり、さらにみんなが憲兵の腰の間の拳銃をときどき盗み見しているのがよく見えた。

「俺からみんなにこの件を説明したほうがよさそうだ。そうすれば今後、みんながあれこれ詮索しなくなるだろうからな」。三平隊長が拳銃嚢《ホルスター》を取り出して、カバーの止め輪を外すと、十四年式拳銃のグリップが見えた。「これは俺の拳銃だ。藤田も持っている。米軍が硫黄島に侵入したあと、*2台湾を攻撃するかもしれないと考えた。もしそうなったらこの銃が役に立つからな。俺には天皇陛下のために犠牲になる覚悟があった。当初、米軍の台湾進攻を阻止すべく、みんなは手を尽くし、武器のない者は先を細く削った竹やりで対抗しようと思ったものだ。今考えると、一撃を食らったら一たまりもなかった、竹やりでどうして強力な武器を持つアメリカに対抗できただろう。俺たちのような憲兵は、身につけた拳銃にさらに強力な殺傷力を持たせるために、銃弾の先端を取り除いて弾芯の鉛を露出させ、ダムダム弾を作った。その種の銃弾は人体に命中すると破片になって飛び散り、さらに大きな殺傷力を発揮する」。三平隊長はここまで話すと、ちょっとためらったあと、結局、拳銃嚢の中のダムダム弾は見せなかった。そのうえ拳銃嚢を胡坐をかいている自分の足の中央に置いた。

「今回隊長が銃を携帯されているのは、米国人に対してではないと思いますが」

「その通りだ、しかし今回山に入るとき、みんなは我々が銃を携帯しているのを見ただろう。標

＊1　氷河の浸食によって形成された椀状の谷を圏谷という。圏谷湖とは、気候の温暖化に伴い、かつて氷で満たされていた圏谷が湖になったもの。
＊2　硫黄島の戦い。一九四五年二月十九日〜三月二十六日。

的は米国人ではない。すでに和平交渉をしたからには、我々は友人だからな」

「その通りです」

「今回銃を持ってきたのは、主には黒熊と高砂豹《たかさごひょう》〔雲豹のこと〕から身を守るためだ。こいつらは山で最も危険な動物だ。噂では熊の皮はかなり分厚くて、ヤリを使わないとだめらしい。それに骨が固いから、銃弾がなかなか貫通しない、だがダムダム弾なら熊の内臓を粉々にできる」

「俺からすれば、山でいちばん危険なものに、俺たちブヌン人もはいるんじゃないか！」ナブが後ろの大きな石に寄りかかって、「以前巡査がこう言っていたよ。本島の山に行って、出くわすといちばん恐ろしい三つのものとは、黒熊、雲豹《うんぴょう》、蕃人《ばんじん》〔日本統治時代の原住民族の総称〕だって。そうでしょう、城戸所長？」

「私は警官になって二十年余り、霧鹿駐在所には十六年になる。当初確かにそう思っていた。山道を歩くときは、高砂族〔日本統治時代に山地に住む原住民族を指して呼んだ総称〕が潜伏していて、不意打ちを掛けてきて、傷つけられ、首を斬り落として持っていかれるんじゃないかと心配だった。高砂族が首狩りをやりにたびたび出現したものだから、平地に住んでいた家族は私が早く異動になって山を下りるのを望んでいたんだ。だが、こう思うようになったのだよ、高砂族は顔の彫りが深く、一見すると少し凶悪そうだが、実際は温和で、黒熊のようだと。こういうと説明が足りないかもしれない、実はかつて何度か山道で黒熊を見たことがあり、たしかに死ぬほど驚いた。だがね、黒熊は私よりも緊張していて、攻撃してこないばかりか、猛スピードで逃げていった。私から見ると、黒熊の被害に遭った人の数は、人間に傷つけられた熊より絶対に多くはないと思う」

「俺は黒熊を見たことありません、いったいどんな黒炭の姿をしているのですか？」と藤田憲兵が訊いた。

「山に行くまでもない、漢方薬の店に行けばすぐに熊の効能がわかるよ。熊の頭、熊の胆、熊の手などを買って、パズルのようにはめ合わせさえすればすぐにわかる……」

捜索隊は談笑するうちに、雰囲気がほんわか和んできた。巨大な獣の内腔のような氷堆石の洞の中は、隙間から風がヒューヒュー吹きこみ、地面に毛皮や毛布を敷いていてもやはりじめじめして、湿気がハルムトの全身に蔓延した。みんなが何を話しているのかハルムトはよく聞いていなかった。時間はぬかるみであり、記憶はハイヌナンとかつてここでいっしょに眠った夜にはまりこみ、はまればはまるほど深くなっていくので、外に逃げ出すしかない。孤独を感じて、にぎやかな笑い声がする雰囲気から離れたいとハルムトは思った。快楽は人の気持ちを扼殺する、だが悲しみはもっと嫌だ。

城戸所長が持ってきた薬師如来像が石の上に置かれている。それは今回の活動の平安無事を祈願する所長の心の支えだ。仏像は五センチほどの高さで、火影《ほかげ》がゆらゆら揺れる中で、その美しい姿は不動だ。ハルムトはちらりと仏像を見て思った。この世で最も厭世的なのは神ではないだろうか？　神は姿を現して人間と往来したいとは望まないのに、あくまで目を低く垂れ静かに耳を傾けている。そして人間も神をキャンディ缶の中の綺麗なキャンディとみなし、外側の缶をなめて自分を慰めている。ハルムトはここを離れたかった。他人がなめたキャンディ缶をなめたくなかった。しかし離れる勇気がなく、離れる口実も見つからない。自分がこんな勇気さえ持ち合わせていないことにひどく落ち込んだ。

「ハルムト、お前はずっと黙っているが、目の前の景色に触れてこみ上げてくるものがあるんじゃないか？　聞いた話ではお前の親友が米軍の残忍なやり方で死んだそうだが、本当か？」三平隊長が言った。

ハルムトはみんなをちょっと見て、また目を伏せてうなずいた。

城戸所長が慌てて言った。「本当にすまん、ハルムト、これは私が個人的に三平隊長に話したのだ。今回の捜索活動では我々はみな友人で、君はいちばん若い隊員だ。隊員どうし互いをよく知っておけば、何か助けが必要なとき、喜んで援助の手を差し伸べると思ったのだ」

「彼は花蓮港で働いているとき、米軍の爆撃で爆死しました。当時僕もその場にいました。あの爆弾は小型の原子爆弾だと思うんです……」

「原子爆弾？」

「そうです、それは阿修羅地獄の炎をもたらし、町はあっという間に火の海になった。自分の目で見たことがない人は、絶対に信じないだろうけど」

「そんな体験をしてさぞかし辛かっただろうな」

ハルムトはうつむいた。気分は最悪で、浮きカスのようなものが濁った光の底から湧き上がってくる。手のひらの白い小石をそっと握りしめた。ずいぶん前にハイヌナンといっしょに月鏡湖で見つけて、石の隙間に入れていたものだ。当時は笑ったり、ふざけたりしながら、時間を浪費して、大人はみんなバカで、自分こそがこの世の挑戦を受けて立つことができると信じていた。そのうえ死ぬことなど思ってもいなかった。そして今は黙りこみ、一度眠ったら明日はもう目を覚まさない気がするのに、えてしてむりやり目を開けろと起こされる。人生はけだるく、胸の中の強烈な敗北感から抜け出すことができない。そこでハルムトはこう言った。「僕は敗北者で、一族の名を汚した。だから山に逃げ帰り、そのうえこんな山奥まで逃げてきた。時々思うんです、犬になったほうが人間になるより尊厳があるのではないかと」。そして白い石をぎゅっと握った。

「犬になれば自由自在にイノシシを追いかけることができるけど、じゃあ人間になったら？」ナブはちょっと考えてから、こう言った。「以前巡査が家に来て身の程をわきまえよと訓示を垂れたとき、脅してこうも言ったのを覚えている。『お前たちがもし日本人を好きでないなら、台湾から出て行ってけっこうだ、我々が船賃を出してやる』。今思うと、俺たちは小さいころからここで育ち、花の香りをかげばすぐにどの植物が満開かわかるし、糞を見ればどの動物のかわかる、なのにここを離れてどこに行く？　もしブヌンの神話に出てくる犬かトンビに変われるのなら、俺も人間には変わりたくないな、そうだろう、ディアン？」

「俺は黒熊に変わりたい、ブヌン人は黒熊をやたら叩いたりしないからね」

「ハルムト、そう胸を痛めるな。俺たちを支配しにきた誰の目にも、俺たちは敗北者と映るんだから」とナブが言った。

これは明らかな皮肉だ。城戸所長がきまり悪そうに笑って、「我々警察も憲兵も敗北者だ。太平洋戦争をやって、我々は負けた。本当のことを言うと、以前は山地を治めるには、必ず規則通りしないわけにはいかなかった。それで君たちから苛酷と受け取られた。だが、今君たちは自由になった。戦争が終わり、我々は反対に君たちから報復されるのではないか、江戸の仇を長崎で討たれるのではないかと心配していたが、そうひどくなくてほっとしている。とはいえ、将来蔣介石《しょうかいせき》が君たちを管理しにくれば、状況はもっと良くなるだろう」

「もっと良くなる？　わかっているのは、俺のような高砂族は、誰が来ても同じだということだけだ。自由に好きな動物に変わりたいと願ったところで、何に変わろうと、銃に直面しなければならない」。ナブが言った。「俺たちはどの支配者の目にも、動物と同じなんですよ！」

ハルムトがとうとう勇気を出して、用足しに出るのを口実に、尻を移動させてテントの出入り口へ行った。地下足袋を履いただけで出ていき、脚絆もつけていない。外は気温が低く、コートを着ていても野球のボールで体を一撃されたように、ブルブルッと震えた。急いでテントに戻ってもよかったのに、テントの外に立っていた。人が多くて暖かい空間にいたくなかった。たとえ自分を広大な冷たい天地の間に打ち捨てても。

そのとき、一声短い鳴き声が彼の注意を引いた。十数メートル先の湖のほとりに、かすかな輪郭の水鹿が最初の一歩で湖水の静けさを破った。水鹿はさざ波が立っている水の中で立ち止まり、振り向いてハルムトを見ると、また鳴き声を上げた。人なつこい声だ。だがハルムトにはそれがあざけりに聞こえた。石を拾って水鹿に投げつけ、悪態をついたので、みんながテントの中から頭を突き出してあたりをさぐった。ハルムトは彼らから離れて、水鹿に突進した。水鹿は湖を離れ、丘のほうへ走っていく。そして一区切り走るたびに、烈火のごとく怒り泣きじゃくって追いかけてくるハルムトを待ち、彼を稜線のほうへ誘った。しばらくすると、彼はもう感傷のために感情をむなしく費やさなくなった。星雲が瞳の中に投影されたからだ。
星雲がハルムトを慰めた。星雲はハイヌナンが話してくれた太陽を射る伝説にも出てくる。星は、太陽熊が射抜かれて見えなくなった右目から流した血の涙だ。輝いていないのは血で、輝いているのは涙、そして銀河は射抜かれた目が転がっていった道だ。すべて太陽熊が発光した傷跡であり、それらは天空を流れて、静かに空にかかり、ハルムトは静かに佇んでいる。交差する稜線が星空の下で、果てしなく広がる森林を静かに隠し、熊の深く沈んだ吠える声、水鹿のキュンキュンという鳴き声が、さらに深い谷間から伝わってくる。ハルムトは腰を下ろして、ポケットの白石を投げ捨てた。もう必要ではなくなったのだ。

今は夜だ、君は何を考えてるの?
僕は君が残した手がかりに沿って、前進する
一つ白い流星を投げ捨てた
そこは寒風の吹く荒野だ。
若くして失った夢が、毎晩夢の中に入ってきて苛む
野球、海の波、涙
すべてやってきて向き合ったまま黙っている

＊ 原注:日本の諺《ことわざ》。思いがけないところや関係のないことで、報復されるという意。

ただ君だけが遅々として入ってこない
僕の湿った冷たい心の中に

三日目の行程はそれほど険しいものではなかったが、疲労の色が俄然濃くなってきた。みんなは口にこそ出さないが、にわかに背嚢の調整をしている。地図を判読すると、すんでのところで道を間違えるところだったので、城戸所長は休憩のときに再度地図を見て確定しなければならず、口に入れた水を出発のときにようやく呑みこんでいた。三千メートルの稜線を歩いているが、盾の形をした高山に道はなく、抹茶色の草原が広がるばかりで、すでに最初に見たときの感動は失せていた。任務を帯びているので、みんなは目標を探さざるを得ず、彼らの気持ちは足の裏にできた水泡のように、見えないけれども、絶えずそこに向かうのだった。

低木の杉が生い茂る稜線まで来た。風は涼しくさわやかだったが、彼らは疲労困憊していた。飛行機の墜落現場に到着する心の準備がまだできていない中で、ある種のにおいにドキリとさせられた。ナブの判断では、それは一匹の動物の死臭ではなく、一群の人間の訃報だという。彼らは稜線の下方に向かって歩き、自分たちが何を目にすることになるか予測した。間もなく癌の末期のような山林風景が出現した。樹木は折れて倒れているか、黒焦げになっているかのどちらかで、黄肌色の表土が露出している。アルミの薄い板は力いっぱい絞ったタオルのようにねじ曲がって大きな反射光を絞り出し、空気中に鼻をつくガソリンと油圧オイルのにおいが充満している。しかし鼻がどうしても受け入れられなかったのは死臭で、遺体の塊があちこちに散乱していた。死者は悪臭で彼らの命を引き延ばしていて、当初猟師が言っていた「鼻だけで現場を見つけることができる」に符合する。

全員が一瞬、固まってしまった。綿々と六〇メートルは続く飛行機の墜落現場を前にして、踏みこんでいくことができない。このとき霧が下りてきて、周囲を覆った。それでも現場の残酷さは覆い隠すことができず、死のにおいも覆い隠すことができない。彼らはどうすればいいかわからず、エサを探すハシブトガラスが一羽、ねじ曲がったアルミ片から飛び出てきたとき、ようやくはっと我に返って互いを見合った。

「南無阿弥陀仏」。城戸所長が合掌して、すこし念仏を唱えてから言った。「とりあえず現場から離れよう！」

全員さほど遠くないところまで退却して、車座になり、城戸所長が煙草を取り出してみんなで分け合った。みんなは頬をすぼめて、音を立てて吸っている。これが唯一の言葉だった。ハルムトも煙草をもらったが、火はつけなかった。もし吸って気分がよくなるのならそれもいいが、煙草を吸ってもただ自分をもっと烈《はげ》しい名状しがたい気分に陥らせるだけだ。こうして少し時間を置いてから、みんなはようやく話し合いをする気になった。

「状況は我々の予想を超えている、たった今見た通りだ。みんなにはまず見たこと、話したいことを報告してもらいたい」。三平隊長は火を消した吸い殻を指に挟んだまま言った。「俺は普通の爆撃機か戦闘機かと思っていた。まさか旅客機とは思いもしなかった。死傷者の数は我々の想像を超えている。今しがたちょっと数えてみたのだが、だいたい被害者は十二名、破片の範囲はおそらく五〇メートルってところだ。遺体は破損し、死亡してすでに時間が経っているから、腐敗してウジが湧いて、現場には青バエが飛び回っている。飛行機は墜落後に出火して燃えたが、燃焼時間はそれほど長くはなく、黒焦げのところは少ない。いくつかゴム製のタイヤがそっくり残っているのは、飛行機が墜落し爆発して出火したあと、台風の雨の勢いによって消されたからかもしれない」

「これは爆撃機のはずだ、どの型に属するかはわからないが。それに被害者の数は十二体にとどまらない。バラバラになって判別できないのもある。なぜ飛行機にこれだけたくさんの人が乗っていたのか、理解に苦しむ」。城戸所長が言った。

「僕は機内に人がいっぱいいるのを見ました、彼らは抱き合って……」ハルムトが言った。

現場は数秒沈黙した。三平隊長が話を続けて言った。「もしほかになければ、前に言った割り振りに従って、我々は三つの班に分かれる。一班はテントを張り、薪を準備して野営の支度をする。あとの二班は現場に沿って下へ歩いて行き、まず生存者を捜索する。あとで事故の範囲を測量し、現場の図を作成する。現場調査の二班は用心して、二人は現場の内側を、二人は外側を調査するように。我々の当面の目標は生存者、あるいは生存者が現場を離れた手がかりを見つけて、我々が救助しやすいようにすることだ。以上だが、もしみんなに異論がなければ、行動を開始する」

「皆さん気づかなかったのですか？　この爆撃機はさらに七、八発の爆弾を積んでいます」

「爆弾？」

「俺はこれくらいの大きさの楕円形のものを見ました、黄肌色で、金属製だった」。藤田憲兵は両手を半メートルほど広げ、爆弾の大きさをまねた。それは爆弾ではなく、乗員が高空作戦で使用する酸素吸入器だ。だが藤田憲兵の誤解は、彼に誠心誠意こう請け負わせた、「間違いなく爆弾です。もし中に入って捜索するときは、ちょっとでも油断すると爆発しかねない。飛行機はひどい墜落のしかたをしている、これはみんな見た通り、ばらばらだ。俺はたった今さらに折れた白い脊椎を見たばかりだ。ウジ虫が肉を食べつくしたのではなく、飛行機の墜落の衝撃があまりに大きかったから、そのアメリカ人の体の肉は完全に鉄片でそぎ落とされて、脊椎だけが残ったのだ。飛行機が墜落した後に爆弾が起爆して生じた二次破壊かもしれないが、さく裂した砲弾の鋭利な破片と火薬の爆発の威力じゃないと、こんな恐ろしいことはあり得ない」

「俺も爆弾のようなものを見ました、心配です」

「だから、捜索するのに、現場にあまり近づきすぎないほうがいい気がする……」と藤田憲兵が言った。

「バシッ」と、あたりに響きわたるビンタが一つ、藤田憲兵の顔の上で爆発し、おどろいた彼はこれ以上何も言わなくなった。殴ったのは三平隊長だ。彼は首の骨を鳴らし、厳しい目つきで藤田憲兵を見ながら言った。「バカやろう、お前のような肝っ玉の小さい奴に、憲兵になる資格があるか。戦場で死んだ皇軍を見るがいい、お前のように戦火の後ろに隠れる奴はまったくの腰抜け野郎だ」

「天皇陛下は終戦を宣言し、世界に平和をもたらしました」。城戸所長は頬を緩めて、「我々はもう戦争のことは話さないことにしませんか。今は米国とは友人だ、彼らが今危険な目に遭っているのなら、我々は何があっても手助けしなければならない。しかし現場に爆弾がある、君のおかげで注意喚起ができた、自分自身を守らねばならないと」

「僕が中を歩けばいいんです」とハルムトは言った。

「いいわけがない。俺が割り振りしたのだ、誰かが変更すると言えば、すぐに変更できるものではない。藤田は規定通りにやれ」。三平隊長は言葉を選び断固として言った。「危険な仕事を人に投げてはいけない」

「僕は死んでも平気です」

ハルムトがこう言ったので、微妙な空気に変わった。みんなは煙草を吸い終わると、もう一本火をつけて自分の口に押しこんだ。三平隊長は藤田憲兵が臆病で、仕事の手際もよくないので、彼を無理やり現場に入らせるのは最善の割り振りではないと知っていたが、かといってハルムトに回すのは、明らかに自分の指揮がなっていないことになる。

「ハルムトにやらせよう」。城戸所長が自分で火をつけて、「吸い終わったら、すぐに始める、それでいいですか、三平隊長?」

「だめだ」

「憲兵分隊は今回の入山に際して、国防色の制服を着て、つば広帽をかぶり、銃も銃剣も携帯している。私が見るに、服の内側のタグにさえ几帳面に自分の名前を書いている」。城戸所長は煙をふうっと吐いて、「あなたとは違って、我々はゆったりした乗馬ズボンや綿ズボンをはき、地下足袋を履いていて動きやすい」

「これは服装とは関係がない、責任の所在の問題だ」

「その通りだ、あなたたちの責任は我々を守り、かつ突発的な状況に目を配ることだ。だが現場は混乱しており登ったり降りたりしなければならないから、外側を歩いたほうが警備しやすい、そうじゃないですか！」

三平隊長は考えてから「それもいいだろう」と言った。

彼らは再び現場に戻って捜索を始めた。マスクをつけ、木の棒を持って前進した。ハルムトは肉塊と機体の部品が散乱している現場に足を踏み入れた。そこに生存者がまだ残っているとは考えにくかったが、それでもよく見て歩いた。アメリカ軍は捜索隊にあまり情報を伝えてこなかったので、自分で集めなければならない。爆撃機の中のねじ曲がった爆弾倉に、十数体の身を寄せ合っている遺体があった。開けたばかりの腐った牛肉の缶詰のように、遺体から黒い水が流れ出ている。ある死者のズボンは衝撃によって膝頭までずり落ち、露出した陰囊はキョンの膀胱くらい腫れている。別の死者はハンバーガーの肉のように飛行機の外板の間に押し付けられ、もう一人は握りつぶしたサンドイッチのようになっている。遠くに見えるもう一人の死者の顔は真っ黒で、鼻と唇の肉が削り落とされて、歯をそっくりむき出している。数人の死者は折り重なり、ぎゅうぎゅうに押し合っている。彼らは飛行機の墜落時の恐怖の姿をそのまま留めているが、幸いにも死が彼らの苦痛を持ち去っていた。

ハルムトはそっと歩いて、死者を驚かせないようにしていたが、理解しがたい場面を目にした。腐った頭をそぎ落とされた人間がゆっくり手を振り、腹が頻繁に蠕動《ぜんどう》して、もがきながら地面から立ち上がったのだ。ハルムトは恐怖で足がすくんで、動けない。それを見て外側を捜索していた人たちがやってきたが、彼らももがいている死人と出くわした。みんなはこの人間がまだ生きているのが信じられない。頭はつぶれ、皮膚は腫れて真っ黒なのに。死人がもう一度手をかすかに動かした、まるでみんなに助けを求めているようだ。みんなは恐怖に包まれ、どうしていいかわからない。

「オン！　コロコロ、センダリ、マトウギ、ソワカ！*」城戸所長が合掌して、しきりにご真言を唱え、死者が成仏するよう祈りはじめた。

　ご真言が効果を発揮した。死者が蠕動を止めたのだ。しかし藤田憲兵は動作をとめず、震える手で銃弾をつかむと、弾倉に詰め、生き返った奴に照準を定めて発砲した。バン！　銃声が響き渡った。ハルムトは恐ろしくなって目を閉じた。銃声は死よりも恐ろしく、頭の中がワーンワーンと鳴り響いた。三平隊長が「バカやろう」としかりつけ、歩み寄って藤田憲兵を阻止したとき、恐怖の場面が突然急転開した。というのも死者の腹部が激しく起伏して、膨張した胃腸の中で何かが揉みしだかれ、異物が腹を突き上げながらするすると動いたのだ。そして空気が漏れるくぐもった音を伴って、一匹の動物が肛門から飛び出てきた。キエリテンだ。妖怪のような怪しげな小顔、つやつやした褐色の毛をして、長いしっぽをゆらゆらさせている。独特な胸の黄色い毛は食いしん坊の子どものよだれかけそっくりだ。キエリテンは遺体の肛門から潜りこんで柔らかい内臓を食べる習性がある。獲物を捕える技は抜群で、集団でキョンを捕まえ、喉や肛門を噛み切って相手を出血死させることができた。アメリカ軍の遺体を食べたこの小動物は、飛行機の外板を広々とした舞台とみなしたのか、その上に立ってみんなの驚愕の表情を眺め、前足の手の平で腹部を軽く擦り、愛らしいしぐさを披露してから、舞台を下りてとんずらした。

キエリテンが逃げていくとき、目立つ黄色い物体を幾つか跳び越えていった。ハルムトは深く息を吸った。その黄肌色の楕円形の物を見て、爆弾を連想することはなかったとしても、中に毒ガスが充塡《じゅうてん》されているかもしれないと思い至り、極度に緊張した。みんなも同じで、くしゃみ一つでも何かを起爆させるのではないかとびくびくしている。ハルムトはさらに五〇メートル前進した。飛行機の残骸はだんだん少なくなり、押しつぶされてぺしゃんこになった、もとは半球状の銃手席が現れた。中に遺体はなく、そこからさほど離れていないところのツガの木に体が半分になった遺体が引っかかっているが、下半身がどこにあるのかわからない。さらに遠くには大破した星型エンジンがころがり、長さ二メートルのプロペラが墜落時に通過した植物をなぎ倒していた。ここは死ぬことができる者はすべて死んでいる。

生存者はいない。捜索隊は範囲を二百メートルに拡大してみたが新たな発見はなかった。だが、ハルムトがアルミ質の外板を踏みつけたとき、下から遺体の腸が流れ出て、蠕動しながらはい出てきた。驚いて、悲鳴を上げたので、捜索隊が集まってきた。腸だと思ったのは実はキクシハブで、その体には黄褐色の交差する縞模様があり、背中には黒色のひし形の斑点が不規則に付いている。金属の外板が昼間の太陽に照らされて熱を持ち、冷血動物である蛇類が潜りこんで暖をとるよう引

＊　薬師如来の真言。「病魔を除きたまえ、払いたまえ、センダリやマトウギの福の神を動かしたまえ、薬師仏よ」の意味。

き寄せたのだ。そいつはハルムトに驚かされたが、ハルムトを驚かせもしたのだった。

ハルムトの悲鳴は、三平隊長にこの日の捜索はしばらく中断する、と宣言させた。全員が稜線上に戻ったとき、疲弊して手足はくたくたで、とても腹が減っていた。しかし遺体を連想させる柔らかいものは何も食べたくないので、地面に座って一息つくと、まず水を飲んだ。

「あの蛇に噛まれたら冗談じゃ済まないぞ、百歩蛇より凶悪だ」。薪を取りに行ったナブが戻ってきて、藤田憲兵のさっきの発砲に対して怒りを漲らせ、帰ってくるといきなりこう言った。「噛まれたら、あんたの体の血が固まり、木になってずっと立ち続けるんだぞ」

「なんという名前だ？　たった今俺の傍を逃げていった奴は」。藤田憲兵が言った。

「十歩蛇」。ナブが考えこみながら言った。

「なってこった！　百歩蛇のことしか聞いてなかった、噛まれたら、猛毒が回って、百歩も歩かないうちに死んでしまうと」。藤田憲兵はひどく驚いたようだ。「なんともっと恐ろしい十歩蛇がいたとはな。じゃあ噛まれたらもうおしまいなのか？」

「救いがある」

「と言うと？」

「噛まれたあと忘れずに十歩蛇を捕まえることだ。一口噛まれて十歩歩けるなら、もっとたくさん噛まれれば、それだけ多く歩いて救けを呼ぶことができる」

「おもしろいな」。藤田憲兵はばつが悪そうに笑った。

「本当だ」。ナブは、普段の冗談のときとは大違いの真剣な顔をしている。「俺はたった今『一歩蛇』に出くわした、そいつこそ危険だ」

「本当か？」

「あんた、の、銃、だ」。ナブは言った。「あやうく俺に当たるところだったし、ハルムトはもっと危なかった」

「僕は怖くない」。ハルムトは言った。

「でたらめ言うな」

ナブはかんかんだった。もし誰かに当たったら、捜索隊のお荷物になる。彼は言った、アメリカ人は死んでいる、人間は二度死ねないんだ。あの銃弾は地面に倒れている死人にも命中せずに、すんでのところで人を撃ち殺すところだったんだぞ。ハルムトが反論した、銃口はみんなからずっと離れていた、人に当たるはずがない、それに死人が生き返ったような、理解不能の超常現象だったのだ、もし銃を持っていたら誰だって手を出していたと思う。ハルムトは藤田憲兵の肩をもった。相手がいくらか自分の性格に似ていると思ったからだ。少し粗忽で、いつも怯えていて、自分の三歳になる息子の武雄をほめちぎって自慢顔だ。よりによって彼の上司になる人が、慎重で厳格な三平隊長だったので、いつも怒鳴られ、さらに人前で殴られている。ハルムトは、さっきの銃声が三平隊長の不満を引き起こしているのを忘れていなかった。隊長は黙って、首の骨をちょっと鳴らし、毒々しい目つきをして、藤田憲兵をこっぴどい目にあわせようと、その薬莢《やっきょう》を回収してくるよう命令した。だが薬莢は遺体からでた水に浮き沈みしている。

その場がすこし気まずくなった。ハルムトが助太刀したことが、ナブには面白くない。薪を取りにいって戻ってきたディアンは、みんながじっとして黙りこくっているのを見ると、胸に抱きかかえていた柴を投げ出して、みんな沈黙の木になるのが好きなら、俺は薪を取りに行かなくて済んだのにと冗談を言った。そして興奮して言った。「ねえ、ちょっと来てください、俺は飛行機の新しい皮膚を見つけた。太陽が沈まないうちに、みんなを案内するから見に行こう、歩いて十五分だ」

「俺たちは疲れている、もし生存者がいないのなら、明日でもいいだろう」と三平隊長が言った。

「行くべきだと思うけどな」

彼らは渋々出発し、疲れ果てた体を引きずりながら、稜線に沿って前進した。二十分後に翼の外板が稜線の下方の松林に落ちているのが見えた。これにはみんなの怒りが噴出した。急を要しない発見を見るためにわざわざ駆けつけたわけではないのだ。ディアンはそういう反応があるだろうことは織りこみ済みで、反論はせず、ハルムトに松の木に登って、携帯している真鍮の望遠鏡で覗いて、中央山脈三千メートルの稜線の方角を捜してみるよう言った。

「飛行機の破片があります、エンジンか何かのようです」。ハルムトが松の木に登って報告した。残骸はかなり遠くにあり、夕日の下で反射して、彼に手招きしている。

「どれくらいの距離だ？」

「一里*近くです」

「おい、下りてこい！」三平隊長が煙草に火をつけ、数人が近づいて行ってたばこを吸った。彼は二口深く吸って、ニコチンで疲労を消してから、自ら一〇メートルの高さの松の木に登って見た。望遠鏡の接眼部にぴったりくっつけて長い時間見ていたので、目の周りに痕がついている。しばらくしてようやく言った。「あれは米軍の飛行機の残骸のはずだが、いったいどういうことだ、あんな遠くにもあるとは」

「きっと台風を通り抜けるときに、空中分解したのだと思います」とハルムトが推測した。

オン！　コロ、コロ、センダリ、マトウギ、ソワカ！

テントの下、焚き火の傍で、城戸所長が火影がぼんやり映る境目のところに胡坐をかき、亡くなった米軍の成仏を願って、薬師如来の仏像に向かいしきりにご真言を唱えている。低く沈んだ声と焚き火の周波数は近く、絶え間なく揺れ動いて、あたかも呪文が炎をずっと跳びはねさせているかのようだ。ほかの者は焚き火を囲んで、無理に話題を探して話をしている。三平隊長は火に薪をくべるとき、わざと大きなぶつかる音を立てた。城戸所長が念仏を中断して、目を細めて火の粉が炎の中を舞い上がっていくのを見つめている。ゆらゆらと、あるかなきかに消え入りかけたとき、念仏の声がまた始まった。

ハルムトはブヌン刀でヤダケを切り、それをひもで縛って、ハトを入れる鳥かごを作りはじめ、二時間で完成させた。五羽のハトはここ数日羽根を拘束されていたのだが、今は鳥かごの中で動き回って、クックー、クックーと鳴き声を上げながら、米粒をついばんでいる。ハトの首の青い瑠璃色の羽根が炎の下できらきら発光して、歩くたびに上下にうなずいている。ハルムトはハトを見な

＊　原注：一里は約三九二六メートル、日本統治時代の距離の単位。

がら、一方で少し湿っているアメリカの雑誌を火の傍に置いて乾かしていた。

オン！　コロ、コロ、センダリ、マトウギ、ソワカ！

三平隊長は念仏が嫌いで、もう一度焚き火の中へ薪を投げ入れた。彼の焦燥感ははじける火の粉のようだ。こんどは城戸所長の念仏は中断しなかった。みんなは念仏が終わってから、報告と任務の分担の話をしようと待っていたが、ずいぶん長く待たされてうんざりしている。ナブとディアンが大きなあくびをしたので、空気が全部彼らに吸い取られてしまいそうだ。ついに彼らは二本の細い薪を持ち、ブヌン刀の上を叩いて、双簧《シュアンホァン》*を歌いはじめた。**俺のパンツを返せ、二日で返すって言っただろ、なのに一年が過ぎたじゃないか、**三百六十五日、**パンツがないから、俺の尻は辛くてしょうがない、俺のパンツを返せ。**

藤田憲兵は野戦用の飯盒でお湯を沸かしていたが、その歌にどっと大笑いした。飯盒の中で沸騰しているお湯そっくりの喜びようだ。ブヌンの双簧は、棒で蛇を叩けば蛇のほうから棒に登ってくるように、タイミングをうまく取って好きなように中身を広げて歌う。「もし俺のパンツを返さないというのなら、それで昆布スープを作るのを忘れるな」。もう一度笑いの波が押し寄せ、顔の表情が洗濯板のように厳格な三平隊長でさえ笑った。なんと藤田憲兵が沸かしている飲用水は、色が炭のように黒く、下着のパンツを洗った水だと言われてしまったのだ。

捜索隊の飲料水は、「水鹿とアカゲザルの便所」と呼ばれている高山の池から汲んできたものだ。雨が降ったときに窪みに水がたまる。その後ゆっくりと乾燥していくが、それまでは動物の飲料水になっており、必ず煮沸消毒してからでないと人は飲めない。ディアンが言った、ブヌン人は水を

「苦い」と「甘い」の二つに分ける。流れている水は甘い水、流れていない水は苦い水だ。苦い水は死んでいる水と活きている水に分けられ、生物がいないのは死んでいる水、生物がいるのは活きている水と呼んでいる。

「じゃあ我々が汲んだ高山の池は、死んでいる水かそれとも活きている水か？」藤田憲兵が尋ねた。

「俺たちが飲んでいるのはパンツの水だ」。ディアンがまたみんなを大笑いさせた。これは無味乾燥な高山生活のこれから先数日間の笑いのツボになるかもしれない。みんなが笑い終わるのを待って、ディアンはようやくお湯を沸かしている飯盒から箸でマメゲンゴロウを掬い出して言った。

「これは活きている水だ、昆虫が生きていたから、人が飲んでも問題ない」

「いやはや恐ろしいことだ、俺は注意しながら汲んだつもりだったのに、まさかこの褐色の水の中に虫がいたとは。飲まないといけないが、吐き気がしてくるなあ。活きている水なのはよかったけれども」。藤田憲兵はふと思いついて、「お前は死んでいる水を飲んだことがあるのか？　生物でさえ生きられない水とは、どんな味がするんだろう」

「一度だけ、死んでいる水を飲んだことがあるけど……」

「もったいつけないで、早く言えよ！」

「そのとき俺は森で長い時間狩りをしていた。水がなくなってひどく喉が渇いてしまった。ちょ

＊　二人羽織のようなもの。前に座る人が後ろに隠れた人の発声に合わせて口パクする中国の民間芸能。

うどキョンを捕まえていたので、ナイフで腹部を取り出し膀胱を捜して中の水を飲んだんだ。俺に言わせれば、動物が排泄していない水は尿とはみなさない。動物の膀胱の中には当然生き物はいない、それが死んでいる水だ。だから、藤田さん、安心してください、いちばんまずい死んでいる水でさえ俺が飲んで大丈夫だった、目の前の今沸かしている活きている水はもちろん問題ない。それに沸騰させているので、生き物もいない。健康な死んでいる水ってことになる。とはいえ、キョンの膀胱の水はとても特別で、まるで……」

「言えよ！」

「飲むとあんたが飯盒で沸かしている水そっくりだった」

藤田憲兵は、笑うべきか、それとも腹を立てるべきかわからず、ぽかんとしている。みんなは腹がよじれるほど笑った。

ハルムトも笑った。思わずげっぷが出て、夕食の福神漬と味噌のにおいが立ちこめたので、雑誌で口の息を遮った。ハルムトは墜落現場で、軍関係のニュースを多く載せている週刊誌『ライフ(LIFE)』と『ヤンキー(YANKEE)』を数冊拾った。これらはアメリカ軍が任務遂行中の長距離飛行の間に、暇つぶしをする読み物だ。『ヤンキー』に載った写真は若い娘がセパレートの水着を着て、ハイヒールを履き、桃尻の跡をくっきり見せている。その煽情的な格好に、捜索隊の者はアメリカはいったいどんなふうに堕落した女を使って兵士を鼓舞したのだろうと疑問に思った。ハルムトを引き付けたのはむしろ一九四〇年四月号の『ライフ』誌のほうで、表紙を飾った人物がニューヨーク・ジャイアンツの新人ジョニー・ラッカー*だったからだ。雑誌は雨に濡れ日にさらされて膨張し分厚くなっている。めくっているとくっついたページがベリッとはがれる音がして、やっとスポーツ面のフォーカス写真にたどり着いた。ラッカーはキャンピングカーの前にしゃがんでいる。格子縞のサファリシャツを着て、切りっぱなしの吊りズボンをはき、得意げに自分は襟の硬いワイシャツを着るのが嫌いで、スポーツシャツを着るのが好きで、そんな服装の女の子も好きだと語っている。そのあと一連の写真と記事が載っていて、ラッカーが家族のジン醸造事業を手伝い、合間に狩りをしていたこと、それから荷物とガールフレンドの写真をまとめて、フロリダ州のウィンターヘイブン市へ行きキャンプに参加したことなどが書かれていた。

ハルムトはおかしなことを考えてしまった、野球は世界の共通語なのに、人を異なる運命へと駆り立てるものなのだと。小百歩蛇渓の野球場から出発して、理蕃道路を通って山を下り、北方の地平線に向かって歩いたことを思い出した。ハルムトとハイヌナンは、カーキ色のシャツ、綿サージの吊りズボンと地下足袋を履いて、手にはグローブとバットを持ち、道中ずっとキャッチボールをしながら進んだ。夢を抱いて無数の川を越え、花蓮港市に到着したが、敗北で終わりを告げた。だが、ハルムトにはある確信があった。ラッカーはこれ以上どんなに悪くなっても、まだ控え選手としてベンチに座っていることができる、決して自分のように寒々とした高山の夜に過去を振り返るようなことはないだろう。

＊ Johnny Rucker（一九一七‐八五）ジョージア州クラブアップル出身。ニューヨーク・ジャイアンツで6シーズン試合に出場（一九四〇‐四一、一九四三‐四六）、クラブアップルの彗星と呼ばれた。

こんな負け犬の考えを振り払うため、雑誌の広告をざっと目で追った。ケロッグの朝食のコーンフレークは両頬の中でサクサクと音を立て、特殊な瓶充填法で鮮度を保つシュリッツビールがどんなに喉を潤すことか。これらは目の前の野外生活よりはるかに上等だ。それに、毛染め剤や掃除機やチョコレートの広告。これら都会人たちの生活価値に合った商品から、彼はすでに遠く離れてしまった。最後に、動物のニュースに目を留めた。ニューヨークのブロンクス動物園の二百五十歳のガラパゴスゾウガメが、歯もくちばしもない口を開けて、首を伸ばして求愛しているというニュースだ。「こんなに長く生きて辛くないのか？」ハルムトは思った。記事はまた、ゾウガメが船員たちの生きた缶詰になっているとも書かれていた。ゾウガメは船底で何も飲み食いせずに数か月は保存でき、甲羅をこじ開けて食べられるまで、元気に生き続けることができるという。それを読んで、ハルムトは大声を上げて笑った。みんなが興味を示してきた。

「おい、こいつは食えるのか？　頭は河童みたいだ」。ナブがのぞきこんで訊いた。「ぞっとするぜ、ブヌン人は川の水に関係している物は食わない」

「だがゾウガメは陸地で生活していて、泳げない」

「この種のカメは面白くもなんともない。泳ぎさえできないなんて、役立たずだ。どうりで人に食べられるわけだ。泳げないカメは、飛べない鶏と同じで、人間の食べ物になる運命にあるってことさ。誰かさんが遅かれ早かれお経をあげて成仏させてくれるだろうよ、そうだろ！」ナブは城戸所長が作業報告をするのを待っていたが、待ちくたびれて、念仏を口にしだした。

オン！　コロ、コロ、センダリ、マトウギ、ソワカ！

グー！　ググ！　ググ！　ググググ！　ググググ！　ググググ！

みんながもっと激しく笑った。今は鳩の鳴き声でさえ、仏名のリズムに乗っていて、これらの動物にも仏性があるのが見て取れる。だが三平隊長は笑わないで、『ライフ』のあるページを見つめたままだ。それは日本人の天皇に対する信仰を紹介したものだ。彼は英語がわからないが、昭和天皇の即位式、香淳《こうじゅん》皇后の少女時代の写真、および兵士が皇居の二重橋に向かってお辞儀をしている写真は見てわかる。彼を不快にさせたのは、天皇の写真に四つ一列に並んだ穴があいていることで、それは米軍がフォークで発散した怒りの痕だった。彼は腹を立てて雑誌を火に放り投げたが、またそれは今上天皇に対する重大な不敬にあたると感じて、慌てて雑誌を引き上げた。

三平隊長がなぜ腹を立てているのか、みんなはわからない。現場の雰囲気が厳粛で冷ややかになった。

城戸所長がようやくご真言の念誦《ねんじゅ》を終えた。彼は死者を成仏させることを強く主張し、あまりに時間がかかったので、隊員たちの不満を引き起こしてしまった。まずこのことに城戸所長は対処しなくてはならない。「申し訳ない、大変お待たせをしてしまった」。城戸所長は仏像の前に供えていたアメリカ軍の認識票《ドッグタグ》をみんなに回して見せて言った。「これは私が事故現場の死者の体から持ってきたものだ。彼はブリルという名前だが、みんなはこの名前にどんな意味が込められているかわかるかな？」

そのアルミ製の認識票はステンレスの鎖がつないであり、凹版でブリルのフルネーム、社会番号、血液型とカトリック教徒であることが刻まれている。タグはみんなの手の中を回って閲覧され、焚き火の光を反射して、徐々に温かみを帯びてきた。最後にハルムトの手の中で止まり、「この名前はおそらく優秀（brilliant）の意味と関係があるかもしれません」と彼は言った。

「ブリルは二十そこそこの青年だ。両親からもらった名前を携えてこの世に祝福されて生まれ、優秀に育つよう期待されていただろう。私の息子はもうすぐ二十歳になる、名前には「雄」の字が入っている。このごく普通の名前にも息子への期待が込められている」。城戸所長はタグを回収して言った。「もし戦争が続いていたら、ブリルと私の息子はどこか戦場の片隅で殺し合いをしたかもしれない、双方が銃や大砲で、一方が倒れるまで戦う。これは非常に残酷なことだ、そうじゃないか？」

「よくわかります」。三平隊長がため息をついて、首の骨を回す音がした。「説明すべきだな、俺がさっき火の中に雑誌を投げ捨てたのは、純粋に個人的な気持ちのせいだ。この場の誰かに向かってではない。だがこれがみんなの誤解を招いてしまったようだ、どうかあまり気を回さないでくれたまえ」

「こういうのはいいことだ。はっきり説明すれば、みんなは誤解を解くことができる」

「では明日の仕事の割り振りを始めてもよろしいかな？」

「皆さん、もうちょっと待ってください、私の胸の内を話し終わるまで」。城戸所長は視線を周囲に巡らせてから、こう言った。「ご存知の通り私の苗字は城戸《きど》だ、しかし名前の八十八《やそはち》の意味をご存知かな？」

みんなは米寿（八十八歳の誕生祝い）だろうと推測した。米という字は八十八の組み合わせで、長寿を意味するからだ。誰かが仏教の巡礼と関係があると言った。城戸所長は後者に対してうなずいて、この名前は祖父が付けたのだと言った。祖父は醬油職人で敬虔な仏教徒だった。願いは四国の八十八か所巡りをすることだったが、それにはおよそ千二百キロを巡り歩かなければならない。物事は思い通りにいかないもので、祖父は彼が三歳のときに亡くなり、この巡礼のバトンは彼が小学五年生のとき、お金を十分にためた祖母によって引き継がれた。それは夏休みのことで、祖母と孫の二人連れは九州の熊本を出発して汽車で門司港まで行き、船で瀬戸内海を渡り、四国の徳島に着いた。それは地獄のように辛い旅で、徳島県の数か所の寺を回るだけでも百キロ以上歩かなければならず、祖母の速度では一日にせいぜい二か所の寺を回るのがやっとだった。炎天下、際限のない苦痛にさいなまれ、背中の汗は乾くことはなく、足の裏のマメは消えることがなく、釘を踏んだように痛くて、道中ずっと地獄を歩いているようだった。

城戸所長は言った、祖母の四国巡礼は「追善供養」であり、悪道に落ちた家族、特に祖父の霊の冥福を祈ることだった。遍路の途中にはひと晩の宿や食事を提供してくれる「お接待」があり、中にはおいしい食べ物もあったけれど、しかし全巡礼の最中、彼が考えていたのは亡くなった家族の冥福ではなく、祖母の歩みがひどくのろいことだった。それはろう質で覆われた木の葉が暑さで今にもくるくると巻き上がり枯れてしまいそうな夏だった。空に雲一つなく、地面に風一つ吹かず、沼地は熱気を発散し、世界は目が痛くなるほど白くゆらゆら揺れていた。どこも渦巻き状の緑色の蚊取り線香のようなめまいをおこさせ、ミンミンゼミが木の上でしきりに鳴いているだけだった。祖母はこんな熱気がこもった小道をカメのようにゆっくりと歩いていた。彼はときどき便所に行く口実を見つけては、巡行の列を離れて遊びにいった。祖母がくれた小遣いで冷たい飲み物を買い、それからこっそり戻ってきて、隠れて祖母の孤独な後ろ姿を眺めていた。梵字の経文が書かれた笠をかぶり、白い服を着て、金剛杖をついた祖母の姿は、焦げるほど熱い道路の上を一滴の露が懸命に転がり続けているように見えた。彼は祖母にぜひ頑張ってほしいと祈った。だがそれはただ祖母が、四国巡礼が終わったら彼にペットの犬を買う約束をしてくれたからだった。巡礼の間じゅう、彼が考えていたのは消災祈福ではなく、巡礼の終わりには、この頑張りの対価として子犬が、一番いいのはピンクの舌をもつ柴犬だが、待っているということだった。

城戸所長は話し続けた。道中、祖母はどうやって菩薩を見分けるか教えてくれた。阿弥陀仏の右手は親指で中指をおさえ、環を作っている、それは貨幣をあらわしているらしい。薬師如来の左手は薬瓶を持っている。大日如来は右手で左手の人差し指を握っている。祖母はよく言ったものだ、あそこに私たちを守ってくださる地蔵菩薩があるから、急いで拝んできなさい、あそこには弘法大師*お手植えの長命杉がある、行って幹を撫でておいでと。彼は祖母に訊いた、ずっと参拝したり歩いたり撫でたりして、退屈で疲れないの？　「弘法大師はこうやって修行を積まれたんだ、どうして私にそれができないとでも」。祖母はにこにこして言った。「それに私は思ったのさ、私には孫が同伴してくれているのだから、『同行二人《どうぎょうににん》』の実感がある。弘法大師はいつも背後でこっそり私を応援してくださるけれど、弘法大師ご自身は何もなかった。それを思うと私は小さな幸せを感じるよ！」同行二人とは、一人で長期の聖地巡礼をしているが、実は涅槃《ねはん》の弘法大師が随行してくれていることを指す。彼は祖母が自分のことを大切な修行の伴侶だとみなしているのがわかり、少し自慢に思うと同時に、少しきまりが悪かった。

城戸所長は間を置いて、顔の表情を変えて、ゆっくりと話し出した。結局、急変が起こったのは、ちょうど巡礼の二十三番札所である薬王寺でのことだった。噂では寺院の中の薬師如来像は、弘法大師が一刀三礼《いっとうさんらい》して完成したものだそうだ。だが、彼は関心がなく、ただ斜面が急な厄除けの坂を懸命に上りながら、信徒が階段に供養した貨幣を数えていた。のろのろ上っている祖母を急かそうと振り返ったとき、祖母が倒れて動けなくなったのが見えた。手に握っている数珠がまだ太陽の光を受けて輝いていたが、祖母の方は呼吸をしなくなっていた。まさか祖母の命がお遍路の途中で終わるとは思ってもみなかったので、当時でも思い出すと辛かった。家族の者は電報を受け取ったあと、返事の電報を打って寺院の僧侶が祖母の葬儀を執り行ってくれることに感謝し、寺院で荼毘に付してくれるよう望んだ。家族がやってくるのを待つ数日、彼は寺院でぼんやり過ごし、ときどき近所に気晴らしに出かけた。ある日、突然、死んだ祖母が遠くの木陰で彼をじっと見ているのに気づいた。やや猫背で、顔に微笑みを浮かべていて、完全に祖母の姿だった。絶対に祖母だ、どうして生き返ったのか。驚いて、大声を上げながら駆け寄っていくと、それは祖母ではなく、地蔵菩薩像で、顔の上に降りた朝露は祖母が道を歩いているときに流していた汗のようだった。彼はお地蔵様に寄り掛かって声を上げて泣いた、祖母が道々話してくれたことを思い出したからだ。「もし八

＊ 原注：空海、諡号は弘法大師。日本の僧侶で、八世紀に中国の唐より密教を学び、日本の仏教の真言宗の開祖。空海とゆかりのある四国の八十八の寺院は、四国八十八箇所霊場と呼ばれる。

十八が私の前を歩くなら、小さな修行僧が道案内をしてくれているようなもの。もし八十八が私の後ろにいれば、お前の祝福を感じ取ることができる……」

「薬王寺のお坊様が言っておられた、祖母は亡くなるとき、顔は微笑んでいた。修行によって、とてもきれいに成仏したと。私は今思うのだが、それは地蔵菩薩の微笑みだったのだよ」。城戸所長は言った。「宗教の力は、生ける者に生き続ける勇気を与え、死せる者には涅槃浄化の手助けをする」

「率直に言うが、悪意はありませんぞ、アメリカ人はキリスト教を信じておる」

「私も知っています、私はただ自分の力を尽くして、菩薩に死者の霊を守り、山の悪霊に苛まれないようにと呼びかけるだけです。アメリカ人のキリスト教は私にはわからない、もしわかれば、ぜひ手伝いたいものだ」

「ここにいる者の中で誰かキリスト教がわかる者はいないか?」三平隊長が尋ねた。

「僕は少し知ってますが、あまり詳しくはありません。だからちゃんとした儀式でアメリカ人の冥福を祈ることはできません」。ハルムトはこう言うと、花蓮港教会での万霊祭を思い出したが、自分もまた適当にやり過ごしていたので、「胸の前で十字架を切り、アーメンと言うことしか知らないんです」と言った。

みんなは親指、人差し指、中指を一つに合わせて、額と胸の前で十字を描いた。この動作は互いの肘が当たり、顔に付いた飯粒をつかんでいるようでも、猿が痒いところをつまんでいるようでもある。みんなは何回か練習してから、ようやくアメリカ人に電報を打つ方法を学んだと得意げに言った。

「我々は十字架を切り、アーメンと言って、アメリカ人のために祈ることを学んだ。もしよければ、それぞれ自分の信仰を使ってもいい、宗教には心を穏やかにする作用がある。昨日私が念仏を唱えたらすぐにキエリテンを感化したし、さっき念仏を唱えたばかりなのに、もうハトでさえこの雰囲気に感染してしまった、そうじゃないか？」

城戸所長がここまで言うと、みんなは笑った。薪の火さえもはぜて笑い声を出している。寒々とした山林に少し賑わいが添えられ、死の陰影を薄めた。そのあとの時間、彼らは今日の仕事の反省をし、かつ明日の作業の分担をして、寒さに耐えられなくなってようやくテントに潜り込んで休んだ。夜空にちりばめられた満天の星は、焚き火の傍に横になっているブヌンの猟師だけが独り占めをして楽しんでいる。テントの中で、ハルムトは城戸所長の隣に寝ていたが、これまでこんなに近づいたことはなく、顔の皺がはっきり見える。城戸所長は急に目を開けて、見つめているハルムトにどうしたのかと尋ねた。「所長に感謝したくて。さっき話してくれたお婆さんの話は、僕に聞かせるためだったのですね」。ハルムトは言った、所長がそのことを話しているとき、視線がこちらに向いていましたから。「少しはな。だがそれ以外に、私はハイヌナンの済度も手伝った。彼はきっと苦厄から救われていると思う、君は安心していい」。城戸所長は言い終わると、目を閉じて眠りに入った。ハルムトの眼前にはまだ薄い影がちらつき、目を閉じても見えるので、睡眠がそれらを追い払ってくれるよう願った。眠ろうとしたとき、藤田憲兵が突然大声で笑いだし、笑いをこらえきれないので、みんなは驚いて体を起こした。

「どうした？」三平隊長が尋ねた。

「急に思ったんです、パンツの歌はなんておかしいんだろうって」。藤田憲兵はそう言うと、また大声で笑った。

「あんたは気持ちの消化と伝導がものすごく遅いな」。ブヌンの猟師が驚いて言った。「一時間前の歌を、今やっと吸収し終わったのか」

「そうなんだよ！　俺はこの歌をまじめに覚えて、山を下りたら息子に聞かせてやるんだ」

「この歌を覚えるコツがあるよ、知りたいか」

「どうやるんだ？」

「まず俺のパンツを一年間借りてはいて、あんたの尻にそのにおいを覚えさせるのさ」

「違う、俺のパンツをお前に貸してはかせるほうが合っている、そうだろ！」

あっと言う間に、話の花がまた咲いたので、薪を少し足して暖を取った。ハルムトは笑いすぎて疲れた頬を撫でながら寝床に戻り、頭が地面に着くとすぐに眠りに落ちていった。

淡いオレンジ色の夜明けの光がゆっくりとぼやけていく。太陽が東から昇るにつれて、スギの低木群の影は徐々に短くなり、露で湿った草の坂から遠のいていくが、ハルムトは逆にそちらへ向かって歩いていた。脚絆が擦れてさらさらと音を立てている。丈の短い草むらの中で、ヒカゲチョウがリンドウ科の紫の花の上を旋回し、ジャノメチョウがブッコウソウの花を吸い、チョウの影があちこちに見える。彼は稜線の上で立ち止まり、手に握っているハトに通信文の入った筒がちゃんと固定されているか確認してから、空に放った。ハトは三度旋回したあと、ようやく霧鹿部落の方へ飛んでいった。ハトは瑠璃色の光沢のある羽とともに去って行ったが、それはハルムトが昨晩見た夢の色だった。乾いた明るい色だが、青空に希釈されて見えなくなる運命にある。

これは彼が今朝放った二羽目の伝書バトだ。最初のは飛ぶ方向を間違えていたので、念のために二羽目を放ったのだ。ハトは捜索隊が収集しえた情報を運んでいった。飛行機は爆撃機の可能性あり。愛称はLiquidator（清算者）、機首には裸の女がワイングラスの上に横たわっている絵が描かれ、機体の破片は三キロにわたって散在している。十八体の遺体を発見したが、どれも膨張し腐乱状態である。遺体の処理のために増援が必要であり、あわせて現地に埋葬するためのスコップと棺桶、および作業能力を高めるタバコを届けられたし。

天気のいい日だ。空気は乾燥し爽やかだが、作業のほうは苦痛に満ちていた。現場に残った者は、死者の認識票を拾い集め、落とし穴を掘ってキエリテンの類の動物が死者を冒瀆するのを防いだ。そのほかの者は捜索範囲を三キロ先まで拡大した。爆撃機の残骸が広大な高山の稜線まで落下していたからだ。三大水系の猛乱《もうらん》渓*、多肥《たひ》皂樹《そうじゅ》渓、小百歩蛇《しょうひゃっぽだ》渓の源流はここで競って高山を浸食し、奪い取ってきた水源で自分たちの生態を育んでいる。流水は大地を潤すだけでなく、自然の彫刻家でもあり、高山を峻険に彫りこんでいる。流水が届かない場所へは、水が雲霧に変わって出向いていき、沸き立つ水蒸気が流れ動いて、お日様が照らしている高峰の午後にリズムを添える。こうして

＊　原注：荖濃《ラオノン》渓のことで、ブヌン語の「凶暴で不安定な渓流」Iaku Iaku から名付けられた。

中央山脈は永遠に湿った状態の中で生かされ、動植物の豊かさは、さながら夢占いに熱中するブヌン人の夢の世界のようだ。高い絶壁に棲む孤独なタカも、サルオガセがからみつく巨大なヒノキも、みな霊視の中にいる。しっかり腹ごしらえをしたハルムトは、一人で多肥皂樹渓の流域を捜索し、切り立った山なみに沿って下行して、植生の違う森林に入った。アオヒタキの鳴き声が突然東から聞こえ、キクチヒタキの呼びかける声がしたときにはもう西に移っていて、ヒタキ科の鳥たちの愛らしい姿は見えない。ただ鳴き声が聞こえ、密集したツガとヤダケが見えるだけだ。方角の見当をつけているとき、ハルムトは足を滑らせて一面緑の草木が広がる場所に落ちてしまった。深く立ち入ると帰り道がわからなくなる恐れがあったが、深く入らないのは捜索隊員として挑戦にならない。ハルムトは道々印をつけて移動し、それが帰りの道標になることを期待した。

まもなくしてヤダケの林がまばらになり、湿地帯に足を踏み入れた。地面の苔が彼の足跡を受け入れた後ぐじゅぐじゅと水を噴き出すので、靴の縁が水に浸かり、靴下が濡れて足に張り付いた。大地にはハルムトが残した足跡だけでなく、キョンの群れの足跡があり、彼を前へと導き、しばらく行くと足跡が密になった。木にも動物がつけた痕が残っている。黒熊がクヌギの木に四本の爪跡を残すのは、木に登ってドングリを食べたときのマナーだ。水鹿は下の前歯だけで、下から上に樹皮をはがし、好んで食べたモミの木やツガの幹にかじった跡を残す。そしてハルムトは自分が好きな木の幹に帰りの道標としてナイフの跡を残した。ワラビの類がとてつもなく大きく成長し、霧に育まれている。天の神が水蒸気をはあーっと吐きかけたかのように、ワラビは地面で活発に育ち、葉の並びも胞子の配置も、どれも神性あふれる芸術になっている。キジノオシダが果てしない大海のように群落をつくり、オオフジシダのつる状の不定芽〔茎の先端や節以外の部分から出る芽〕がゆっくりと伸びている。ハルムトは途中で不定芽を摘んだ。これは直火で焼くと、落花生の味がして、おやつになる。今晩のデザートだ。

アリサンアラカシの近くまで来たとき、昆虫が猛スピードで羽を震わせる音が聞こえてきたので、リュウキュウアイの傍で立ち止まった。彼にはわかった、それはハエの大群で、ひしめき合い、騒ぎ立て、頭に血が上り、この上ない残虐さに狂喜している。この種の高周波音はまさにこう呼びかけていた、「死体の饗宴が始まったぞ」。ハルムトは真剣な顔になって、その遺体をどう処理すべきか算段した。彼がここに来たのは他人の最期を処理するためだ。しかし願わくば目にするものが生きた人間で、そこで眠っているだけで、起こされればすぐに微笑んで立ち上がりどこかへ行ってしまうようなものであってほしい。

このときの雲のラインは標高二千メートルのところから膨らみはじめていた。まもなく光がゆっくりと褪せていき、森林はじわじわと錆色にメッキされる。時間に限りがあるので、早急にその遺体を見つけ出さなければならない。次の山の中腹で音のする現場に到着したとき、彼はほっと胸をなでおろした。幸いなことに、二本の高くそびえるオニガシが開花して、穂状の花が細くて小さな雄蕊《おしべ》を突き出している。この宴会に昆虫が出かける音を、彼はハエの大群だと勘違いしたのだった。台湾ルリマメコガネがのんびりと蜜を吸っている。黒く焦げた色をした台湾コバネカミキリがもそもそ動いている。ブナ科の花々に集まるのが好きな細長いジョウカイボンがゆっくりと這っている。最も多いのがハナアブで、羽を振動させて耳を刺すような音を出している。まるで労働者が花の蜜を存分に飲みながら、手をたたいて賞賛しているみたいだ。もっとも目を奪われる訪問客はアケボノアゲハで、黒い下羽の裾部分がまだらに赤く染まっている。美しい姿が舞い踊りながら、ゆっくりとやってきて、ゆったり行ったり来たりしては、群を抜いてあざやかな赤を寒山に添えている。開花の時期は、まぎれもなく樹木が魂の鼓動を展示するときであり、昆虫が列席し、ハルムトも出席した。けれども彼が欲しくてたまらないのは花の蜜ではない。

ハルムトはオニガシの木に登って、その実を摘み取った。オニガシの実はやや大きくて、火で焼いて食べると木の香りがして、栗ほどおいしくないが、苦いアラカシよりはいい。標高が高いところのオニガシには特性があり、秋に咲いた花からできた小さな実は睡眠状態で冬を越し、翌年の春になるとようやく日ごとに大きく膨らんでいく。つまり秋の花には去年の成熟した果実がまだ付いているのだ。ハルムトが摘んでいると、蜜をとりにきた昆虫を驚かせてしまい、昆虫たちは周りでまといつくように舞い踊って抗議の意を示した。だがそれはあでやかな雲や霧の塊のようになり、むしろ気を遣って歌と踊りのショーをやっているように見える。ともあれ早く摘み取らなければならない、黒熊に出くわしたら大変だ。黒熊もオニガシの実が好きで、この木の幹にも樹皮を削った新鮮な足の爪痕がある。いつ何時また現れるかもわからない。だがハルムトは今は疲れていて、ただ早く地面に横になって昼ご飯を食べることばかり考えていた……

今は昼だ、君は何を考えてるの？

僕は二本のオニガシの下に横になって

半分の雲のかたまりを凝視している
舌足らずの白雲が、空でかすかに声を上げ
君が呼吸し、通り過ぎるのを真似している

今は昼の十二時、
僕が話しているのが聞こえるかい?
僕にはアメリカ軍が残したHamiltonの腕時計から
機械音がかすかに聞こえるだけ、一秒ごとにひそひそ話をしている
僕はいつも時計に向かってぶつぶつたしなめている
君の言葉になりすますんじゃないかって心配なんだ

昼ご飯を終えると、ハルムトは出発して、尖った岩盤に這い上がり、反射光の方を見た。反射しているのは飛行機の外板で、もしハルムトがたった今オニガシに登らなければ見えなかったものだ。だが彼は手に負えない問題に直面してしまった。そこへ行くには多肥皂樹渓の水源を渡らなければならない。それは幅五〇メートル、傾斜七〇度の干上がった渓流だ——雨が降ると凶暴な水の悪魔になり、雨が降らないと砕石は全身にうろこが生えた悪龍になる。ハルムトが数歩歩くたびに、踏み落とした砕石が谷にまっすぐ落下し、何回か跳びはねたあと、真下の深さ五〇メートルのところに横倒しになっているモミの木に命中した。モミの木は上方の森林から落ちてきたもの

で、地形の崩壊と同時に倒れ落ちたのだ。木の屍はとても長く、下方の谷に水平に折り重なって、地獄の入り口のような奇妙な景観をつくっている。

ハルムトは乾いた渓流を這って渡った。突如、何かが見えた。白いパラシュートが上方のモミの林に引っかかって、長くだらりと垂れ、その端っこに遺体がぶら下がっている。死者の靴はどこかに脱げ落ち、顔は真っ黒で、腫れあがった体は着ている革のジャンパーと長ズボンを突き上げている。ハルムトは、今日はこの友人の処理をやらなければならなくなった。乾いた川に沿って上方へ、四つん這いで、登っていった。蹴落とした石のかけらが何度か跳ねて、谷底に鋭く突き刺さっていくが、こだまは聞こえない。モミの林に着いた。遺体は一〇メートルの高さのところに引っかかり、白いウジ虫が落下して音を立てている。黒い岩がうごめき、鳥の群れが羽をばたつかせてこの食卓で餌をついばんでいる。近づいて、臆病なアリサンチメドリとタイワンオウギセッカを追い払うと、大胆なタカサゴマシコはしんがりを務めて飛び去った。とうとうすべての鳥が飛び立って木の茂みに隠れ、生きた人間の到来に鳴いて抗議をした。

「彼はどんな恐怖を経験したのだろう？　最後はどのように死んでいったのだろう？」ハルムトは思った。「いつか僕にもこんな不慮の事故が起こるのだろうか？　遺体が人里離れた荒れ野に長いあいだ晒されたままで」

「もしそうなら、永遠に発見されないで、静かに自然の一部になるのがいい」。ハルムトは自問自答した。

それから木に登り、ブヌン刀で木の幹の両側に切り込みを入れて足の踏み場を作ると、ロープを直径五〇センチのランダイスギと自分の腰に巻きつけて、上に移動しやすいようにした。だがこの作業はそう簡単ではない。足の踏み場をつくるために絶えず切り込みを入れ続けなければならず、手がしびれてナイフが握れなくなりそうだ。そのうえ切り口からにじみ出る濃厚な芳しい香りも、死臭を希釈することはできない。ハルムトはこの美しい氷河期の遺存種である生ける植物と半時間格闘して、ついに努力が報われた。遺体と半メートルの距離で対面したのだ。ウジ虫が発する湿った粘っこい騒音が聞こえる。まるで遺体が祈禱師の言葉で話をしているみたいだ。

アオバエと汗がハルムトの顔の上に止まり、前者は追い払うことができず、後者はしきりに噴き出してくる。

遺体はすでに膨れ上がり、皮膚は黒ずみ、五官がはっきり見えない。もう一度目を凝らして見ると、ようやく顔の中の開いた口がウジ虫のプールになっていて、鼻の穴からも這い出ているのが判別できた。首の裂傷個所から黄色と褐色の液体が流れ出て、ジャンパーの襟の柔毛にたまり、悪臭を放っている。この遺体は大自然の背景とはひどく不釣り合いなのに、静かに包容されている。ハルムトは、認識票が見当たらないので、遺体を地面に下ろして探さなければならなくなった。前回遺体を見たのは連合軍が爆撃をした花蓮でだった。それら積み重なった遺体はとても新鮮で、たとえ見て不快な気持ちにさせられたとしても、今回のに比べればとても親近感があった。

ハルムトはロープを取り出して、ブヌン刀の柄を右手に巻きつけ、すっぽ抜けないようにしてから、パラシュートの十数本のロープに向かって振り下ろした。ロープは切断されず、遺体が揺れだして、ハルムトのほうへぶつかってきた。素早く手で防いだが、慣性の法則で死者の口の中のウジ虫が顔に吹きかかってきた。彼は驚いて木から落ちたが、幸い腰のロープがあったので高速で落下せずにすんだ。ハルムトはウジを払い落としたが、その柔らかい虫は出たり入ったりして、彼が無能な人間であるかのように上手に動き回っている。急いで服を脱いで、襟元と髪の中から何匹か振り落とし、水筒の水で顔を洗ったものの、心に陰影が増え、残影が体内に入りこんでいる感じがしてならない。

タイワンオウギセッカが遠くの砕石の上で鳴いた。彼の間抜けな姿をあざ笑うかのように。

さらに人のあざけ笑う声がする、どこだ？

ハルムトは顔を上げて遺体を見た。聞き間違いではない、それがあざ笑い、喉でうめいている。その嘲笑は、死者の胃腸が腐乱して発生した気体が、外からの力が加わったために吐き出され、喉からひとりでに声が出ているものだ。彼はこの理屈を理解してはいたが、やはり身震いをした。

今度はハルムトもコツを覚えた。木に登って、遺体のさらに上方まで登っていき、パラシュートのロープの外側から切りこみを入れて、遺体が彼のほうに揺れ動かないようにした。その腫れあった遺体はとうとう熟れすぎたパパイヤのように落ちて、ドスンという音とともに、破れた腹から黄緑色の内臓が飛び出した。そのときメタンや硫化水素など、細菌が体内で発酵した副産物を噴き出したので、ときどき甘いにおいがしてきた。この遺体は特に悲惨に見えた。腹部が破裂して、骨盤腔が露出し、右手が奇妙に折れている。そのため巫婆湯《ウーポータン》〔トマトやキャベツなどを煮込んだ野菜スープ〕の鍋の中からちりれんげに似た認識票を探すという難行が彼に追加された。

「バカったれ、僕はまったくのチスパンガだ」。ハルムトは役立たずと自分に毒づいた。

木から下りると、木の棒を持って臭気が漂う遺体の中に認識票を探しはじめ、パンパンに膨らんだジャンパーのファスナーをブヌン刀で引き裂いて、シャツのポケットから認識票を取り出した。まさにこのとき、ハルムトはまた呼びかける声を聞いた。腐敗した器官が漏らしているうめき声ではなく、また動物の鳴き声でもない。本物の呼び声だ。彼は確信して、周囲を見渡した。すると幾重にも覆われている木陰の隙間から、誰かが一〇〇メートル先の険しく突き出た岩の上に這いつくばり、しきりに手を振ってHelpと叫んでいるのが見えた。ハルムトは信じられなかった、それは本当の人間か、それとも幻影なのか。ついにそれはアメリカ軍の生存者だと察して、相手に向かって手を振りHelpと叫んだ。興奮してどんな英語を返したらいいかわからず、無意識に相手の言い方をまねてしまったのだった。

ハルムトは半時間かけてようやく二人の間の距離を縮めた。なんとかして突き出た岩に登ろうと、二度ほど岩の底部から三〇メートルの高さの苔むす絶壁を登ろうとしたが失敗した。そこでこのルートは放棄せざるをえず、高捲《たかま》きの方法〔山腹を高く捲くように進んで悪場を避ける登山方法〕で突き出た岩の上方に到達した。おかげで親指は裂け、ズボンの膝が擦り切れてしまった。そのあと、木の根に沿ってアメリカ人がいる岩壁まで這うようにして下りて行ったが、またこのために膝に青あざができ、汗で背中はびしょ濡れになった。疲れて足がガクガク震え、手も上がらなくなり、ただひたすら横になって休みたかったが、白人はもっとひどい状態なのが見えた。顔の右側に傷があり、唇は蒼白で、頭髪は逆立っている。胸に掛けているあざやかな黄色の救命胴衣はすでにひしゃげ、焦げ茶色のフライトジャケットの下には繋ぎの作業服を着ており、顔の表情はむさくるしい髭に埋没して見えない。荒れ地でよく見かける顔型墓碑にそっくりで、戦時中に聞かされた鬼畜米兵の姿と合致している。

「家に連れて帰ってくれ、お願いだ」。白人はひどく興奮している。ハルムトを目にすると、蒼白だった顔が少し赤みを帯びてきた。

「もちろんだ、そうする！　僕はハルムト、あなたは？」彼はさらに二回ほど喘いで、白人のひんやりした大きな手をつかんだ。

「家に連れて帰ってくれ、頼む」

「連れて帰ると約束する、だがあなたの名前は？」

「トーマス・バルコム（Thomas Balcom）、アメリカ軍中尉パイロット、捕虜帰還兵だ。家に連れて帰ってくれ、僕はもうこの恐ろしい場所に七日もいる」

「怪我をしているようだが、歩けるか？」

「どうやっても動けない、この崖から出られないんだ、何度も試してみたが、もし落下したら一巻のおわりだ」

ハルムトは状況を判断した。この突き出た岩の崖は傾斜が非常に急だが、内側に向かって窪んだ所があり、そこで雨風を避けることができる。トーマスは、パラシュートの傘がナイロン製なので、それで体を包んで保温し、朝晩の低温をやり過ごしていた。救命胴衣には、自動の酸素ボンベが失効したときに口から空気を吹き込むことができる補助送気管がついているので、トーマスはその管を引き抜いて、崖の隙間に差し込み、苔の苦い味がする雨水を吸いだしていた。彼は言った、飛行機が台風の襲撃を受けたとき、一番早くパラシュートで降下し、この岩に落下した。二番目にパラシュートで降下したホワイトは遠くの木に引っかかった。ホワイトが叫んでいるのが聞こえたが、なぜ彼がパラシュートから抜け出せなかったのかわからない。胸の前の環状のカバーを押しさえすれば自動的にパラシュートは外れるのに。

「降下するとき、おそらく木の枝で首を切り、負傷したのかもしれない」。ハルムトは話しながら、手真似で自分の首を切る真似をして、自分の英語で表現しきれない所を補った。ホワイトは木の枝に挟まって動けなくなった後、徐々に失血してショック状態になったという解釈だ。ハルムトは遺体の頸部にかなり深い傷口があったのを思い出した。

「彼は苦痛から抜け出したんだね」。トーマスは谷の上方の遺体を見ている。

「僕らはここを出なければ。下は切り立った崖だから、その方向には行けない。もし行けるなら、あなたはとっくに下りていたはずだ、そうじゃないか？」ハルムトは下の方をぐるりと眺め下ろした。この崖は傾斜がひどく急だ。

トーマスの体はまだ大丈夫だが、右足に石膏のギブスをしている。足の傷は東京湾の人工島である大森島の捕虜収容所〔現平和島にあった大森捕虜収容所〕で受けたものだ。「運悪く、地面に着地したとき、足がまた折れてしまった」と彼は言った。これはハルムトが一番心配していたことだ。身動きが取れない人を背負って行かなければならない。何度も試してみたが、せいぜい二メートル這い上がるのがやっとで、最後は垂直の崖に頑として拒絶された——二人は地面に滑り落ちてしまった。パラシュートのロープでアメリカ人を縛り、絶壁の上まで引き上げようともしてみたが、失敗した。一人で六〇キロ近い男を引き上げるのは不可能な任務だ。

「助っ人を呼んでこないと、僕一人では無理だ」。ハルムトは携帯していた懐中電灯、ビスケット、飲料水をそこに残し、コートも残して保温が十分できるようにした。ポケットから二〇個ほどオニガシを取り出したとき、岩の上に散らばって、何個かは深い谷間に落ち、瞬時に影も形も消え失せた。「日が暮れかかっている、僕はひとまずここを離れなければならない。この木の実は食べられる」と彼は言った。

「いや、頼むから僕を置いて行かないでくれ、連れて行ってくれ」。トーマスがぎゅっとハルムトの手をつかんだ。「置いて行かないでくれ、明日まで持たないかもしれない」

「たった今、僕があなたを連れて行くことができないのを、あなたはわかったはずだ。明日応援を連れてくる」

「いや、今、どうしても連れて行ってくれ。墜落した二日目、捜索機がこの山の辺りに来たが、僕のいる位置が陰に隠れていて、どんなに叫んでも、どんなに反射物を照らしても無駄だった。彼らは墜落機の残骸を発見したのに、僕を見つけられなかった。海軍と空軍の捜索隊は間違いなく僕ら全員が死亡したとみなして、もう来てはくれない」

「だからあなたは僕を信じなければならない、僕はあなたを助けるために力を尽くします」

「『ギブソン・ガール』を探してくれ、彼女が君の助けになるはずだ。彼女がどこにいるか、僕が話すから」。アメリカ人はハルムトにもらった水筒の水を飲むと、どうやって「ギブソン・ガール」を見つけることができるか詳しく話した。最後に、岩壁を登ろうとしているハルムトを見ながら、尋ねた。「ここはどこだ?」

「台湾」

「どこだって？」

「台・湾」

捕虜を載せた爆撃機の目的地はフィリピンのニールソン飛行場だったが、台風の影響を受けて、誤って台湾領空に入り、標高三千メートルの中央山脈に墜落した。トーマスにとって、台湾という言葉はとてもなじみが薄く、「フォルモサ」が彼が台湾について知っている唯一の言葉だった。口調を改めて彼が言った。「その台湾というのはフィリピンのどのあたりだ？」

「北方だ」

「なるほど、僕らはルソン島北部の台湾山岳地帯にいる、救援はすぐに来る……」彼の独り言はますます小声になった。

ハルムトは突き出た険しい岩の上によじ登ると、そこから谷の方角へ切りかえて、もと来た道を帰っていった。ヤダケの林に入るとき、振り返って望遠鏡で凝視した。そのアメリカ人はとても小さくて、大自然の中の小さな一つのピースだった。焦り、うろたえ、渇望して、視線はハルムトの後ろ姿から離れようとしない。「明日戻ってくる、あなたを家に連れて帰ると約束する」。ハルムトは拡声器のように手を丸めて叫び、自分にもそう言い聞かせた。

それから足を踏み出して、ヤダケとツガの林を通り抜けたが、半分の時間は道に迷い、頭を上げて記憶を頼りに道を探した。そしてあと半分の時間はうつむいて胸につかえている記憶に費やし、まつげが淡い悲しみに濡れた。この世界は始末の悪い暗黒の竹林のようだ。幸い最後は稜線に戻り、ほっと一息ついて、地面に横になった。ホシガラスがガァーガァーと鳴き、なんだかハイヌナンが彼を呼んでいるみたいだ。何度も聞いているうちに、ぐっすり眠ってしまった。夢を見る余裕がないほど疲れていたので、ガードを固くして頭の中を完全に空にして睡眠をとるべきだったのに、なんとハイヌナンだけを夢に見てしまった――彼は生きていて、病院の床に横たわっていた。皮膚は黒く焦げて剝落しているか、皮革のように硬くなっているかのどちらかだ。筵《むしろ》は流れ出た血で濡れ、彼は絶えず昏迷してうめき声をあげ、死にたいと呟いている……

ハルムトはびっくりして目が覚め、顔が涙でびしょ濡れなのに気づいた。空は真っ暗になっていた。

大爆撃が終わった。ハルムトは爆弾の余波で揺り倒され、路肩の溝に横たわっていた。頭の中は耳鳴りがぎっしり詰まり、鼻から血が流れ出た。マルが彼の顔を舐めている。目を覚ますよう情熱をこめて彼に呼びかけているのだ。空一面に火の粉と黒い塵が漂い、声も音もなく落下して、地獄の映像を複製している。十数秒経ってようやく何が起こったのか理解した。しかし溝から這い上がることができず、体が言うことをきかない。空襲警報が解除され、続々と道に出てきて救助に当たる者もいれば、死んで二度と外に出る必要がなくなった者もいる。人々はリレーで消防水と消火砂を運んで消火に当たっているが、空気中に人肉の焦げた吐き気を催すにおいがする。ハルムトはこのときようやく溝から這い出て、町がめらめらと燃え盛っているのを見た。

消防車がけたたましくサイレンを鳴らして通り過ぎ、火が消えたあとの蒸気のにおいが一面に立ち込めている。ハルムトは至るところ瓦礫と折れた柱だらけの大通りに沿って前進し、マルもついてきた。救援に当たっている人が走り回っている。一人の少女がハルムトの行く手を阻み、彼に懸命に話しかけたが返事をもらえないとわかると、彼の足を指さした。ハルムトの頭の中はウオンウオンと耳鳴りばかりで、大波が打ち寄せるサンゴの洞で生きている小魚のように自分が感じられ、外の音が聞こえない。少女の手に従って視線を落とすと、自分の足から大量の血が流れているのが見えた。少女は自分の袖を引きちぎって包帯代わりに巻いてくれた。ハルムトは彼女にお礼を言って、ゆっくりと少しずつ足を引きずって前に進んだ。一本の使い物にならない足を引きずって、最後にハイヌナンを見た位置まで来た。道端に三体の黒焦げの遺体が置かれている。彼はしゃがんで確認しながら、死者の耳たぶに穴があいていないよう、右腕に種痘のケロイドの痕がないよう、太ももに母斑がないように願った。すると、本当になかったので、ハルムトはほっと胸をなでおろした。しかしマルがくるくる回っているところが気になって見に行くと、それほど離れていない騎楼《チーロウ》〔二階の天井部分が通路にはみ出してアーケードのようになっている建物〕の、崩れ落ちた屋根瓦の下に一つの黒く焼けた太いすねがむき出しになっている。ハイヌナンだ——ブヌンの人間の美学は、下肢は太ももと同様に太くて、背が低く、謙虚な態度で高山に登ることができることだ——ハルムトはあたり一面に消火水がかかって濡れている地面から奥にもぐりこんだ。あぁ神様に感謝します、ぶるぶる震えてうめき声を上げているハイヌナンはまだ生きていた。その短く速い呼吸はどんな音よりも素晴らしく、この世界の空気は二人いっしょに味わってこそ意義がある。「僕はハルムトだ、僕の話を聞け、僕の話を信じろ」。彼はハイヌナンがさらに荒い呼吸をするのを聞いて、相手がまだ意識があるのを知った。だが話ができないので、こう言った。「君を見捨てたりしない、考えてもみて、僕は世界でいちばん君のことを大切に思っている人間なんだから。君は生きるんだ」。ハルムトは斜めに倒れ掛かっている梁を背中で押し返したが、力の限り何度押し上げてもだめだった。力いっぱい嘘偽りなく心から神様に何度かお祈りをしてもだめだった。それでも彼はあきらめずに、ハイヌナンの腕を引っ張って、この狭くてイオウのにおいが充満する瓦礫の山から連れ出したいと思った。すると不意にハイヌナンの手袋を引きちぎってしまった。それは手袋ではなくて、そっくり手のひらの皮膚で、五本の指のかたちも見える。ハルムトの悲しみが炸裂し、ひざまづいて泣きわめいた、「お願いだ、誰か助けてくれ、僕の友達を助けに来てくれ」……

半時間後、病院にやってきたハルムトは、少し前に運ばれていったハイヌナンを探していた。探しながら先ほどのすさまじい救出の場面が頭から離れない。十数人で力を合わせて柱を移動したが、やや細い柱がハイヌナンの黒く焦げた太ももを押しつぶしていた。ハイヌナンは泣き叫んだりせず、ただ浅い呼吸をするばかりで、足は自分のものではないかのようだ。病院にはベッドが五〇床あり、一番新しい負傷者が横たわっていて、ハルムトの足の傷はベッド一つと引き換えができるほどだった。看護師が彼を引き留めて、そのひどい足の傷に包帯をしてくれたが、彼女の服は血で赤く染まり、あたかも彼の太ももを持ち去ろうとする屠夫のように見えた。包帯を巻き終わると、ハルムトは役立たずの足を引きずって探し続けた。一瞬のうちに爆死するのは幸福だと言える。運びこまれてくる重傷者は悲しみの号泣の中で生きており、生きるのは試練だった。傍にいる者は、至るところに充満している肉の焦げたにおいと血なまぐさいにおいも含めて、その声に馴染まなければならない。廊下の突き当たりの床のところで、見つかった、ハイヌナンは遺体を積み上げたところに安置されていた。まだ息をしている、短く荒い呼吸をしている。ハルムトは傍に座って、足に巻いたばかりの包帯をほどいてハイヌナンの手に巻いてやり、同時に彼のゴム靴と木綿のズボンが焼けて溶けてこびりついている脛をできる限り見ないようにした。

空がだんだん暗くなり、病院のなかでコオロギの鳴き声がしている。ハルムトはそっと一つの遺体を動かした。こうすればハイヌナンの傍に座ることができる。マルが一本の黒い棒をくわえてきて、かじったり食べたりしているうちに、人間の筋肉組織が露出した。ハルムトはマルにそんなことをさせたくなかったが、疲れて構ってやる気力がなくて、なすがままにさせた。夜が深まった。ハルムトは毛布を見つけてきて、二人の体に掛けた。ハイヌナンの焼け焦げた手を握ったまま、何度も寝たり覚めたりして、夜の間じゅう神様に一万回祈った。空が朦朧とする夜明け方に、遺体回収隊が火葬をするためにやってきた。ハルムトは驚いて目を覚まして言った。「僕たちはまだ生きている」。起き上がると、血が乾いて床に張り付いている体がびりっと音を立てて剝がれた。二人の血は混ざって濃い褐色になっている。彼は「僕が戻ってくるまで待っててよ、花を摘んできてあげるからね、きっといちばん素敵な花だよ」とハイヌナンの耳元で言った。この最悪のときに、人の形をした血の痕を一つ残して彼の大切なハイヌナンに付き添わせた。

「マル、残って付き添ってくれないか?」ハルムトは地面に腹ばいになっている柴犬を見ている。それが頭を上げて吠えたので、ようやくこう言った。「お前の勇気に感謝するよ」

大通りはどこも崩れた垣や折れた梁でいっぱいで、壊れた水道管から水が漏れ、あたりに爆弾が残したゴムと黄燐《おうりん》のにおいが漂っている。ハルムトは料理屋に戻った。そこはがれきの山と化し、雄日さんは防空壕の中で押しつぶされ酸欠で死んでいた。街かどで爆風に吹き飛ばされた旅行カバンを見つけたが、破裂して、中のものが散乱している。ハルムトは血に染まったシャツを脱いで、ハイヌナンのを拾って着た。そして靴下に付いている風鈴のかけらを振り捨て、それで足の傷口を縛った。すると傷口が痛むのは中に木の破片が刺さっているからだと気づいた。痛みをこらえ指を突っ込んでそれを取り出して、もう一度縛った。出かける際、クルミの飾り物と望遠鏡をいっしょに持って、さらに自転車を見つけ出してそこを離れた。

町は疎開が始まっていた。住民は田舎に身を寄せて空襲を避けようとして、夜が明けたころ、人の流れは最高潮に達した。南へ向かう田舎の道はどこも人の群れだ。ハルムトは一〇台の牛車と、一台の蒸気システムの中型バスを追い越した。遠くの山脈には幾層もの霧が漂い、近くの小川は潤いたっぷりにさらさらと流れている。橋の上で百人にものぼる学生に出会った。彼らは学業を完成させるため、荷物と黒板を背負い、田舎へ移動しているところで、いまだ恐怖が覚めやらぬ表情をしている。

「先輩、その足」。誰かが声をかけた。

「平気だ、花を摘みに行ってるだけだ」。ハルムトは自転車を止めて、「君たちが来た道に、赤い虞美人草を見かけなかったか?」

みんなは首を横に振り、それがどんな植物かもわからないふうだ。ハルムトは前進し続け、でこぼこした小道を選ぶと、ほんのしばらく疎開の人の流れと並行して進んだあと別れを告げた。そして野菜畑で大根を引き抜いて、耐え難い飢餓を鎮めると、ようやく力を入れてパンの木に登り、持って来た望遠鏡で観察した。これはもとは双眼鏡で、片方の筒が空襲の振動で壊れていたが、もう一方の筒だけでもはっきり見えた。だが何の収穫もなかった。その艶やかな花は飛行場の近くにあり、飛行機が離陸してまもなく俯瞰できると久保田さんは言っていた。三時間後、彼は見つけた。想像していたほど美しくきらめいてはいなかったけれども、思わず目が潤んだ。花の茂みに近づいて摘んでから、ごろりと横になると、すぐに仰向けになって眠ってしまった。疲れていて、夢は見なかった。こんなに美しい花は夢をもたらさない。花びらが彼の体をそっと撫でている様子は、生死の境で浮き沈みする喫水線《きっすいせん》〔船体が水中に入る分界線〕のように見える。もしこのとき死の境地に沈んだとしてもこの世に未練はない。だがハルムトはまもなく目を覚まして残酷な世界に向き合うことになった。さほど遠くない飛行場で警報が鳴り出し、そのあと、アメリカ軍艦に搭載している二機の戦闘機ワイルドキャットが、かなりの低空飛行をしながら、地上に向けて掃射しはじめた。ハルムトは起き上がって、ひるまずに右手を挙げて拳銃で撃つ仕草をし、口からバンバンバンと音を出した。そのうちの一機がすさまじい勢いで頭上をかすめたので、振り向いて自転車に乗って反撃した。空には雲が一つ残り、地上にはただ懸命に自転車をこいで町に向かうハルムトがいるだけだ。花がいっぱい入った網の背負い袋が背中から離れるくらいのスピードで。

町は再度、爆撃を受けていたが、ひどいとは感じなかった。もう最悪は過ぎ去っていたからだ。ハルムトが幸い無事に病院に戻ったとき、ハイヌナンはまだ懸命に息をして彼を待っていた。見守っているマルが吠えている。ハルムトは床に腹ばいになって言った。「戻ってきたよ、君の気分がよくなる花を持ち帰ったんだ。目を開けて見てごらん」。ハルムトは網袋からもみくちゃになった花びらをつかみだした。こんなに艶やかで美しい物を、独り占めしたくなかった。けれどハイヌナンは黙って黒焦げの唇を見せただけで、何も言わないので、舐めにくるよう青バエを引きつけてしまった。ハルムトは注意深く花を少し彼の口に押しこんだ。真っ赤な花びらが鮮血のように、口元から流れ出た。飲みこんでいない。ハルムトはもう一度花を少しつかんで、今度は自分の口に入れ、ムシャムシャ噛んでから、彼に食べさせた。昨日、ハルムトは医者にハイヌナンのためにモルヒネを打って痛みをやわらげて欲しいと頼みこんだ。ところが医者は他の軽傷患者に使うほうが価値があるとみなして拒絶した。ハルムトが今できることは、彼に虞美人草を与えること以外何もなかった。これはモルヒネを作る原料だ。だが今、野原に咲くすべての美しい花をみんな柔らかくして、みんな潰しても、ハイヌナンの口の中に入れて食べさせることはできない。彼の肉体は痛み続け、ハルムトの心はもっと痛んだ。

「少し気分がよくなった?」ハルムトはつらくて震えていた。それは肉体と魂の分離がまさに近づいた悲哀であり、涙と鼻水がとめどなく流れ続けた。ずいぶん経ってからようやくこう言えた。「もし君が生き続けたいと思うなら、僕は君とともにいる。諦めたいと思ってもいいんだよ、僕も君の傍にいるよう努力するから」

「……」

「君は天使になりにいきたいと思ってるの? そうすればきっと気分がよくなる」

「うん……」

「僕の兄貴になってくれてありがとう、本当の兄貴だったよ、僕の面倒をよく見てくれて、僕を楽しませ幸せにしてくれた」。けれどハルムトは弟になることだけを望んでいたのではなかった。「兄さん、僕が兄さんを抱きしめて、天使になりに連れていってやる」

「うん……」

ハルムトはしっかり彼を抱きしめ、ますます強く抱きしめた。いつも自分をからかって砂糖天麩羅と呼んでいた兄貴、彼のボールを受け止めることができるただ一人の捕手、同じタタミの上で大きないびきをかいて眠る困ったチームメイト、いつも小百歩蛇渓の影が離れない幼なじみ、彼を本当の弟とみなして家の中で走り回った小犬少年、町で蕃人《ばんじん》と罵られるのを身を挺して守ってくれたルームメイト、右腕を彼が絵を描くために提供したバカな奴。記憶が次々によみがえり、心を占領する。ハルムトは、抱きしめるのをやめればすぐに消えてなくなってしまうのを知っている。そこで深呼吸をして、もう一度強く抱きしめた。これまでこんなに親密に、ハイヌナンとその息がなくなるまで、抱き合ったことはなかった。

ハイヌナンの最大の努力は、純真な瞳をかすかに開けて、ハルムトの耳たぶにぶら下がっているクルミのキツネの飾り物が、太陽の光にあたってきらきら輝いているのを見ながら、神の名において、ハルムトの愛に対し最もか弱い祝福で報いることだった。ハイヌナンは胸の中で「ミホミサン(しっかり生きていくように)」と三度祈った……

ハルムトが驚いて目を覚ますと、顔じゅうが涙で濡れ、空は暗くなっていた。とうとう夢でハイヌナンに会った。だがそれはなんと最後の死の情景だった。夢の世界はあまりに鋭くて、傷口が裂けて開いた。

横になったままハルムトは、とめどなく涙を流しながら、心の中で詩を詠んだ。

今は夜だ、君は何を考えてるの？
星雲に接近している稜線で
点々と光る雨の下で
百二十五日を過ごし
僕はようやく夢で君に会った、
話したいことはいっぱいあるけれど、
一つだけ言いたい、元気にしているかい？
君は火の中に横たわって微笑んでいるばかり
急に君がとても恋しくなった
でも僕はちっともよくないんだ、本当に
本当に、ちっともよくないんだよ
僕は君が永遠に幸せであることを祈る
でも自分には永遠の悲しみを与えることを願うだけだ

火はブヌンの良き友だ。荒野で、さらに夜が更けたとき、火のあるところがまさに家になる。真っ暗な闇夜の中を、ハルムトは火の光を頼りに野営地に戻った。ほっと一息ついて地面にしゃがみ込むと、体がそのままぐにゃりと倒れた。極度に疲労しているときは、食べ物も、飲み物もほしくない。動くのもおっくうで、ただ火の傍に横になって思うぞんぶん眠りたいだけだ。こんなに遅く戻ってきたのだ、みんなはきっと怒っているに違いない。もし捜索隊員がしっかり自分を律しなければ、全隊員の負担を増すことになる。だがその時、みんなが黒熊か何かのことで言い争いをしているのが聞き取れた。彼の出現で争いは中断し、しんと静まりかえった。

「我々は日没前に戻ってくると決めていたはずだ。お前はその時間の規定に違反した、もう少しでお前の捜索に向かうところだったんだぞ」と三平隊長が腹を立てて言った。ほかの隊員も同様に文句を言った。

「アメリカ人を一人見つけました」とハルムトは事情を話した。こうすれば責めを免れることができる。そして深呼吸をして、地面から立ち上がり、みんなの驚いた顔を見た。「本当です。ホワイトという名前のアメリカ人です」

「本当か?」

ハルムトはポケットから認識票を取り出して、焚き火の前で揺らして見せてから言った。「パラシュートで降下したあと木に引っかかり、最後に死んだのです」

これは今日の重大発見である。捜索範囲を拡大したので、彼らは小百歩蛇渓流域で続々と飛行機の残骸を発見し、猛乱渓の水源域でエンジンと着陸装置《ランディングギアー》を発見し、さらに多肥皂樹渓の流域で遺体を発見したのだ。三平隊長が地図を広げて、遺体の場所を確認し、鉛筆で丸を付けてから、ホワイトの名前を二十一番目の死亡者名簿に記入した。ハルムトは野戦飯盒の飯を食べながら、この日の捜索過程を報告した。ホワイトが木の枝に引っかかり体が膨張している様子を述懐し、死者のパラシュートのロープが切断されて地面に落ちたとき、くぐもった破裂音がして、死臭があたりに漂ったことなどを話した。彼は飯盒の中のクサヤを箸ではさんだとき、飲み込むことができなかった。そのにおいが死臭を思い出させるのだ。

「明日また谷に行ってきます」。ハルムトは箸をとめて、「そこに戻って、その米軍の遺体を処理します」と言った。

「我々数人で遺体を運んで戻ってくるのは無理だ。人が足りないし、ロープなどの道具も足りない、第二陣の救助隊が支援にくるまで待つしかない」

「僕は何かで遺体を保護しようと思います、そうすれば動物に損壊されないでしょうから」

現場は沈黙し、みんなは驚きと敬服の気持ちでいっぱいになった。

三平隊長が言った。「藤田憲兵にも手伝いに行ってもらうほうがいいだろう」

「僕一人で必ず任務を果たせます。そこの山あいは傾斜が急で、徒歩で往復する距離も長いので、近くに場所を見つけてひと晩野宿します。明日の夜は戻りません」

藤田憲兵はほっと息をついて、ハルムトの勇敢さを褒めた。三平隊長がしきりにうなずいて清酒を一杯差し出し敬意を表した。ハルムトは本当に疲れていて、力を使いはたした手は震えがとまらず、盃の中の酒が揺れてさざ波と芳香を醸し出した。ハルムトは顔を上げて飲み干した。みんなは拍手して、このブヌンの若者は大したものだと言った。アルコールがハルムトの体の中で発酵し、気分は高まってきたのに、胸につかえて、もう二杯おかわりをするのがやっとだった。このとき近くで鉄の缶の音がした。ナブとディアンが立ち上がって獲物を見に行った。彼らは付近に罠を仕掛けていて、五匹のモリネズミとトゲネズミを持ち帰ってきたので、今晩のご馳走になった。

この数日間山にいて、ナブとディアンは食べ物がまずいのに閉口し、大自然を前にしてブヌン人の本性を無駄に費やしてよいものかと考えた。墜落機の電線を細いロープ代わりに、じつにうまく板石の罠haduを作り、餌を置いて、板石の上に空き缶を置いた。獲物が仕掛けを動かしさえすれば、瞬時に大きな石で押しつぶされ、転がり落ちた空き缶が音を立てて知らせるのだ。

ナブはネズミを火にくべて毛を除去した。ネズミの毛は焦げて縮れ、ぱちぱちと音を立て、細い火が粗い毛を伝ってタングステン線の明るい光を出した。彼はブヌン刀でネズミを焚き火の中から取り出すと、クズ毛をそぎ落とし、腹を裂いて、心臓と肝臓を取り出した。そのうちの一匹はメスのネズミで子を四匹宿していたので、ディアンの目は火よりも明るく輝いた。ネズミの心臓と肝臓は塩をちょっとつけてから、火でよく焼いて食べる。紫の胞衣《えな》に包まれたネズミの胎児はさっとあぶって口に入れると、ドジョウに似た柔らかくてなめらかな歯触りがする。これに酒があれば言うことなしだ。

今回の入山では、酒を入れた半リットルの行軍用水筒を五つと、二十数箱の煙草を持参してきていた。夜になるたびに、焚き火を囲んで、一億総玉砕*や、米軍の日本接収の話題がつまらなくなると、蕎麦の話をするか、あるいは煙草の「曙」に火をつけて少し酒を飲むにこしたことはない。清酒を飲むときはクサヤをつまみにした。木片を組んで作った焼き網にマルアジのくさやを載せると、臭いにおいが鼻を衝くが、魚の皮の方を先に焼くと脂が出るので、熱いうちにその皮を剝いで食べる。焼きながら食べるのがコツだ。食べ物は郷愁を誘い、これらの魚の干物は疲労時に体力を回復する伝統的な滋養食品なので、日本の警察官はこれを食べて一日の疲れを心行くまで癒すのだ。もしこれにウイスキーに似た日本の焼酎があれば最高の組み合わせになる。ブヌン人は盃で酒は飲まず、自分で粟酒を持参して、酒瓶からがぶ飲みをするのが好きだ。喉ぼとけをごくごく鳴らして飲み、歯の間でネズミの肉が生きて動いているかのように嚙む、あまりの爽快さに、頰に映る火の影が上下に大きく揺れている。

「子どものころ、故郷の近くの海で、大きな海難事故が起きると、みんなしばらくは海のものを食べなかった。どうしてだかわかりますか？」と城戸所長が言った。

「そういう話は俺も聞いたことがある。おそらく、魚が死体を食べたかもしれないから、漁をすれば、間接的に人肉を食べることになるからだ」。三平隊長が話題を引き継いで、ブヌン人がネズミを食べているのを見て、ぶるっと身震いした。

「お前たちはこのネズミが死体を食べていたとしても怖くないのか？」藤田憲兵が訊いた。

「どの死体です？」

「アメリカ人」

「そのことは俺だって考えた、でもやっぱり自分の口を止められないんですよ！」ナブが言った。

「どうしてだ？」

「もし俺が食べるのをやめたら、ディアンがネズミを平らげてしまう、だから俺は何も考えないことにしている。でもちょっと俺の手伝いをしませんか、俺の代わりにディアンに怖くないか訊いてみるんです。ちょっと脅かしてやろう」

「お前は怖くないのか、ディアン？」藤田憲兵が尋ねた。

「俺が食べ終わってから、ネズミに『アメリカ人の肉を食べたか』って訊いてください」。ディアンはいつもみんなに大笑いをする時間をくれるが、この返事は格別で、沸き立つような笑い声を引き起こした。それからこう言った。「でも残念ながらネズミは死んでいて、話ができない。だからこの問題は問題ではなく、食べ物を食べるか食べないかの問題だな」

トゲネズミが発散する焼き肉のにおいと、焼き網にした木片が燃える温かいにおいが、人々の食欲を猛烈にそそる。一〇センチのネズミの尻尾が先に焼きあがったので、ナブがそれを移し替えて、藤田憲兵に渡した。彼は口では要らないと言っていたが、体は正直に反応して、受け取るとすぐ醤油をつけて食べた。梅干を食べたときのような酸っぱい表情がだんだん喜びの表情に変わり、尻尾を一節一節かじってすっかり平らげてしまった。ブヌン人の獲物に対する原則は分け合うことであり、ナブとディアンは喜んでそうした。ハルムトもネズミの尻尾を二本食べたが、焼いたスルメイカの触手に似ていた。食べ物は感情のエネルギーであり、胸に力が湧いてくる。ネズミの焼き肉を食べ、さらに清酒をすすると、食べ物は今日の疲労を慰めてくれた。

＊　原注：日本全国民（約一億人）が総力を挙げて戦い、連合軍の日本本土上陸戦に対抗することを指す。

「猟師にとって、観察が最も重要だ」。ナブがネズミの肉をかじり終えて、こう言った。「霧鹿駐在所の『耳さん』という雑貨店の亀蔵さんも、ネズミの尻尾を焼いたのが好きだった。その亀蔵さんが俺に言ったことがある、あるときネズミが尻尾を伸ばして、落花生油を盗み食いしているのを発見した。腹いっぱい食べたあとまた尻尾に油を付け、肛門に突っ込んで痔の治療をしている。これを観察した亀蔵さんは、落花生油の中に大量の唐辛子を加えた。するとネズミは自分の痔を治せなかったばかりか、反対に痔を破裂させ、失血して死んでしまった」

「私は彼がそんな話をするのを聞いたことがないな」と城戸所長が言った。

「つまりあんたたちと亀蔵さんの関係はよくなかったということだ。亀蔵さんは話したくなかったんだ」とナブが言った。「亀蔵さんは俺が会ったことのあるいちばんブヌン人に似ている内地人だ。亀蔵さんがいつも籐椅子にただ座っているばかりだと思ってはいけない、部落の人が何を必要としているか細かく観察していたんだ。俺たちは何が欲しいか言葉で言えないことがあるけど、動作を見ればわかる。亀蔵さんは俺に言ったんだ、雑貨店に来る人間はみんなそれぞれの欲望がある。老人は酒とたばこが欲しいし、女たちは節約したがっている、子どもたちは飴が欲しい。老人と子どもが雑貨店に来ると、亀蔵さんはただでタバコを一本、飴を一つあげ、女たちにはいつも少しまけてやる。でも大人は子どもたちがお菓子を食べるのを好まない。たとえ一つまみの砂糖であっても食欲を増進し、過剰に主食を消費する恐れがあるからだ。特に粟の種まき祭から入倉祭りの間の半年間は、トウモロコシのようなおやつでさえ食べてはならない。俺は言ったんだ、こんなことしていたらもうけがないだろうって。すると亀蔵さんは言った、もう年だし、妻も子もいない、一人で山に来ている、それにいつ死ぬかもしれない、欲しいのはお金じゃない、友達なんだよって。亀蔵さんが籐椅子に座って死んでしまいそうな気がするとき、毎回きまってあちこちからブヌン人が次々にやってくる。亀蔵さんは自分がまた生き返ったと感じたそうだ」

ハルムトはその話を聞いて頷きながら、思わずうなだれて、辛い気持ちになった。あの雑貨店での小さな出来事を思い出していたのだ。亀蔵爺さんがゆずの皮を砂糖漬けにしておやつにすることを教えてくれたこと、電池の炭素棒で木の壁に記したつけ払いの金額や注意事項、木板の風鈴がゆっくり揺れる音、乾電池のアルミの外缶で作った人形のおもちゃ、軒下に掛かっていた苔の生えた絵馬、壁の隅にあった幸福祈願のホウキグサ、風にはためく鯉のぼりなどは、もう消えてなくなった。

ナブは話し続けた。「亀蔵さんのように観察が得意な人は、仕事に打ち込むか、それとも生活を大切にするかのどちらかで、ブヌンの猟師もそうだ。俺の経験から言えば、キエリテンとかマンシュウイタチの類は、雑食だから、アメリカ人の遺体を食べた可能性がある。俺は腹が減って死にそうじゃない限り、そいつらをあまり食べたいとは思わない、これはアメリカ人に対する敬意だ。高山ネズミに至っては、俺の長年の経験によると、柔らかい草や種子を食べる、たとえばモモンガは柔らかい葉しか食べない、草食なんだ。だから、その肉は生でも食べられる」

「ネズミは雑食だ、食性は環境によって変化する。穀倉に住みついているのは雑穀を食べるし、田畑で生活しているのは根や茎を食べる、溝に生活しているのは汚いものを食べる」。三平隊長が言った。「今日の奴らがいる環境には人間の腐肉がある、きっと食べているな」

「隊長はさっき気づきませんでしたか、俺がネズミの腹を割って、胃袋と腸の中の食べ物を調べたことを。中には未消化の種子と柔らかい草の繊維が入っていた。もし人肉を食べていたら、腹の中にこういうのがあるはずがない。動物はたくさんの道理を教えてくれる、たとえば俺たちが高山を行くときビャクシンは嫌いなんだ、刺されて怪我をするからね。でも今は秋でその種が成熟する季節だ。種は小さいから、食べることができる。これは俺が猿の大便の中から発見した道理だ。同じ道理で、黒熊の大便を見ればそれが何を食べ、どんな道を歩いたか知ることができる。消化しにくい果実の殻や皮や種子は排せつされるからね。熊は春には柔らかい植物を食べ、夏にはヤマビワやキウイを食べ、秋にはヒッコリーやドングリを食べる。大便は一番正直で、口と違って秘密を守ることはない。だから猟師は黒熊が四季折々に食べる植物に近付いたとき、熊が近くに出没しないか気をつける。俺はわかっている、黒熊はほとんど植物を食べ、自分から人を攻撃することはないし、人をかっさらって行って食べることもない。おそらく空腹でたまらないときには腐乱した人肉を食べることがあるかもしれないけれど、人肉は熊にはきっとまずい食べ物のはずだ」。ナブはここまで話すとちょっと間をおいてから、またこう言った。「これがつまり俺たちが夕方に口論した原因なんだ」

「俺は口論だとは思っていない、観点の相違だ」。三平隊長が言った。「否定できないのは、黒熊が墜落現場に来て、罠にかかったということだ、そうじゃないか?」

ハルムトは二人の話を聞いて、ようやく合点がいった。もともと今日の午後、墜落現場に残った数名の捜索隊員が言い争いをして、一方は罠をしかけて、黒熊やマンシュウイタチなど、侵入してくる動物を捕まえることを主張した。もう一方は防ごうにも防ぎようがないので、鉄の缶の音やヤダケが跳ね返る音で警告する仕掛けをつくるだけでいいと考えた。後者の支持者はナブで、彼は黒熊を捕まえるのは非常に面倒なのだと素直に認めた。ブヌンの災難は多くが黒熊に関わって起こっている。熊を殺したら、伝統に従って翌年の四月の粟の収穫が終わるまで家に帰れない、そうしないと部落に悪運をもたらすことになる。結局、ナブが折れて、三平隊長の命令で罠を作った。鉄線は飛行機から取ってきたものだ。この飛行機はとてもたくさんのものを提供してくれた。ブローニング50口径重機関銃は引き金を引けばまだ音がしたし、タイヤは松より燃えやすくすぐに火種になった。鉄のパイプは銃身として使えるし、ヘルメットはスープを煮るのに使える。無傷のパラシュートは雨避けの天蓋にできたし、この他にもたくさんの電気ケーブル、鉄線、各種現代工具が林の中に静かに横たわっていて、もし使い道がわかれば、遺体以外は、それらを目覚めさせることができた。

結果は日没前に出た。一つの罠に熊がかかったのだ。この成年の熊は体長が一メートル半、体毛は真っ黒でつやがあり、爪は鋭く、しきりに雄たけびを上げている。三平隊長は拾ってきた50口径重機関銃の真鍮の薬莢をポケットから取り出すと、黒熊に投げ与えてそれを嚙み潰させ、歯の強さが銃弾に匹敵するのを証明した。だが黒熊の捕獲は、ナブとディアンには大きな苦悩だった。二人はこの動く悪運と渡り合うのを望まず、夢の中でさえばったり出会うのはごめんだった。真のブヌンの猟師は黒熊と関わり合ってはいけないのだ。城戸所長は命令を出して、黒熊をまず現場にとどめておき、暗くなってキャンプに戻ったら話し合おうと言った。しかし結論が出ず、ハルムトが戻ってくるまで彼らは何度も言い争ったのだった。

就寝前に、三平隊長が結論を出し、黒熊の前足にかかっている罠は解く必要がない、熊の吠える声は警告になり、他の肉食動物が現場に来て遺体を襲わなくなるだろうと言った。夜が更け、争い事はしばらく休みとなり、みんなは疲労とともに眠りについた。明日目が覚めたらまたその続きをやればいい。雨が降り出した。テントの布がしきりに音を立て、次第に水を吸って重くなり、雨音をさらに沈んだものにしている。ハルムトは毛布にくるまって、何度も寝返りをうっては眠ったり覚めたりしていた。よくすり減る帆布の端には溶かした蠟を塗って防水していたがやはり雨が浸みこんで、水滴がハルムトの顔に落ちた。地面はかなり湿っている。接地マットの下に何か固いものがあるのを感じて、眠っていても気になって仕方がない。そこにあるのは石ころで、それを取り除いても、またほかの一個が徐々に睡眠の妨げになるかもしれない。あるいは、そこは靭性のあるヤダケの林だったので、切断後に残った茎がマットを押し上げているのかもしれない。あるいは何かの動物の死骸かもしれなければ、自分の思い過ごしかもしれなかった。ああ！　この世界はいたるところハイヌナンが残したものばかりだ、風も、木も、雲も。彼は夢占いを好むブヌン人であってはならないのに。

夜の時間は果てしなく長い。テントの中は人が多くて、寝返りが打ちにくく、ハルムトができるのは背中の部分の凹凸と共存することだけだ。違和感が痛みのある所から徐々に広がって、ちょっとずつ睡眠を支配するので、気分は最悪だった。彼はトーマスが生きているということを誰にも話していない。仮に話したとしても、胸中にはやはりもっとたくさんのしこりが残るだろう。それは永遠に取り除ききれない石ころ、切りつくせないヤダケの茂みであり、一つの山に永遠に沈黙し続ける理由を持たせる。彼は自分でもなぜこうするのか理解できなかったが、一度話す機会を逸した以上、秘密を隠し続けるのは平気だった。さらに夜が更けたが、雨はまだやまない。ハルムトは尿意が限界に達したので、酒瓶を取り出して尿瓶のかわりにし、横向きに寝て中に小便を出した。低く沈んだ音から満杯になる高ぶった音に変わった。最後は暖かい小便の入った瓶を抱きかかえて暖を取ったが、眠らなかった。小便の入った瓶は冷めたあとさらに冷え続け、終わりを知らない。

冷たい雨が降りしきる高山で、トーマスは凍死していないだろうか。

そう思うと、ハルムトは辛くなった。

翌日夜が明けるまで我慢して、ようやくハルムトはテントを抜け出し、飛行機の墜落現場にやってきた。昨日の雨は悪臭と悲痛を洗い流してはいなかった。死者は相変わらず生前の恐怖を留め、顔は歪んで、口は叫び声を上げている形をしているか、もしくは噛みしめたままだ。手でしっかり互いに抱き合って、高山の静寂と寒さを耐え忍んでいる。朝日が現場に届くと、アルミの板にたまった水が反射し、ちぎれて腐敗している腕の手の平も光った。ハルムトは光っているのは十字架だと気づいた。死ぬ前の恐怖できつくにぎりしめたのだろう、金属製の十字架が手の平を貫通している。

飛行機の残骸の上に登るには、棒が必要だったが、太陽の光が、それがどこにあるか教えてくれた。一本の鉄の棒がすこし離れたところで反射していて、ちょうどそこに熊が静かに腹ばいになっている。昨日捕まった熊で、黒くふかふかした体は大地の上からまだ引きはがされていない闇夜のようだ。ハルムトは囚われた熊を見にいった。右足がワイヤロープで締め付けられていて、力ずくで引っ張ったのだろう、皮膚が一枚そぎ落ちている。熊は人を見ると、怖がって怯えたが、どこにも行けず、木の後ろまで下がって隠れることしかできない。これがちょうどハルムトが鉄の棒に近づくチャンスになった。昨日、捜索隊は鉄の棒で熊を懲らしめたので、熊の体には傷跡があり、目がおびえている。ブヌン人は熊をトゥマス（tumaz）と言うが、成年の熊はマダイアス（madaingaz）と呼び、これは人間の老人の意味もあって、両者は知力と感情において互いに引けをとらない存在だとみなされている。「熊は山林の魂だ」、ハルムトはブヌン人が喜んでこう信じているのを知っている。「一頭の囚われた成年の熊と、病死して解脱する前の老人の悲しみは、まるで山が豪雨の中で発する悲痛な泣き声のようだ」。熊の悲しげな叫び声を耳にすると人の魂は死んでしまう。ハルムトは魂が突き刺されたのを痛切に感じた。

鉄の棒を拾い上げると、ハルムトはツガに結び付けているワイヤロープをこじ開けて、熊を放してやりたいと何度も思った。もしかしたら山の魂の傷の痛みを和らげることができるかもしれない。だが近づけば、熊はすぐに防衛本能でとびかかってきて反撃するので、ハルムトは恐ろしくて飛び退いてしまう。こうして何度か前に出ては下がるを繰り返しても、ハルムトはどうしてやればいいかわからない。反抗し続ける熊はきっと理解できないだろう、誰が救ってくれて、誰が殺そうとしているのか、熊はただ人を近づかせないことしか知らないのだ。

熊を助けるのはやめた。捜索隊が現場に到着する前に、「ギブソン・ガール」を見つけなくてはならない。ハルムトは飛行機の残骸のほうへ登っていった。鋭利な金属で切ったりしないように避けながら、力いっぱい飛行機の外板を叩いて、ウジ虫に自分が来たことを伝えた。これが金属の棒を探そうとした理由だ。ウジ虫とハエは気温の上昇につれて、活動的になり、正午に近づくほどより活発になる。腐った肉の上を流れる白いウジ虫の川は、何層にも重なってくぐもった粘っこい流動音を出していて、阿鼻地獄で酔い潰れた男のつぶやき声を思わせる。奴らはびっくりさせられると、エビのように跳ねて、空中で体をねじり、捜索隊の靴の中に入るか、口の中に跳びこんできて――もしちょうど下を向いて遺体を搬送する作業をしていたら――すっぱくて渋みのある死肉を味わう羽目になる。それは脳を刺激して化学反応をおこさせ、一日中何を食べても胸がむかむかし、つばを飲みこむだけでも吐き気を催す。ところが反対に夜間は、低温になるためウジ虫の活動力はぐんと低下する。

ハルムトが二つに裂けた飛行機の胴体によじ登ると、消防斧――乗務員が緊急脱出の際に、機体を壊すために装備されているもの――が変形した機内にめり込んでいるのが見えた。なんとかそれを取り出して、翼と機関室が重なっている上方部分を切り開いた。そこに救命装備一式が収納されているはずだ。B24爆撃機は胴体の上部に主翼がついた高翼機で、そこは衝撃を受けにくい設計になっていたのに、激しい衝撃を受けて押し潰されていた。ハルムトが帆布袋を一個取り出したとき、何かが張り裂けた。その瞬間空気がシューシューと音を立てて充填され、ハルムトが翼まで押し戻されるくらい膨れ上がった。

それは救命ボートだった。カーキ色の、ゴム製のボートだ。

ボートは傾いたまま飛行機の上に乗っているが、この三千メートルの高山に波はなく、ただ風の波がかすかにあるだけだ。

ハルムトはその美しさに驚嘆した。ゴムボートは美しく、あたかも魑魅《ちみ》〔山の精、化け物〕の夢から漂い出てきて、現実の世界に座礁しているようだ。ハルムトはボートの縁のロープを引っ張りながら、触ったり叩いたりして、一艘の本物の船に、胸をときめかせた。船には救命装備として、ブリキの缶詰と非常用飲料水八缶、それと海水を飲料水に変える太陽光蒸留器が一台、さらにオールと帆と日焼け止めクリームが一セット、補修工具が一袋、簡単な釣り糸と釣り針が一組、位置を知らせる海洋染料と信号弾、宗教的な心の平静を保つための小冊子などが搭載されていた。これらは救命装備というより、アメリカ軍がどんな苦境にあっても休暇を楽しむことができる装備のように見えた。

ハルムトは半パイントの水の缶を開けて飲んだ。清潔でひんやり冷たい水が、優しく喉を滑っていく。「なんとこれがアメリカの水の味なのか、まるで空の涙のようだ」。頭を上げて、缶の飲み口を噛みながら、青空を眺めた。この味はここ数日飲んでいる、水鹿の尿のような高山の湖水よりも、格段に勝っている。

ついに「ギブソン・ガール」も見つけた。静かにボートの上に横になっている。「ギブソン・ガール」とは、三〇センチ四方ほどの大きさの救難無線機のことだ。この名前は無線機の中央部が砂時計のようにくびれているためにこう呼ばれているのだが、アメリカ女性の体つきの具象像でもあった。ハルムトはそれを手に提げて樹林を通り抜け、草原にやってきた。説明書を読み、ナイロンの布と四角いアルミの骨を組み合わせた凧を取り出して、風に乗せて空に放った。無線電波はスチールワイヤーが引っ張っている凧を通して発信することができる。

ハルムトは自分でもなぜこういうことをするのかわからない。トーマスの情報を捜索隊員には言わずにいて、こうして救難信号を出している。心の奥では、ハイヌナンを失ったあのときから、この世のすべてが信用できないと思っている。トーマスはハルムトの世界を破壊するのに手を貸した一人だ。ハルムトは、こんなことをすれば心が不安になることを知っている。彼の怒りに対象ができたのだ。「ギブソン・ガール」を作動させなくてもよかったのに、彼はやった。何が起こるか知りたかった。

彼はクランクを本体にセットし、両足でその曲線の腰の部分をきつく挟んで、回しはじめた。ブンブンという発電機の摩擦音が伝わってきて、ランプの明かりがつき、点滅している。モールス信号のSOSを打った。ハルムトは動きを止めた。ウコン色の無線機から、ラジオが音を伝えるように、米軍の返答が伝わってくると思ったのに、何もなく、しんと静まり返っている。そこでもう一度クランクを回してみたが、やはり何も起こらない。ただ四角い凧が絶えず空中を舞い、ワイヤーがシューシューと音を立てるばかりだ。

今日また伝書鳩を一羽放すことになった。それが運んで行く情報は、「遭難による死者は二十一名に達した。一頭の黒熊を捕獲。増援部隊の迅速な到着を要請する」というものだ。ハルムトは鳩の首を撫でた。なめらかで、あたかも昨晩の夢のように紫がかった光を放っている。彼はそのハトを草地に放した。これですべての伝書バトが空に放たれたことになる。今、そのハトはいつでも飛び立っていいのだが、頭を歩みにあわせて振りながら、いつまでもあちこちを散歩し、あちこちで餌をついばんでいる。

ハルムトは丘に座って、ハトが歩きまわっているのを眺めていた。なかなか羽を広げようとしない。風が吹いてきて、かすかに煽り立てている。太陽の光がやせた草原の上で力を発揮して、熱気がゆらゆらしはじめた。ますます遠くへ歩いていくハトは蜃気楼のなかで徘徊している。こうしている間にハルムトは朝食の時間に遅れてしまった。何度か頭がぼうっとして、何度かハトの姿を見失った。とうとう我慢できなくなって追いかけた。すると羽をばたつかせて飛び立ち、何周か円を描いたあと、どの方向に行ったのか姿が見えなくなった。

ハトは消えたが、ハルムトの心の中では消えていない。ハトが飛ぶ方向を間違ったのではないか心配だった。朝食を終えると、捜索隊は飛行機の墜落現場へ作業に向かった。ハルムトは森林を通りすぎるとき、ハトの鳴き声を聞いたような気がして、頭を上げて木の梢の外の青空を見上げた。今日の捜索隊の作業は、一部の者が昨日からの周辺の捜索を終わらせ、それ以外の者は残って遺体をその場で簡易埋葬することだ。地面はとても硬く、木の根や石ころだらけで、二本の柄の短い剣型ショベルでは太刀打ちできない。そのうちの一本は三十分後には木の柄が折れてしまい、みんなはどうしようもなくマメのできた手を見せ合った。そして墜落現場に行って工具を探すことに決め、そこで突然救命ボートが残骸の上に座礁しているのを見つけた。林間を通り抜けた太陽の光がそれを照らしている。

「あの奇妙なのは何だ?」三平隊長が言った。

「救命ボートです、おそらく昨日、誰かか動物がここに来て、何かの装置を作動させ、はじき出したんでしょう」と藤田憲兵が言った。

「昨日の雨のせいじゃないですか、雨はいろんなことをやらかすから、救命ボートを起動させたのでは？」ハルムトはへたくそな言い訳をした。

「雨の仕業か？　俳句のようなことを言うなあ」。城戸所長が自分で煙草に火をつけ、一筋の精巧な煙を吐き出した。

「必ずしも論理的でないところがあるのが俳句だが、その理屈もおおいに俳句的だ！」三平隊長が煙草に火をつけ、何度考えても合点がいかないかのように首の骨をぐるっと回して、こう言った。「もし雨が降ったのが原因なら、昨日の夜まで待たなくても、数日前にとっくにその装置が作動しているはずだ」

　今ではその場が沈黙すると、何かにつけすぐ全員が輪になって煙草を吸うのが習慣になっている。だがその実、ただ煙草が吸いたいだけだ。煙草を吸い終え、煙が消えてなくなったが、みんなは本気で問題を解明する気はないので、心の喫煙病が治るのを待って、ようやく墓穴を掘る鉄の棒を探しはじめた。藤田憲兵はこのときを待ってましたとばかり、独創的な考えをあますところなく披露した。「これは黒熊がこしらえた傑作だ、熊が残骸に登って訳も分からないうちに船をこしらえてしまったんですよ」

「たいした想像力だ」

「これは想像力の問題ではなくて、本当のことです。みんなは北海道のヒグマ殺人事件を聞いたことがないのですか？　ブヌンの猟師が昨日、黒熊は人肉を食べるのを好まないと言っていたが、それは彼らが見たことがないだけで、熊の中には自分から人を攻撃してきて、人肉を食べるのがいるんですよ」。藤田憲兵がこう言うと、ある人は目を大きく見開いて頷き、ある人は口を大きく開けて首を横に振ったので、その表情に刺激されて続けて話しだした。大正四年、北海道苫前村に冬眠から醒めたヒグマが現れた。身長は三メートル近く、体重は三百キロを超えている。ひどく腹をすかせた熊は嬰児を嚙み殺し、大人の骨をかみ砕き、現場の人骨の残滓《ざんし》はちょうどあんこをぶちまけたみたいだった。人々は反撃のため、駆除隊を結成した。しかしヒグマは聡明で狡猾で、食べられるものは食べ、食べられないものはずたずたに引き裂き、道には人骨、人の体毛、未消化の人肉が混ざった糞が点々と残されていた。そいつが何をしたのかよくわかるというものだ。最後は陸軍が兵隊を派遣する騒ぎになり、さらに各地から支援に駆けつけた射撃手を合わせて、総勢六百人でヒグマを囲い込んで捕獲し、風雪の中で殺した。

「これは絶対に間違いなく起こった事件だ、みんなも聞いたことがあるし、新聞や雑誌でもときどき歴史回顧とかで繰り返し報道している」。藤田憲兵は最後にこう解説した。「黒熊は非常に頭がいい。奴らの頭は大体人間の子どもくらいの知恵がある。一頭の熊が捕獲されると、声を上げて仲間に救いを求める。これが黒熊の習性だ、人間が仲間を呼ぶように」

「考えすぎですよ、ただ昨日の夜に雨が降って、救命システムが作動しただけです」。ハルムトが言った。

「黒熊が仲間を呼び寄せたんだ」

城戸所長が煙草を取り出して、三平隊長にも渡した。二人は沈黙していたが、反対に吐き出した煙の輪は、漫画の吹き出しのように、盛んに会話をしている。そして黒熊を殺すことに決めた。二人は煙草を吸い終わると、みんなを連れて黒熊が罠にかかったところに来た。黒いふわふわの毛をしていた熊は、雨水が頭部のふさふさした毛に浸透して、ぺしゃんこになっているので、頭の形が少し小さく、口の部分がひどくとがって見える。熊は牙を剝き、大きな声を上げて威嚇した。みんなは熊に近づくにつれ、ますます熊の恐怖を感じ取り、ますます喜びを覚えた。藤田憲兵は鉄の棒で探りを入れ、その熊は殺人魔王だと言った。熊が突進してきたが、ぎりぎり届く範囲でワイヤーに足を引っ張られてしまい、ゆっくりと後ずさりして、立ち上がり、敵に向かって吠えたけた。

「城戸所長、タバコを一本いただけませんか！　一つ話をいたしましょう」と三平隊長が言った。

「こんなときにする話は、おそらくいい話ではないですね」。城戸所長は煙草を差し出して、いたずらっぽく言った。「しかし忘れずに覚えておきます、その中に何か道理があるかもしれませんから」。

「俺の話はあなたの俳句に負けませんよ」。三平隊長は煙草を吸い、藤田憲兵が熊をからかっているのを見ていたが、ハルムトがどうしたらいいかわからず遠くに立っているのを見て、ようやくこう言った。「だが俺の話は、絶対に奥さんの俳句には勝てませんがね」

「どうして家内が書いたと気づいたんです？」

「申し訳ない、ここ数日、我々の生活空間は狭いので、うっかりあなたの手帳に書かれた俳句をちらっと見てしまったのです。その中に禅意があふれているものがあった、まさにあなたが言うところの柳原白蓮のような気質を持った女性詩人が書いたものでしょうな。俺はあなたが俳句を吟じるときに、精神を集中させているのに気づいた。実際、それは奥さんが書いたもので、繊細な女性の思考があって初めて異なる世界が見えてくるものだ。あなたの俳句の風格とはずいぶん違う。あなたがここ数日書いた俳句は、みんな下山後に奥さんに見せるんでしょうな」

「さすがです、そこまで見抜いておられるとは」。城戸所長は目を大きく見開いた。

「俺も俳句が書けるんですよ、もしうまく書けないようなら、お手伝いして差し上げよう」

城戸所長は大笑いしてから続けた。「支庁憲兵分隊で名を馳せた人だけのことはありますね。女性的な思考の俳句は確かに家内が書いたものです。凡庸な俳句に至っては私が書いたものです。しかしあなたのお説は半分しか合っていない。私ら夫婦は『あばたもエクボ』の惚れた腫れたの段階はとうに過ぎていますから、俳句を書いて相手に贈ろうなんて激しい感情は毛頭ありませんよ。書きたいと思うのは、長男が私にこう言ったからです、嫁が妊娠したってね。希望がとにかくもやってきた。私ら夫婦は俳句を書いて未来の孫にあげたいのです。戦争がもたらした苦労や苦痛は、新しい生命の誕生によって薄められるかもしれない、家族の血脈を引き継ぐ孫が生まれてくることを思えば、情熱を燃やすことができます」

「まったく同感です。新しい命が生まれるのは、熱い血をたぎらせるものです。赤子は希望です」。

藤田憲兵は熊をからかっていた鉄の棒をおさめたが、顔はうれしさを隠せないでいる。

「藤田、お前は大げさなに笑うなあ、お前が父親になったことはみんな知っているぞ」と三平隊長が言った。

「隊長がもし結婚されたら、私のうれしさがわかりますよ。今回山に登ることになったので、満一歳になる息子に何か土産《みやげ》になるものを探していたのですが、幸いハルムトが大きな水鹿の角を拾って私にくれました。みんなも見たと思いますが、とても美しくて、もし一対にすることができたらもっといい、そうだろ、ハルムト？」

ハルムトは内々に頼まれていて、意味がわかったので、ここ数日はもう一本水鹿の角を懸命に探していた。けれども水鹿の角の多くは冬に取れてしまい、ほとんどが渓谷や人が足を踏み入れない森林に落ちている。そのうえ木の枝に似ているため、注意深く目を配っていなければ見つからない。わけもなく見つけようとすれば、運に頼るしかない。

「どうやら、俺の観察は合っていたが、推理不足だったようですな。おそらく俺の頭の中で回っているのがどれも愛情の幻だからでしょう。俺みたいな独り者は愛の試練をくぐり抜けていないから、愛情を感じとることができない。まあこれを馬の耳に念仏って言うんでしょうね」。三平隊長が言った。

「もう煙草を半分まで吸ったのに、まだ隊長の物語が聴けなくて、反対に孤独が聞こえてくる」

「今回初めて心から自分の気持ちを明かしました。高山で、きわめて困難な任務が互いの友情を深めたということでしょうな」

「もちろんだ、さらに長引けば、我々は黒熊にも友情を感じて、熊に向かって苦難を訴えるかもしれない」。城戸所長は、みんなが苦笑するのを見て、ようやくこう言った。「三平隊長、あなたの話を続けてください！」

「俺のこのあまりよくない話は、孫と分かち合えるあなたの俳句とは違って、ともに分かち合う相手を見つけることすらできないでいる。一つの物語を心の中に長くしまっておきたいとは思うのだが、いつまでたっても芽が出ない。おおかた俺の心の土壌が、火が消えたように冷え冷えとして、あまりにさびしいからだろう。それは小学四年生のときのことだった。一匹の中型犬が村に入り込んで、鶏を一〇羽も食い殺したので、みんなはその野良犬を殺すことにした。犬が我が家の庭に逃げてきた、だがとても従順で、みんなが言うような狂犬ではない。俺たち兄弟が交代で餌をやると、食べ物が足りていさえすれば、犬はおとなしくて、鶏を嚙み殺しにいくことなどなく、俺たちと遊ぶことができた。犬はまったく男の子の玩具だ。城戸所長なら俺の行為が経験的にわかると思う。あなたも犬が飼いたくて、お婆さんと四国八十八か所の霊場巡礼を完成させたじゃないですか。だが、こちらの犬は奇妙な病気にかかり、しょっちゅう痙攣をおこして口から白い泡を吹き、哀しそうに鳴いて、ますますひどくなった。俺たちは犬を近所の山でこっそり飼っていて、順番に様子を見に行っていた。犬が死ぬ日、兄弟四人は傍にしゃがんで、いちばん下の弟なんか大胆にも墓場から地蔵菩薩を一体こっそり運んできてご加護を祈った。犬は苦しんで痙攣をおこしたので、とうとう俺が小刀を持ち出すことになった。兄弟はその意味を知って、さらに激しく泣いた。ひと思いに犬の首に突き刺すと、血が噴き出て、犬はまもなく死んだが、目は穏やかだった。それは特別な感覚だった。俺たち兄弟は貧しい家庭に育ち、いつも些細なことでけんかばかりしていたが、この経験をしてからみんなは仲良くなった。今、二人の兄は南洋の戦場で消息不明で、弟は内地で働いている。おそらく俺たちが互いのことを思い出すとしたらその犬を飼った記憶ではないかと思う

……」

「あぁ！　そういうことか。この件はあなたにやってもらうのがよさそうだ」

「おっしゃる通りにします」

ハルムトは物語の中に沈んでいた。二人の最後の会話の含みが理解できなかったが、すぐに見てわかった。三平隊長が話し終わると、拳銃嚢《ホルスター》から拳銃を取り出したからだ。弾倉《マガジン》に弾がかちっと収まる金属音がして、弾倉を取り付け、撃鉄《ハンマー》を起こして撃つ準備が整った。この捕獲された黒熊は、仲間を呼び寄せる人食い動物とみなされている。死が迫っているのを感じ取ると、怯えて臆病になり、木の陰に隠れて、懸命に逃げようとしていたが、どこにも逃げ場がなくなったそのとき、銃声が二発響いた。ハルムトは恐ろしくて目を閉じた。

ハルムトが目を開けると、黒熊が激しくもがいているのが見えた。二発のダムダム弾がどこにあたったのか確認できないが、一発で仕留められてはおらず、黒熊の胸はびっしょり濡れて、血が吹き出ている。熊は地面に座って、鼻の穴を大きく開き、口からかすかに呻き声をあげながら、涙を流している。

このとき、ナブが遥か遠くから駆けてきて、興奮して叫んだ。「早く見に来い！　豹をつかまえたぞ。俺はこれまでHuknav（雲豹《うんぴょう》）を見たことがなかった」。彼が息を切らせながらみんなを見ると、この知らせに心を動かされる者は誰もいない。不意に空気中に硝煙のにおいをかぎ取って言った。「あんたたち発砲したんだな」

「そうだ」

「でも熊は死んでいない、もう一発撃つべきだ」

「弾を節約せねばならん」

「苦しんでいるじゃないか。それにあとどれくらい痛い思いをするのかもわからない」。ナブは言い終わると、藤田憲兵が持っていた鉄の棒を取り、城戸所長の銃剣を借り、縛って長槍を作ると、ようやくこう言った。「あんたたちの誰かが奴を一発でやってくれ。俺たちブヌン人は、熊は殺さない、殺したら粟の収穫前に部落に帰れなくなる。俺はあちこち飛びかう鳥にはなりたくない」

藤田憲兵が長槍を持って、熊に近づいた。熊は何一つ反抗しない。死にゆく以外に、どこにも行き場はないのだ。藤田憲兵が突然、槍を熊の喉に突き刺した。だが熊は死なず、反対に痛いので起き上がって逃げ、疲れるとまた横になった。今度は熊の胸を突き刺したが、肋骨に阻まれた。抜いて、また刺して、また刺して、また刺した。これは彼と熊の双方にとって、苦痛の過程だった。

さらに増えたたくさんの傷を、熊は乗り切った。さすが山の魂の名に恥じない奴だ。血が川のようにどくどくと流れ出し、胸で激しく呼吸をしているが、どうしても倒れようとせず、そのうえ立ち上がって、人の格好で冷ややかに人のほうを見たので、誰もが背筋が凍る思いがした。

ハルムトは長槍を奪い取ると、黒熊に向かって突き進み、熊の胸を刺し通した。

黒熊はツガの木に寄りかかって、ついに死んだ。

熊は涙を流し、立ったまま死んで、目を大きく見開いて人を見ている。

熊が目を開けて死んだのは、人を見ているのではなく、友達を待っているのだと、ハルムトは知っていた。

ブヌンの伝説では、黒熊と雲豹は親友で、山と雲のような関係だ。

祖父のガガランが黒熊と雲豹の話をしてくれたことがある。ある日のこと、この仲の良い動物が、お互いの体に色を塗りあった。黒熊は雲霓《うんげい》〔雲と虹〕と星の輝きと炎の三色が好きで、とくに炎に惚れこんで、ブヌンの家の三石かまどを盗みにいった。前足で炎を捧げ持って道を歩いていると、一部が地面に落ちて、森林の大火事を引き起こした。黒熊は炎をいくつか取り戻して、雲豹のために色を塗り終えると、疲れて眠ってしまった。今度は雲豹が黒熊のために色を塗る番になった。雲豹は大変いたずら好きで、あちこち色を探し回って、森林の大火事のあとの黒い灰を塗りつけた。黒熊は目を覚ますと激怒して、自分は雲豹のために懸命に色を塗ってやったのに、そのお返しに真っ黒にされるとは、絶対に許せないと思った。雲豹は深く恥じ入り、これ以降キョンを捕えたあとは、おいしい内臓と前足を現場に残して、仕返しに追いかけてくる黒熊に食べさせるようになった。

「これからは、黒熊が災難にあったときはいつでも」、ガガランは三石かまどに向かって薪を放り投げ、五歳の双子に言った。「気をつけろ、雲豹が近くにいるからな。後ろからついてきて黒熊を助けるのだよ」

「黒熊は雲豹を許すかな?」子どもだったハルムトが尋ねた。

「それは無理だな、なぜなら雲豹はキョンしか捕まえられないからな。イノシシを殺して詫びを言って初めて和解が始まる」。ガガランは大声で笑った。ブヌン族が和解をするときにはイノシシを殺して詫びを言う文化を物語に溶け込ませたのだが、二人の孫はちんぷんかんぷんだった。

雲豹は、雲と炎をもつ神秘的な動物。前方にしゃがんでいたとしても、誰の目にも見えない。透明なのではなくて、生い茂る森林に溶けこんでいるのだ。ただ卑劣な罠を使えばなんとかそれを引っ張り出すことができる。今ハルムトの目に雲豹が見えたとき、ガガランが言っていたブヌンの伝説を思い出さずにはいられなかった。雲豹の出現は、あらゆるブヌンの伝説がもはや瞑想によって生まれた神話ではなく、土地と強いつながりを持っていることを示している。その雲豹がワイヤーの罠にかかったのは、おそらく多肥皂樹渓の流域から登ってきて、遭難者の死臭にひきつけられたからだろう。雲豹は気高く、体には形の違う大きなまだら模様がある。すらりとした体の後ろには指長さ八〇センチほどの尾が伸びていて、怒るとコブラのようにうごめき、静かにしているときは指揮棒のようにのんびりと風の流れを指揮している。千に一つ、万に一つにも、黒熊が殺されたあとに、雲豹はここに来てはいけなかった。ハルムトは信じた、雲豹は黒熊を救おうと駆けつけてきたに違いない、だが時すでに遅しだ。

「俺の話は黒熊で使い終わった」。三平隊長は言った。「こっちは所長が決めてください」

「私はまだ話を考えていない、もし何かを考えたとしたら、それはたった今経験した恐怖の体験だ。まるで死にたくないと言っている黒人を殺したみたいじゃないか。私は心の中でずっと念仏を唱えて、黒熊が平安を得ることを願っているよ」と城戸所長は言った。

「そんなに悩んでいるのなら、この高砂豹《たかさごひょう》は俺が処理するよ」とナブが言った。

「だめだ、この高砂豹は僕のだ」とハルムトが厳しい口調で言った。

ハルムトは勇気を出して奪い取りに行ったが、自分の勇気がこんなにも素早く力強いことに驚いた。奪い取らねば手遅れになる。ナブは雲豹の毛皮が欲しいのだ。黒熊と違い、雲豹を捕えるのに何もタブーはないが、その毛皮を手にした者は、一族の注目を浴びる。このおよそ一八キロの雲豹は、せいぜい肩掛けと帽子くらいしか作れないだろう。けれども毛皮のまだら模様は星のような光を放ち、夜空の銀河を体にまとっているように見える。晴れがましさの象徴であり、それを持っている者は誰でも、錆がまだらについている自分の人生をピカピカに磨き上げることができるのだ。

「五頭のイノシシと交換してもいい」とナブが条件を出した。

「だめだ」。ハルムトはさらに意固地になって言った。「この豹は僕のだ」

ナブは冷ややかに見ていたが、急に何かおかしいと気づいた。なぜハルムトと条件交渉をする必要があるのか。落とし穴は自分がしかけたのだし、獲物も自分で発見したのだから、彼が悔しい思いをする理由は何もない。「お前はそれを手にするどんな能力を持っているのか?」

「僕は黒熊を殺した」

「なんてことはない、黒熊を殺したからってどうして豹を得ることができるのだ」

「黒熊を殺したから、粟の収穫前に家に帰れない、これはその代価じゃないのか?」ハルムトは振り返って城戸所長に向かって言った。「この高砂豹は僕のです、いいですね?」

「いいだろう」

数秒の沈黙のあと、ナブは気持ちを抑えきれなくなって、城戸所長に恨み言を言った。あたかもこの数日の怨みが積もり積もっていたかのように、ようやく警察に対して口答えをする勇気が出てきた。彼は言った、山に捜索に来たのは無報酬で、一銭たりとも金はもらっていないが、誰かさんはもらっていると。ハルムトはすぐさまその当てつけの言葉の意味がわかった。ついに明らかになったのだ、金をもらっているのは彼なのだと。確かにこの金のために山に登った。すべてをハイヌナンの家族に渡して、あの薄暗い家屋の少しばかりの足しになればと思った。これは彼ができうる実質的な弔慰だった。城戸所長はだからこそ、全隊員の中でハルムトだけ報酬を得ることを承知し、駐在所の予備費から支給したのだ。

「じゃあこうするほうがもっといい、この豹は俺への報酬だ」。ナブは権益を取り戻し、続いてハルムトの方を向いて言った。「お前のように年中、山の下に逃げて学校に行っている人間には、雲豹は意味がない」

「豹は僕のだ」

「お前は自分の部落を失い、自分の信仰を失っておいて、何の権限があって俺と議論するのだ」

「チスパンガ（役立たず）の僕だって、自分が欲しいと思った物を手に入れることができる、とにかくこの豹は僕のものになった」

「お前は自分がチスパンガだと認めた、それなら豹で作った服を着るのはふさわしくない」

「それを殺す気はない、放してやるんだ」

「なんだと」

ナブは前に詰め寄り、ハルムトの襟をつかんで引っ張った。ハルムトは劣勢だった。消極的な抵抗をして、手で押し返したが、最後は地面に投げ落とされ、胸の上に馬乗りされた。手で頭をかばって、相手の激しい拳骨をさえぎったものの、何発か頬を強く殴られた。目を閉じてナブから罵声を浴び、ハルムトのことを男の皮をかぶって、体の中に女の幽霊を入れているくせに、今はなんと猟師のふりをして横取りしようとしているとあざ笑われているのを聞いていた。

ハルムトは抵抗しなかった。イスタンダ家族の恥だと責められ、敗北したブヌン人だ、呪われた双子だと非難されても、おとなしく受け入れた。これらの尽きることのない過ちが彼の体に巻き付いている。殴られることも含めて受け入れることができたし、認めたいと思った、自分を役立たずだとみなして夜ごとに激しく泣いたことを。しかし、ナブがガガランもチスパンガで、双子が生まれたあとすぐに殺す勇気がなかったと罵りだしたとき、ハルムトは激怒し、飛びあがって反撃した。祖父のために反抗した。ガガランは自分の孫を守り、日本の強引な政策に懸命に抵抗し、力を合わせて家族を守ったのだ。その祖父の意気地のない孫でも黙ってはいられない。

「やめろ、お前ら二人とも大バカやろうだ、殴るな」と城戸所長が止めに入ったが、メガネが混乱のなかで飛ばされてしまった。身をかがめて拾っていると、何かを耳にした。かぼそく低い音で、猛スピードでこっちに向かって飛んでくる。所長は眼鏡をかけて、空を凝視して言った。「お前たち聞こえるか……」

何か恐ろしい空飛ぶ怪獣がやってきた、吠え猛り、盛んな気勢を上げて、ますます近づいてくる。だが、周りの者は二人の喧嘩をおさめるのにかかりきりになっている。城戸所長以外、誰も聞いていないので、所長は怒って大声で叫んだ。「やめろ、注意して聞け」

ヒュー、怪獣が到来し、雷の音が後に続いた。

とうとうみんなにも聞こえた。一筋の鋭い音が稜線の上方をかすめていった。時速四百キロ近く、樹木は震え、空気中にエンジンの煙のにおいが残った。現場は静まり、米軍の戦闘機ヘルキャットが一機飛び去るのを仰ぎ見た。それは高く上昇して、かの有名なインメルマンターン（Immelmann turn）をふざけてやっている。この種の半回転と半とんぼ返りのドッグファイトの技術は敵機に痛撃を与えることができるが、今は宿敵のいない青空に一筋の銀色に光るラインを引いている。地平線のかなたに、もう一機ＰＢＭ－５水上偵察機がいて、広域を偵察している。アメリカ海軍航空隊の捜索機が来たのだ。藤田憲兵は興奮して稜線の草原まで走っていった。そこの小さな池には青空が逆さまに映り、彼が大声で任務は順調に進行していると叫んでいる姿も映し出した。そのあとやって来た人たちは脱帽して敬意を表した。ハルムトがその小さな池に入っていくと、逆さまの影にしわが寄り、水が靴の中に入ってきた。このときの慌てふためく気持ちと同じだ。彼だけがなぜ飛行機が来たのか知っている。「ギブソン・ガール」のシステムを作動させて、アメリカ軍機が太平洋に停泊している航空母艦を飛び立ち、中央山脈に来て捜索するよう促したからだ。

このとき再接近してきた戦闘機のコックピットの窓が開いて、革の飛行帽とゴーグルをつけたパイロットが親指を突き立てて、小型の物体を投下した。そして最初に大西洋単独無着陸飛行に成功したリンドバーグの笑顔をのぞかせ、胴体腹部の衝突防止燈がモールス信号でこんにちは（kon ni chi wa）と点滅した。地上の隊員は両手を高く挙げて、大声で万歳と叫んだ。初めて生きているアメリカ人を見たが、話に聞いていた野獣には似ていなくて、人間だった。双方の視線が一瞬ぶつかったけれど、それは敵対的なものではなく、友好的で、第二次世界大戦の終結を祝っているように見えた。ハルムトが灌木の林からパイロットが投下したスタンレーの真空断熱ボトルを拾い、グイッと開けると、コーヒーの香りがした。隊員たちはこれほどおいしくて、水鹿の尿の池よりももっと濃い褐色の苦いお茶を飲んだことがなかったので、もう一度万歳と叫ばずにいられなかった。

半時間後、ハルムトが多肥皂樹渓流域のヤダケの茂みと傘の形をしたツガの木の外側にいたとき、アメリカ陸軍航空隊のＢ17捜索機が一機、地平線のところをぐるぐる旋回しているのが眼に入った。ライト・ワールウィンドの低く沈んだエンジン音が響き渡っている。今日見た最後の捜索機だ。それは円を描きながら捜索していて、音が急に大きくなったり、急に遠くになったりした。金属の機体が時おり日光を反射するので、風に巻き上げられて激しく乱れる竹林の中で、ハルムトはたえず頭を上げて見てしまった。すると恍惚としてきた。その光の明るさは、柔らかく、夢心地で、自分は海底から、低い唸り声をあげているクジラのような飛行機を見上げている。現実もまたそうで、ヤダケの茂みは高さ二メートルの果てしなく広がる海草であり、ハルムトは海草の間をぬって移動していた。光のまだら模様がたくさん浮き上がり、風景はずっと変わらないが、至るところからとても濃厚な動物の生臭いにおいがしてきた。

竹林にはあちこちに排泄物が落ちている。新鮮なものはつやつやで、古いのは乾燥して灰色がかり、形状からその主の身分がわかる。たとえばイノシシの糞は一つ一つがとても大きい。ヤギの糞は山の形に堆積しているが、かなり小粒だ。歩きながら垂れる水鹿の糞はぽこり、ぽこり、綿々と続いている。四月に角が生えたばかりの雄ジカの糞は丸くて大きく、油を薄く塗ったようだ。糞はこうして猟師に追跡の手がかりを残しているのだが、たとえば油分を含んだ水鹿の糞は、成人の儀式の訓練の際に食べて以来ハルムトはそれとは絶縁しているけれども、生存を図るときには焼いて食べることができる。雑食の黒熊の糞は人間のものに似ていて、棒状で、臭わない。主食にしている大量の種子と植物繊維の発酵したにおいがするが、イノシシのようにひどく臭くはない。では雲豹の糞はどうか？　ハルムトは思った、雲豹は地平線に何かの記号を残しているかもしれない、これはブヌン人がほとんど議論したことのない動物の手がかりだ。ハルムトは考えを巡らし、何やら思いついて、ちょっと探してみた。そしてついに、太い毛や砕かれた骨が混じったひと山の糞便に疑いの目を向けた。糞はとても新鮮で、どんな小動物の残骸を押しつぶしてひねり出したものか想像できた。これはあの雲豹のものではないのか？　多肥皂樹渓の支流に登る前に、おそらくここをのろのろと進んで、ためらいがちに、優雅に、筋骨の律動が毛皮の斑紋をさらに奔放自在にして、空にふんわり浮かんでは消えていく流れ雲のリズムに呼応しながら、とうとうここに排泄物を残したのではないだろうか。

　雲豹はハルムトの物になった。現実と夢の間の潮間帯《ちょうかんたい》を歩く伝説の動物、誰もがその華麗な雲紋を分不相応にも渇望する。ハルムトとナブはそのために喧嘩をした。一人は生きたものを欲しがり、一人は死んだものを欲しがった。城戸所長が仲裁に入って、雲豹を殺して、毛皮を半分ずつ分けてはどうかと言った。ハルムトは同意せず、全部を欲しがった。彼が求める栄誉は雲豹が生き続けることであり、半分ずつでは死んでしまう。黒熊を殺した代償として、雲豹は結局ハルムトに与えられることに決まったが、かえってナブを怒らせた。しかしその雲豹は人を近寄らせず、何かというと鋭い牙で威嚇するので、ハルムトはそれをワイヤに縛られたままにしておくしかなかった。自分は稜線を離れて、多肥皂樹渓へ向けて移動し、今日の任務である、あの谷にさらされている遺体の処理を終わらせるのだ。

その雲豹のものと思われる排泄物は、新鮮で湿り気があり、中の毛はたぶんキョンのものだろう。このとき彼も便意を催したので、背嚢を下ろすと、肩が軽くなった気がした。ベルトを緩めてしゃがんだとたんアザミに刺され、大地が彼の尻に挨拶をした。ここ数日、高山の野営地で便所に行くのは一苦労だった。衛生を考えて、小さい穴を掘って糞便を埋めていたが、往々にして他人の使用済みのところを掘る羽目になった。それで彼は、使った穴にヤダケを一本挿して目印にすれば解決すると提案したのだった。今、一人で竹林で用を足すのは実に爽快だ。ハルムトはキク科の綿毛がふわふわ漂っているのを眺めていた。光の膜に包まれ、音を立てずに浮かんで、クラゲのようだ。これらの綿毛はどの植物から出ているのだろう？　ヤダケの茂みの下にはツチグリ、リンドウ、シュロソウしか見えない。それらは風が吹いても人に遥かな思いを抱かせるどんな綿毛も提供してはいない。ちょうどこのとき、ようやく空を長い時間旋回していたB17捜索機の音がもう聞こえなくなっているのに彼は気づいた。アメリカ機は自分の足跡を全部持ち帰り、あとは冷え冷えとした青空をむなしく残している。飛行機は彼が呼び寄せたものだが、最終的にはSOS信号を誤報だと判断して飛び去ってしまった。飛行機がいなくなってしまうと、彼はなんだか悲しい気持ちになった。やましさのようなものがうっすらと心に刻まれ、援軍が消え失せたためにトーマスがもっとがっかりするだろうこともわかっていた。用便を済ませると、ヤダケの茎できれいに拭き取り、地面にこんもりと彼が永遠に振り返ることのない排泄物を残した。

今日は道に迷ったが、方角は合っている。渓流は前方にあるはずだ。昨日のオニガシに出会わず、大きなツガにも出くわさず、まるでヤダケの海が何回か風に吹かれて道をきれいさっぱり消し去ったかのようだ。だが半時間後、高く伸びたツツジの林が広がる一帯に来た。地面はとても弾力がある。これはツツジがびっしりと根を張り、土を腐食分解して生じた隙間がふわふわしているせいだ。ハルムトはその上に横になって、ツツジを口にくわえると、花の季節が終わる寸前に間に合ったと思った。キンモウツツジは満開の春の時期を過ぎると、秋の花はまばらになり、かすかな香りを漂わせている。いつも山風に当たり、たまに昆虫が蜜を吸いにくる。もし昆虫に美意識があるならばハルムトといっしょに地べたに座って、ともにひとときを楽しむことができるだろう。

ハルムトはそこでビスケットを少し食べ、半分残っていた飛行機の非常用飲料水を飲んだ。空き缶を木の茂みに投げ捨てる際に、ふとツツジの葉の繊毛が光を反射しているのに気づいた。白い繊毛に光の層が敷き詰められ、柔らかく密で、撫でるととても気持ちがよくて、ややしっとり感がある。それでうっかり何度も撫でたので、手に葉脈の粘液がついてしまった。それは、スポーツをしたあとの男の頬の産毛にとてもよく似ている。ハルムトは自分がまた誰を思い出したのかわかり、心が折れてしまう前にUターンしてその場を離れた。花の季節が終わると、冬がまもなくやってくる。彼は何もかも忘れてしまうのが本当に怖かった。

昨日見たオニガシはまだ見当たらない。出会わない運命なのだ。忘れたのではなくて、見つけられないのだ。オニガシはこうして消えていった。だが袖口にヒトリシズカの実がついている、いったいどうやってついたのか？　この世界はいつも何か陰でこそこそする物があり、心の中に這い上がってくる。

ヤダケを一本一本押しのけながら林を進んでいくと、再び果てしない荒涼とした風景が現れた。

まさか、秋はもう終わろうとしているのか？

今は午後三時、君は何を考えている？
何をしているの？　空に横たわって人間《じんかん》を見ているのかい？
高山と川の源流のまじわるところ
君が残した半分の世界に
ツガ、オニガシ、ヤダケの海が
活気に満ち満ちて湧き上がるように広がっている
でも君が忘れていったツツジは
僕もこの森のなかに忘れていくつもりだ
それはつまり、花の季節が夢の中に入って僕らの詩魂《しこん》になるということ

午後四時、太陽の光が山に遮られてしまった。ハルムトは突起した岩の上方から垂直に降下して、トーマスと再会した。突起した岩に向かって歩いているとき、トーマスが今か今かと待っているのがとっくに見えていたので、どう嘘を取り繕うか考えを巡らし、そのために入念に戦略をねった。嘘を取り繕えば慢性中毒になって、一歩一歩敗北に向かっていくものだ。そのうえハイヌナンの死がすでにひどく心を蝕んでいた。それは夜通し何度も何度も寝返りを打たせる永遠のトゲであり、思い出した後はさらに鋭利な切り傷になる。彼が患った「胸のつかえがとれない」病気によって、

どの細胞もみなこのウイルスにやられていた。漢方には「毒を以て毒を制す」というやり方があるのを聞いたことがある。強力な毒薬で体内にあるウイルスを封じ込めてしまうのだ。ハルムトは自分が今まさにこの道を歩いているのを知っていた。

突起した岩の上から垂直に降下したとき、もうくたくたになっていて、手にはロープでこすったマメができていた。トーマスの強烈な反応を見るのが怖かったが、意外にもそうではなかった。彼は、おとなしい犬が知らない人間を見るときの好奇心と同じくらい、ほんのわずかな希望を持っているだけだった。ハルムトは手にできたマメと腕の傷を見せて、何も言わずに、ここに来るまでいかに努力したかを黙って示し、それから背嚢を下ろした。背嚢の外側には米軍の胸部装着パラシュート《チェストリザーブ》を一つ掛けている。パラシュートの布は今晩のテントのない野営での保温布団になる。

トーマスは這ってきて、懸命に何かを探している。食べ物が欲しいのだ、煙草でもいい。オニガシが数粒ハルムトの背嚢からこぼれ出た。三、四個くっついて、外側は分厚いうろこ状の皮に包まれている。トーマスの歯茎は炎症を起こして腫れていた。昨日ハルムトが与えたオニガシを噛んで、歯の隙間から血が滲み出たのだ。その硬い殻は黒熊の歯が生えてでもいない限り手に負えないものなのに、まさか今日もまた悪夢の果実を見せられるとは。ついにトーマスは紙で包んだ握り飯を見つけて、二、三口でぺろりと平らげ、それからようやく煙草の「曙」を吸いはじめた。手を震わせながら火をつけて、音を立てて吸っている。

「我々には少し希望が必要だ」とハルムトが言った。

「希望か、それで?」トーマスが煙を吐くと、顔に浮かんでいた死相が徐々に薄らいでいった。

「この煙草は嚙むと硬くてぱさぱさで、男のあそこを使い物にならなくするアタブリン*みたいだ。やっぱりラッキー・ストライク（Lucky Strike）が口に合う、でもそれを吸ったからと言って幸運がやってくるわけないけどね」

「簡単な英語を話してくれ、そうすれば意思疎通ができる」

「こいつはいけてる（fucking）いい奴だ」。彼は煙草を持ち上げた。

「くそったれ（fucking）？」

「そうだ、ものすごく（fucking）希望のある煙草だ」

「その通り、夜になると、火は最高の希望だ」。ハルムトが背嚢から松瘤《まつこぶ》を取り出した。ナイフで削って、豚バラ肉によく似た松脂《まつやに》を含んだ木片を作って火種にすると、あたりに上品な香りが漂った。落日の残光が間もなく消えようとしている。風景がぼんやりと色あせたものに転じるころ、森林から三種類の鳥のさえずりと、二つの連続したシカの鳴き声が届き、それらが三々五々聞こえてくる。たった一本のマッチで火種から明るい火がはじけ飛び、柴が絶えず音を立て、焚き火はゆらゆら揺れている。火の光はハルムトとトーマスの間の溝を埋め、彼らは言葉を気にせずに、火を焚くことに専念し、夕食づくりにかかりきりになっている。空の色は気味が悪いほど漆黒で、物の形がぼやけて炎の間近まで寄らないと見えない。炎は二人の顔と心配事を、今ちょうど行軍鍋《こうぐんなべ》で炊き

＊ 原注：atabrine 第二次世界大戦時、アメリカ軍のマラリア治療薬、丸剤。飲むと不妊になるというデマのせいで、兵士が服薬を拒絶する事態を招いた。

上げたばかりのトウモロコシご飯のようにどろどろに照らしている。トウモロコシご飯はブヌンの猟師の主食であり、乾燥したトウモロコシを粉に挽いて粥のように煮たもので、ダンダン（dang-dang）と呼ばれ、薫製の干し肉とラードを混ぜて食べる。

これはトーマスにとって七日目にしてようやく口にできた温かい食事だった。もしあまりに熱くなかったなら、また文明の工具であるスプーンを持つという制約がなかったなら、彼は直接鍋を持ち上げてがぶ飲みしたことだろう。粥ご飯は一口一口が太陽の光と露から生まれた精華であり、細やかで潤いがある。トーマスの顔は、豊饒なトウモロコシ畑の景色をそっくり飲み込んだみたいに、きらきら輝いている。彼は食べ終わると、何度も髭についたかすを舐め、黒く汚れた指を鍋の底に伸ばしてこすっている。爪の間の残滓も見逃さず、行軍鍋は内側の縁の焦げカスがすっかりなくなるまで、彼の舌できれいに洗われてしまった。それから、ハルムトは木片を組んで焼き網をつくり、その上にクサヤを置いた。オニガシとオオフジシダの新芽は火の中に投げ入れて加熱した。

「これはパシングルと言って、ドングリの仲間だ。動物はみんな好きだ、ブヌン人も」。ハルムトはまた一つオニガシを投げ入れた。

「ブヌン人？」

「そうだ、一本の川くらい長い時間をかけてあんたに説明してやってもいい、ブヌン人とは何かを。しかし川はカーブするから、そこがいちばん説明が難しいところだ、ブヌン人でさえはっきり説明するのが難しい。なぜ自分の人生が川のように曲がりくねって、いつまでも止まることができないのか。これはもしかするとまさにブヌン人が水に近づくのを好まない原因かもしれない。長い間考えて、あまりにたくさんの解けないものがあると自分を溺死させそうになる」

「説明しなくてもいいと思う」

「なぜ?」

「君がまさにブヌン人だ。自分を簡略化するのを望まないから、話すのが難しいんだよ」

「アメリカ人は自分をどう思っているの?」

「アメリカ人は自分について考えることはほとんどない、ぜんぶ他人がアメリカ人をどう見ているかばかりだ」。トーマスは淡々と話した。「君はアメリカ人をどういうふうに想像してる?」

日本人の目には、アメリカ人は暴虐無道で、悪魔で、「鬼畜生《おにちくしょう》」と呼ばれている。ナマケモノに譬《たと》えられ、体毛はとても長く、トンビの嘴《くちばし》のようなとがった鼻をもっていて、体格は大きいが意気地なしの役立たずだ。噂ではこの悪魔は戦争末期には冷酷に人を殺し、女を強姦し、男の捕虜の口の中に手榴弾を押しこんだという。ハルムトはアメリカ人を見たことがあった。太平洋戦争中期のことで、町じゅうの住民が強制的に大通りに動員され、祝いの饅頭が配られた。しかしそれは日本軍がまたどこかの都市を攻略したことを祝うものではなくて、外国人捕虜が、下船した花蓮港から徒歩で市内を通り過ぎるのを、見物するためのものだった。二百人余りの戦争捕虜が一列縦隊で歩いていた。革靴は裂け、服やズボンの関節部分はぼろぼろで、目もうつろにうなだれて荷物を手に提げている。さながら戦場から撤収してきた見世物の一行のようだ。住民はあれこれ指をさして、アメリカの駐フィリピン司令官であるウェインライト少将と香港総督の楊慕琦《サー・マーク・アイチソン・ヤング》もその捕虜の山に紛れていると言った。「見ろ! あの一番やせたナマケモノがそいつだ」。誰かが大声で言った。

今、ハルムトは考えていた。アメリカ人とは何か？　彼らは『わが闘争』のヒットラーの写真と同じくらい見慣れない顔をしている。奥深い目に高い鼻。目の前のほお髭だらけのトーマスは、ヒットラーの鼻の下のあの「ちょび髭」を顔中に貼り付けたに過ぎない。外国人の顔の違いを見分けることもできないのに、ましてアメリカ人を言葉で表現するなんて無理なことだった。それでハルムトはこう言うしかなかった。

「あんたの嘘くさい目は少し緑色をしている」

トーマスは少し黙って、考えてからこう言った。「君の目も嘘くさい」

「あんたの嘘くさい鼻はどうも嘘くさい」

「君のほうこそ」

「あんたの頬はすごく細くて、ひどく嘘くさく見える、まるでガソリンの中でおぼれ死んだ納豆だ」

「君もそうだ」

「あんたの赤毛はちょっと変だ、ひどく嘘くさく見える」

「君の髪こそ黒すぎる、瓶の蓋にこびりついているマーマイトに見える」

「あんたの嘘くさい目はじつに嘘くさい、緑色のワサビのようだ」と、ハルムトは話題をまた振り出しに戻した。自分が焦って話しているので文法がでたらめなのはわかっている。しかもとてもすらすらと間違えている。「あんたの嘘くさい目はとても真実だ」

「ふん！　何もわからん奴だな、これは『アザミの目』と言うんだ。僕の母親はスコットランド人で、瞳の色は彼女からの遺伝だ」。トーマスは体を包んでいる白いパラシュートから手を出した。指先は魔法の杖のように、指したところはどこも一群のアザミが生えている。頭上の岩の隙間、足元の崖の隙間、枯れた渓流の石ころだらけの谷間から、遠くの森林の縁のやせ地まで。トーマスは最後に指を目のあたりに戻して、また言った。「ここはいたるところにアザミがある、僕の目も含めて」

アザミはどこでも繁殖し、遠慮がちに這って動くが、葉はどこも尖っていて、ちくっと人を刺すことは誰でも知っている。トーマスが指したのは玉山のアザミで、およそ標高の高い荒れ地であればどこでも見られ、ブヌン人は tangusak と呼んでいる。ブヌン人はその柔らかい芯を食べて下痢を治すのだが、これは高山での厳しい狩猟環境と飲食の劣悪さが原因でしょっちゅう胃腸の調子が悪くなるため、手近な植物で治療する必要があるからだ。ハルムトは祖父が一つ笑い話をしたのを覚えている。ある猟師が夜に荒野を急いでいたときに腹を壊し、しゃがんだときにチクリと刺されたので、これは祖先の霊がこの場所は汚してはならないと暗示しているのだと考え、尻をほかの山に移動させた。結果、その男は八十回以上もしゃがんで、山四つ分も我慢し、堪えきれずに指を尻の穴に突っこんで悲劇を阻止したところ、下痢は治ってしまった。猟師は振り向いて火をかざしてよく見ると、山じゅうのアザミに刺されていたのだとようやく気付き、アザミは下痢を治すことができると認定したのだそうだ。

ハルムトはそれを思い出して笑った。するとトーマスは言葉に敵意を込めて、何を笑っているのかと尋ねた。ハルムトはもっと大きな声を出して笑った。自分の尻にもアザミにひっかかれた跡が残っていて、汗が触れるとまだ痛いのを思い出したのだ。この種のトゲのある草はどこでも人に嫌われ、きまって険しい場所に定着していて、悪気がなくても人にきまりの悪い思いをさせる。注意しながら岩盤につかまって登っているときにまた刺され、休憩のときは何度もあたりに目を配ってから座るのだが、また思いかけずズボンを突き刺され、なんだかんだと刺されて傷ができる。アザミは掃いて捨てるほどたくさん生えている。

「僕は君の笑い声が嫌いだ、とてもわざとらしい」とトーマスは強く言った。

「あんたの嘘くさい目はすごく奇妙だ、ちょっと緑色をしている」と言いながらハルムトはまじめに見て、「僕は知りたいんだ、中にどうして六つの魂の草（sixsoul）があるのか？」

「アザミ（thistle）」

「六つの魂ってどれのこと？」

「六つの魂の草たち（sixsouls）ではなくて、アザミだ」

「今、アザミだとわかった。でも、アザミが、つまり、トゲだらけの植物がどうしてあんたの目の中に隠れているんだ？」

トーマスは右手の中指を噛んでいる。爪の周りの皮膚がトゲになっていて、環境のストレスと高山の寒さのせいで爪にささくれができていた。何度も噛むので、腫れて痛みを伴うひょう疽《そ》になっているが、噛まないと気分を和らげることができない。彼は言った、「うわさはトゲに似ていて、信じないときはすぐに抜き取るが、信じると反対に手でぐいぐい心の中に押し込んでくる」。「あんたの指は赤く腫れている、刺し傷か？　とても嘘くさく見える」。「君のも嘘くさく見える」。「わかったよ、あんたの目の中の六つの……アザミの話を続けてくれ」。ハルムトはトーマスに本題に戻るよう要求した。けれどもトーマスは急いで話そうとはしないで、汚水の中のナマズように口を開けて激しく呼吸をした。唇の上の乾燥して裂けた皮を噛んでいるので、唇から血が流れ落ちている。そしてごちゃごちゃの汚い顔の中から、自分の冷ややかな視線が、相手を身震いさせるのを待ってから、ようやく話し出した。親父がよく言っていた、彼の祖父はスコットランド人で、ペンシルベニア州で南北戦争を戦った英雄だった。すけこましでもコソ泥でもなく、また軍の給与をだまし取って逃亡するようなごろつきでもなくて、彼はぬかるんだ悪地で、銃剣をもって近距離で殺し合いをした。最初のうちは、初めて人殺しをしたときのように恐ろしかったが、のちに殺人はアバズレとやるくらい奮い立った。だが負傷兵は病院で、生きているより死んだ方がましだと思うくらい、まな板の上で牛や豚を屠《ほふ》るように、医者に手足を切断され、戦後は敗残兵が毎日のように自殺した。彼はとうとう片足を失くした帰還戦士となった。痛みを和らげるいちばんの方法はバーボンウイスキーの瓶を一本さげて、人前でロバート・E・リー将軍と葉巻を吸ったことがあると自慢することだったが、人のいないところでは寂しくて、割った空き瓶をためしに自分の心臓に近づけてみたこともあった。

トーマスが体を寄せてきて、やや緑色をした瞳を見せて言った。「その年老いた英雄が自殺しなかったのは、まさにアザミの精神があったからだ。これは僕が捕虜になったときに理解したことだ。日本の警察は情報を引き出そうと迫るとき、目隠しをして、無理にひざまずかせてから、首のところで、たとえばオーストラリアのパイロットのジョージ大尉が首を切り落とされたときの情景なんかを手真似して脅かすんだ。僕は殺されなかった。捕虜収容所で、ジャガイモの皮を乾燥させて作った自家製の煙草を吸いながら、自分のために野菜を植え、野菜についた虫を生きたまま食べて栄養を補った。自分で蚤《のみ》をつかまえて呑み込んだこともある。蚤は服の縫い目に沿って一列に卵を産みつけるので、僕は歯で噛み潰してやった。僕は生き抜いた、この寒くてすべてが震えているところを含めてだ。これがすなわちアザミの精神だ。この糞ったれのひどいところにもアザミが生えている、この世界がもし戦争でさえ僕を殺せないなら、曾祖父のように、僕は絶対に生き続けることができる。そうだ、アザミの精神にはこんな言い伝えがある。かつて敵がスコットランドの城を攻撃しようとした。彼らがアザミだらけの草むらを通過したとき、大きな声で泣き叫んだため、スコットランド側はその声で敵の襲撃を知り、城を出て迎え撃った。アザミがトゲを持つ由来は、イエスが十字架にはりつけにされ、荒野に埋められたあとアザミが咲いたことによる。スコットランド人はこのことを知っていて、アザミの草むらで敵と戦ったとき、敵が刺されるだけでなく、自分たちも刺されたけれども、しかし彼らは恐れなかった。アザミがスコットランド人を刺すときは、贖罪の釘が彼らの目の中に落ち込んだのだとみなして、流血の目を見開いて戦った。同じく釘は敵の目を刺したが、手で覆って退散した。これ以降、彼らの目にはトゲがあり、緑色をしていて、敵に対しては威嚇になった」

「簡単な英語で話せないのか？」

「どうしてだ、なぜ僕がへたくその英語を話して君に聞かせなくちゃならない？」トーマスは深く息を吸って、ブヌンのおやつ——焼いたオオフジシダの新芽を食べると気持ちが和らいで、こう言った。「ウイスキーを少しくれ、これは僕らの共通の言葉かもしれない」

「僕らの共通の言葉はあまりに少ないが、いっしょにいる時間は多くなると思う」

「そんな時間にはトゲがある、bitch《くそ女》 と同じだ」

「だれが bitch《くそ女》 なの？」

「僕は bitching《不平不満を言って》 いるんだ、わかるだろ、発音がよく似ているじゃないか」。トーマスは後ろの崖に近寄って行った。「ハルムト、君の名前は変わっているね、どんな意味があるんだ？」

「コルク栓と関係がある、僕の名前はそれをつくる木と同じで、この名前が好きだ」

「ウイスキーにはコルク栓が欠かせない。いい名前だ」

「コルク栓は酒よりもっと古い、そうじゃないか？ 酒よりも若いコルク栓はない。この名前は森林にあるのに、永遠に人間から離れたことがない」

「どういうことだ？」

「森林は夢だ、知っての通り、ブヌン人の夢占いさ」。ハルムトの英語は石ころが坂道を転がり落ちるようにうまくはなかったので、ブヌン語と日本語で補った。植物は山や川を気遣い、濃密で煩雑な多様性を持った生態を形成していて、動物もその庇護を受けている。千年来、ブヌン人は様々な植物の薬用性と食用性を調べ上げて、自分たちの魂と体を救ってきたが、それでも森林のわずか十分の一の潜在能力を掘り出したに過ぎない。森林の十分の九の秘密は、夢に似ている。カシノキの仲間は夢の中で最も話ができる木で、落下した木の実でいろいろな話し声を発する。たとえば、

havutaz（アラカシ）は雨音みたいに一瞬のうちに大量の実を落とす。ルリカケスはいつもliduh（タカサゴジイ）をビスケットのようにサクサクいう音を出して齧《かじ》り、リスはkalkalaz（アミガシ）をくわえて慌てて落葉を通り越し、高鳴る気持ちを表現する。子どもはひと連なりのチョコレートに似たlukisbabu（マテバシイ）を折り、コマのように回してブンブンという音を出す。その中でもbacingul（オニガシ）は最も人気があり、何層も瓦を重ねたような鱗に包まれた殻斗の中に美味しい木の実を隠している。実がなる季節には、木の茂みに一〇組以上の目が隠れて、不気味な光を発しながら、かまびすしい音を立てて噛む。パチンコで一匹のモモンガを打ち落としても、木の上のほかの貪欲《どんよく》な目はそれでもそこを去ろうとしない。オニガシは黒熊の口の中でさらに大きな音をたてて転がるし、「同じように、あんたの口の中でも賛美を得る」。ハルムトがポケットから昨日摘んだオニガシを取り出して、炎の中に投げ入れると、火花が散った。「大部分のカシの実はみんな音を出す、ハルムト（コルククヌギ）を除いてね。ハルムトはいつも沈黙してうろうろ動き回るので、僕の祖父がその名前を付けたんだ」

「ちょっと待って、僕には君がどんなでたらめな話をしてるのやらさっぱりわからない、たくさん日本語をまぜて話しただろう？」

「そうかな？」

「君がチョコレートと言うのを聞いた。僕はうけあうよ、聞いたんだ、君がさっき話した納豆とワサビだってみんな日本語だろ。戦争が終わって、アメリカの戦闘機がふんだんに食べ物や、歯磨き粉、コーヒー、キャンディを捕虜収容所に投下した。それらで毎日雪合戦ができるほど大量にあったので、僕らはチョコレートを近所の日本の子どもにあげた。すると彼らはみんなチョコレートって叫んでいた」

「ちぇっ、あんたはまじめに話してるのか？　そうか、からかってるんだな。僕はこのことをまじめに考えている。ここはブヌンの土地だ、僕がブヌンの言葉を話すのは一種の礼儀というものだ」

「もちろんだ、僕はちょっと喉の具合が悪い」

「爪をかみ砕いて呑みこむといい、喉の痛みを治すことができる、これはブヌンの治療法だ」

「噛んだ指がペパロニ（イタリアの辛味ソーセージ）みたいに腫れあがっているが、どんな病気も治らない。頭痛がして喉が腫れている、だがもし噛まなかったら、気持ちが参ってしまう」

「爪を噛むんだよ、指を噛むんじゃなくてさ。それくらい赤ん坊だって知ってるよ」

「僕はコルククヌギが嫌いだ、たった今齧ったけど、そのまずさといったら日本人が病気を治すことができると信じている梅干しと同じだ。そのうえ一粒の紅い梅干を拡大して、白い旗の上に描き、ひれ伏して拝んでいる、ジャップは梅干し文化だ」

「そういう言い方は嫌いだ」

「日本語をしゃべったのか？」

「ここはブヌンの土地だ」

「ハルムトの話題に戻らないか」とトーマスが言った。

「伝説では、あらゆる木がブヌンの家にやってきて、焚き火の中に跳び込んで燃えたそうだ。一人の怠け者で朝寝坊の婦人が、家の中に入ってきた木に起こされたので、大いに罵った。罵れば罵るほどますます激しくなり、とうとう木はみんな逃げていって二度とブヌンの家にこなくなった」。ハルムトが焚き木に向かって松の木を投げ入れると、まもなく炎が上がりいい香りがしてきた。樹脂をたっぷり含んだ松の木の上で炎がパチパチと飛び跳ねる音を聞いてから彼は言った。「それらの木は婦人に罵られて気づいた、自分たちはそもそもなぜ火に身をささげたりするのか、逃げるが得策だと。シオノキは走って逃げるうちに汗をかき、体が乾いたあと塩が山ほどできたので、ブヌン人は塩がほしいときはその木の汗の垢を探しにいくようになった。ケヤキは切り立った険しい崖まで逃げたので、それを採って梁木にするときは危険だから注意しなければならない。ヤマウルシはあまりに急いで走ったので、毒を持ったヒキガエルを踏みつけて殺してしまった。それからというもの木の幹は白い汗を流して、人を痒《かゆ》がらせるようになった。マツとヒノキは高山へ逃げ、喉が渇いたツゲはたくさん水を飲みすぎて火付きが悪くなった。石鹼の木は山の下に逃げて、漢人の雑貨店に隠れているとき石鹼にぶつかったので、それで消毒ができるようになった。あんたも知っての通り、コルククヌギだけがぐずぐずしてブヌン人から離れようとしなかった。家の付近をうろうろして、とうとう分厚い防火服を着て三石かまどに近づいた。こうしてブヌン人と友達になれただけでなく、やけどもしなかった。これ以降ブヌン人が三石かまどを新しく作るときは、コルククヌギを燃やさなければならなくなった」

「君たちはただ物語を使って、植物の効能を述べているだけだ、これは一種の教育的伝承だな」

「それだけじゃない。あんたに植物がわかるのか？」

「Alnus《アルヌス》」。トーマスは突起した岩の上方のハンノキを見上げながら言った、「カウボーイは蹄《ひづめ》の跡にたまった水を飲み、バイソンの糞二山で飯を作り、アルヌスが火をおこすよい柴だということも知っていなければならない」

ハルムトは思うところがあり、心の中でアルヌスと言った。響きのいい三音節だ、ハンノキの英語名がこんなにも美しかったとは。そこでハルムトは「この木をどう思う?」と尋ねた。

「ごく一般的なアメリカの木だ」

「いや、あんたはわかっていない、アメリカ人は永遠にその意義を理解もせずに、ただ燃やしているだけだ」

「それに物語があるのか?」

「あるさ、多すぎて僕が覚えきれないほど」。ハルムトは急に目が潤んだ。この木はハイヌナンと密接に関係していて、永遠に切り離すことはできない〔ハンノキのブヌン語はハイヌナン〕。

「話してくれるとありがたい」

「ハンノキを知らなかったら、愚かで怠け者のブヌン人だと思われる、それは魂の木だからね」。そしてハルムトはこう言った。「ブヌンの子どもがいの一番に覚えるのはハンノキで、それは土地を変える鍵なんだ。傾斜地に植えた粟が豊かに実らなくなると、ブヌン人はハンノキの苗をそこに植えて、土地を肥えさせる。ハンノキは配水管に利用することができて、縦半分に割って中を削って水路にすれば、竹の管よりも腐りにくい。ハンノキは家の横梁《よこばり》にすることができるし、祭事の際の薪にもなる。老人は子や孫にハンノキのように正直であるべきだと教え導いている」

「教育的意義たっぷりだな」

「いや、間違いなく感情が漲《みなぎ》っている。ハンバーガーは単純に腹を満たすだけのもの、アザミはただトゲがあるだけの植物なのか？」ハルムトは火の光を見つめ、へたくそな英語の中にブヌン語、日本語を混ぜながら、植物には感情があるのだと説明した。一本の樹齢千年のヒノキはたくさんの物語を記憶しているが、人の一生は短くていらいらしどおしだ。祖父はブヌンの伝統に従って、生まれたばかりのハルムトを山の中に捨てた。なぜなら双子のうち、ハルムトの方が乳くささが少なかったので、悪魔はそんな赤子のほうを好むからだ。だが荒野の中で道に迷った祖父を彼が救うことになった。ハルムトは罵られてもぐずぐずとそこを離れたがらない木であり、捨てられたあとで人を救った赤子だ。それで祖父は禁忌を破るに値すると思い、彼を連れ帰り、養い、教育し、ハルムトという木の名前を与えた。

「夜が更けた。僕らは仕事（work）と関係のない話をしようじゃないか」

「歩くって（walk）、何？」

「僕が言いたいのは、君はいつも会話を仕事だと思っている、ってことだ。それに君の英語がどんなに流暢になっても、生粋のアメリカ人に出会ったらきっとよく聞き間違えるんだろうね」。トーマスは疲れを覚えた。「僕らはずいぶん長く話したし夜が更けた」

夜が更け、ハルムトが闇夜に目を向けると、果てしない漆黒が広がっていた。遠方で声がして、近づいたり遠ざかったりしている。猟師がヤダケの笛を吹いて、キョンをおびき寄せる鳴き声を出している。lahlah がカンカンとぶつかり合う音もする。それはブタの肩甲骨の端に穴をあけて、籐で数珠つなぎにしたもので、横に振って豊作を祈るためのものだ。さらにまた何かの生き物の鳴き声もして、森林はいつも様々な音色の混ざった交響曲を奏でている。水鹿の群れが肩甲骨をそびやかして松林を通り過ぎるときの毛皮の摩擦音、一匹のモリフクロウが棲み家のランダイスギからネズミをめがけてぶつかっていく音、荒涼とした風が一万本のヤダケをもう一度めくり上げる波のような音、樹齢千年のヒノキの幹が風の中で震えながら吟詠する音、たまにはツグミの仲間の鳥たちの孤独な鳴き声が、ミナミツミが腹にたまった未消化のものを巣から吐き捨てる音とない交ぜになることもある。森林の夜、今まで一度も本当の静謐はない。多元的宇宙《マルチバース》の混合芸術《ミキシングアート》にあふれ、まるで森林の賢者が指揮をしているようでもある。神自身がこの大自然の教会でパイプオルガンを演奏しているのかもしれない。ハルムトはそう思いながら、暗黒の夜を凝視する。もし疲れてリズムが耳に入らなくなったら、振り返って焚き火から噴き出ている炎を凝視すればいい。それは百回見ても飽きない映画であり、俳優は素晴らしい体つきをした火のダンサーだ。次から次に絶え間なく踊り続けて、そのしなやかで美しい姿は人を魅了する。この出し物は人類がこの地で何万年も前に火を発見してからずっと上演され続けており、心配事がある者はひと晩じゅう見続けてもかまわない。

「もう寝たのか?」トーマスが訊いた。

「あんたも寝ろよ!　眠っている人間は逃げたりしない、僕はどこへも行けやしない」。ハルムトは火に薪をくべた。もうこれ以上悩みたくない、欲しいのは暖かさだ。「夜が明けたら、今度はあんたが物語をする番だ。僕はあんたがどうやってこの山に来たのか知りたい」

今は深夜だ、君は何を考えてるの？
砕けた夢の縁で
海の波が逆巻く音がする
病気をした波が、しきりに岸に上がって休みたがっている
僕はそれらが上陸するのを阻止しなければならない
ものすごく怖いんだ、波の飛沫が呼吸しなくなって、
死んで安らかな虞美人草の花の海に変わるのが

夜が明けるころ、東方のかすかな朝日はまだ層雲に深く埋没している。霧が森林を湿らせても、風景はやはり水彩の色調だ。キクチヒタキの歌声はふくらみがあって滑らかで、歌いながらタカサゴナナカマドからタカサゴウリカエデまで飛んでいく。ハルムトはひと晩じゅう何度も目が覚め、いくつか見た夢のうち二つは、雲豹が音もたてずにひっそりやってきて凝視している夢だった。顔にその長い髭がそっと触れ、まるで何かの液体が滑って流れていくようだった。そのあと涙を流して目が覚め、トーマスに凝視されているのを見たが、互いに口を開かなかった。このときミヤマウグイスの高音の鳴き声が聞こえてきた。聞いたほうの息が詰まりそうな鳴き声だ。これが二人を心の琴線に触れ損ねたバイオリン弾きのようにしたので、ハルムトは起き上がって鳥を追い払った。ミヤマウグイスが去っていくと、その勢いでハンノキの葉が一枚散って、焚き火の中にひらりと落ちた。薪をたすと、火は起床後の彼らの話題のように燃え続けた。

「ここの鳥はくっそかわいいな」、トーマスは耳をそばだてて言った。「英語が話せるぞ、Nice to meet you, to meet you」。それはカンムリチメドリ独特の鳴き声で、短く太った体から発せられる鳴き声が、早朝の空気の中をはるか遠くまで伝わっていく。

「あんたが教えたんだな。あんたはここで唯一のアメリカ人だからね」

「君はアメリカ式のユーモアがよくわかるな。だが昨晩のアメリカ式ユーモアが夜にしばしば目を覚ましてね、試しに君を殺してみたくなったよ」

ハルムトは笑った。「ユーモアがあるね、僕を殺すのは簡単だ、難点はあんたが死体と長い間いっしょにいるはめになることだ。つまり、沈黙している死体には口臭はないが、もっと臭くて耐え難い死臭がある」

「死体はいい話題だ、それについて話そう。僕が初めて死人を見たのは、パラオのアンガウル島だった」とトーマスが口火を切って話し出した。「そいつはジャップ（Jap）の兵士で、とても若くて、君によく似ていた」

「また一日が始まるね」

「わかっている、僕らはまだ生きていて、君は昨晩逃げていかなかった」

「僕は夜には逃げない、それは動物の行為だ。夜は夢とつき合うときだ。あんたは昨晩どんな夢を見た？」ハルムトは相手のために夢占いをしてやることができる。

「アンガウル島の夢を見た」、トーマスは一呼吸置いて、それからこう言った。一九四四年の秋は選挙の年で、彼はアンガウル島の砂浜のヤシの木の下に設置された投票箱に、老齢で病気のルーズベルト大統領に一票を投じた。カービン銃を持って選挙の警備をしている歩哨《ほしょう》がからかって言った。「ＦＤＲ*に投票するのは便秘している奴が便所で奮戦しているようなものだ、陸戦隊の上陸作戦のようじゃないか」。その年の秋、アメリカ海軍の陸戦隊は二か月かけてようやくパラオ群島を攻略したばかりだった。島には千年の長きにわたって海鳥の糞が堆積したリン鉱石があり、大昔に採掘したハチの巣状の洞窟が、日本軍が身を隠し襲撃するための防御施設になっていた。陸戦隊は長期の攻撃にもかかわらずこれを落とすことができないため、火炎放射器や爆弾を使って洞穴内の酸素を消滅させ、さらにブルドーザーで中にいる無数の日本兵を生き埋めにしたのだった。その後、トーマスら陸軍航空隊がようやく飛行機を飛ばしてアンガウル島の飛行場に到着し、乱痴気騒ぎをしながら戦闘糧食のＫレーション〔アメリカ軍が戦時中に配給した軽量戦闘糧食〕を食べて戦勝を祝った。熱帯の島嶼は思ったとおり抜群だった。サンゴ礁、蒸し暑い海風、地面を分厚く覆う腐乱した植物、体からはどうやっても取れない湿った塩のにおいがした。陸地にはいたるところに愛らしい動物がいて、それらはアメリカに税金を納めていなかったけれど、蛇でさえ毒を持たず愛らしかった、もちろん日本軍以外はだ。そのころ島にはまだ日本軍が身を潜めていた。彼らは痩せて小さく、発育不良の猿にそっくりで、狙撃の機会をうかがっていた。ある夜のこと、銃声が大きく響き、哨兵《しょうへい》が奇襲をかけてきた日本軍に反撃した。ピラミッド型のテントにいたアメリカ軍は騒ぎだし、あたりには蚊を殺すＤＤＴのにおいがしていた。翌日の朝、みんなは遺体を鑑賞しにいった。遺体は浜辺に横たわっていて、体は自分で起爆させた手榴弾によってぐしゃぐしゃにやられていた。濃い褐色の内臓が腹から噴き出し、ほんの少し黄色い脂肪も見えた。裂けた右腕から尖った骨が露出し、わずかに皮と肉が残っていた。死は肉体を残酷に展示する舞台であり、飢餓は彼を支配する悪魔だ。その日本兵は狙撃手ではなかった。食べ物を盗みにきたのだ。遺体の周りに二〇個あまりの缶詰が散乱しており、盗みに失敗して自殺したのだ。何人かのアメリカ兵は口々に揶揄したり冷笑したりしながらこう言った、日本軍には二つの道が残されている、玉砕するか、それとも投降して缶詰を山ほど積んだ波形ブリキのドームに監禁されて、腹いっぱい食べすぎて死ぬかのどちらかだ。

トーマスはこうも言った、死はとても身近にあって、飛行訓練の際に墜落して死亡する事故をしばしば耳にしていた。しかし、太平洋の戦場でもっと耳にするようになったのは、戦車のキャタピラーに押しつぶされてずたずたにされた遺体、トーチカで集団自殺した遺体、火炎放射器で焼け焦げになった日本軍の遺体、あるいは、時間が経過して発見された腫れあがった遺体に青蠅《あおばえ》がびっしりたかり、顔はむくんでいるが、歯がいつも唇の外に露出している遺体のことだった。どれも彼は聞いたことがあるだけだったが、そのときは本当に遺体を見た。食べ物を盗んだ日本兵はぼろぼろで、煮汁の中の肉の塊、まるで缶を開けたばかりの牛肉の缶詰のようだった。これはトーマスが初めて近距離で死人を見たときのことで、死者は若く、二十歳に届いていなかった。日本兵は地面に腹ばいになり、鼻の穴に泥砂がいっぱいに詰まっていて、見ると少しトーマスの従兄に似ていた――そいつは真珠湾攻撃の翌日、義憤に駆られて入隊を志願し、欧州の戦場に入った。その痩せて小さな姿は映画『生きるべきか死ぬべきか』*（To Be or Not to Be）のオープニングで流れる戦争プロ

＊　原注：ルーズベルト大統領の英語名の略称。

パガンダフィルムにも登場した。その中で従兄は銃を背負い、無数の兵士たちとイタリアの北へ向かう田舎道を歩いていて、若くして死ぬはずがないという顔をしていた。映画館に入った町の人たちはすぐに彼だとわかり、口をとがらせて口笛を吹いている表情が笑いを誘った。ところが思いがけず叔母は弔慰の電報を受け取り、そこには貴殿の子息はすでに戦場にて戦死したと書かれていた。叔母は息子の死を信じず、毎日映画の最初の部分を見にいき、息子が口をとがらせて口笛を吹いている表情が映し出されると難産の年老いたロバのように泣いて、みんながコメディを見る気分を台無しにしてしまうのだった。映画館の主人はその部分のフィルムをカットして叔母に渡し、二度と来ないでくれと言った。そうでもしなければ銀幕の中から女優のキャロル・ロンバードまでが生きたまま殴り掛かってくるかもしれなかった。

「キャロル・ロンバードは死んだ、旅客機に乗っていて墜落事故で死んだ」と言ってトーマスがちょっと咳をした。「もし君が彼女のことを知らなくても、『風と共に去りぬ』は知っているはずだ、その映画は彼女の夫が主演したんだ」

「クラーク・ゲーブル。映画は見たことがないけれど、ちょび髭をはやした写真は覚えている」

「君でも彼のことを知っているんだね、映画はやはり爆弾よりすごい」

「僕はその言葉が嫌いだ」

「爆弾が？」

「黙れ」

夜が明け、日光が入ってきた。長らく閉じこもっていた朝日が雲の端から光を放ち、ミヤマウグイスがまた連続的に高音でさえずって、二人の神経がピンと張り詰めた。切り立った崖の上で、森林と湿気で包囲された孤独な場所で、太陽の光が二人を明るく照らしたが、彼らの間に光を透すことはできない。誰かが新しい話題を始めないと気まずくなりそうだ。

「楽しいことを話してくれ」とハルムトが言った。

「この世界に純粋に楽しいことなんかない。楽しいときは短く、苦しみは深くて、這い上がれない人は多い、僕がそうだ」

「短い楽しいことをちょっと話せばいいじゃないか」

「ヨットレース」。トーマスは言った、じめじめして蒸し暑いアンガウル島では毎日上半身裸でいるのがいちばんで、よく海に飛び込んで水と遊んでいた。ヨットは戦闘機に装備されている三五〇リットルの外付けの補助燃料タンクを切り開いて、爆撃機の酸素ボンベをそれぞれ両側に溶接して作ったもので、バンカーボートに似ていた。エイ、オグロメジロザメ、ナンヨウハギ、カイギュウが泳ぐ青い海でヨットレースをするのだ。大潮のときは海岸の岩穴からヤシの木よりももっと高い水しぶきが上がり、実に壮麗だった。海水に浸かるのが終わったら、次はバーに浸かりに行かなければならない。ナチスのドイツ空軍《ルフトバーフェ》(Luftwaffe) をからかってエロティックバー (Lust waffe Inn) と呼ばれていた軍人クラブは、島の四つの飛行中隊の中で最も人気があった。彼らはラム酒を飲みな

＊　一九四二年、エルンスト・ルビッチ監督作のコメディ映画。主演女優キャロル・ロンバードの死後に封切られた。

がら、フィリピンのマスバテ島沿岸で爆撃任務を遂行している際に、二艘の日本軍巡洋艦の対空砲火にどうやって遭遇したかとか、アンガウル島の戦役で船坂《ふなさか》[*1]という日本兵がいかに頑強に手向かってきて死ななかったかを話していたが、どれもある一つの怪しい伝説には及ばなかった。その年の楽しいクリスマスの夜のことだ。見知らぬ男が一人でバーに勢いよく入ってくると、隅っこの席でジンを飲み、葉巻の灰を猿のどくろの灰皿に落としていたが、みんなといっしょに翌年の東京侵攻の祈願達成を祝おうとしなかった。誰かがそいつに近寄っていくと、その男の服の徽章が海軍陸戦隊第一師団なのに気づいた。パラオ上陸戦の際に日本軍にほとんどが殲滅《せんめつ》させられていたので、彼に献杯をしようとしたところ、相手は口を開いてアメリカ訛りで、僕は gone Asiatic[*2]なので、休息が必要だと言った。みんながそいつを見に近づいてきた。彼は混血の顔をしていて、平底鍋を当てられたような平べったいアジア人の顔だった。青磁色の軍服には銃弾でできた穴がいくつかあったが、ネームプレートは彼が言った名前とは違い、明らかに上陸作戦のときにすでに戦死した仲間の服を拾って着ているのだとわかった。みんながあれこれまくし立てているとき、男はサインで埋め尽くされた紙幣の巻物[*3]を見せた。陸戦隊員からこれを見せられたものだから、みんなはがぜんオグロメジロザメが血のにおいを嗅いだようになった。トーマスは言った、友人のマークはパイロットならではの好奇心から、その十数か国の紙幣をはりつけた巻物を詳しく調べた。するとその陸戦隊員はあっさりと言った。「さがすまでもない、彼女のサインはオーストリアの紙幣に書かれている」。マークは言われた通りに見てみて、驚きの声をあげた。「ほんとにアメリアのサインだ」[*4]。最後にみんなはメリークリスマスを叫んで、ぞんぶんに酒を飲んだが、その後二度とその陸戦隊の男を見ることはなかった。男は海洋の中で偶然出会った数百匹のエイのように、あっという間に、夢の世界に泳いでいってしまった。

「あんたの英語は複雑で速い、話も面白くない、あんたの話を中断させたくはないのだが、おかげで耳が痛くなった」

「もちろん、君が何かブヌンの物語をするのを聞くのだって、ものすごくつまらない」。そしてトーマスは言った。「少なくとも僕は十分ゆっくり話している、ゆっくりすぎて自分が『聖書』を朗読してるんじゃないかと疑いたくなるくらいにね。僕がブヌン語を話せたら、君とは英語で話したりしないさ」

「あんたが戦争を劇場のように話すのが嫌いだ、それは映画ではなくて、真実の死なんだ」。ハルムトは朝ごはんを作りはじめた。またトウモロコシご飯だ。「僕はあんたのユーモアが嫌いだ」トーマスはすぐにわかった、ハルムトは戦域（theater）を劇場と誤認していると。そこでこう言

＊1　原注：船坂弘（一九二〇-二〇〇六）、日本陸軍軍曹、アンガウル戦役の伝説的兵士。被弾した体でなお突撃して、アメリカ軍将校を刺殺し、日本に帰国後は、東京渋谷で書店を開いて余生を送った。

＊2　原注：第二次世界大戦中のアメリカ海軍陸戦隊のスラング。太平洋の列島争奪戦において、上陸作戦が長期化すると精神的プレッシャーにより発狂寸前になることを指す。Asiatic はもとはアジア人の意味。

＊3　原注：Short snorter　各国の紙幣を張り付けて長い巻物にしたもので、同盟国のパイロットはそれで自分が無数の国に行ったことがあるのを自慢した。

＊4　原注：アメリア・イアハート（Amelia Earhart　一八九七-一九三七）、初めて世界一周飛行に挑戦した女性。最後の行程である太平洋で奇怪にも行方不明になり、彼女の生死の結末はずっと世界中の関心の的だった。太平洋の小島で彼女が生きているのを見たと公言する者もいた。

った。「そういうつもりじゃない、違う意味があるんだ」

「そうなの?」

「僕は君の英語が下手だと責めてはいない、そうだろ?」

数秒の沈黙のあと、ハルムトは話題を変えた。「あんたはどうやって捕まったんだ?」

「Ha—ru—na—、聞いたことがあるか?」

「Ha-chi(八)……、いや、わからない、もう一度言ってみて」

「Ha—ru—na—」

「聞いたことがない」

「日本の戦艦の中でいちばん手ごわくて、ぬるぬるして、いちばん捕まえにくいのは、大和でもなければ、武蔵でもなく、戦艦榛名《はるな》だ。榛名は真珠湾攻撃、ミッドウェー海戦、それにインド洋にまたがったセイロン沖海戦などに参加した。アメリカ軍の潜水艇に何度も挟み撃ちにされたり航空母艦の攻撃を受けたりしたのに、負傷はしたものの最後は広島の呉港に逃げ帰った」。トーマスは冷ややかに言った。「それは日本連合艦隊の不死身の戦艦だ。僕らはまさにそれを撃沈しに行こうとしていたのだ」

「話を続けて。聞いているとなかなか面白い」

トーマスは言った、彼はA1フライトバッグをまとめて、六月末にパラオを離れ、米軍が攻め落とした沖縄に到着した。七月末の朝、彼らは四時間飛行して、瀬戸内海の呉港に着いた。そこは米軍の百機余りの艦載機による攻撃を受けたばかりだったが、それでも強力な対空砲火で反撃してきて、もくもくと砲弾の黒煙があがり、振動で戦闘機は大きく揺れた。運命の時は、いつ足をとられるかわかったものじゃない、あれ以来ずっと悪運につかまって逃れることができない。操縦していた爆撃機が被弾して、アクリルの窓が破裂し、エンジンに火がついて、機内に黒煙が立ちこめた。飛行機の高度も猛烈な火勢も制御不能に陥り、パラシュートで飛び降りるしかなかった。最後に飛び降りたトーマスは爆弾倉の小さな通用口《キャットドア》を通ったとき、整備士がそこで死んでいるのを見た。破裂した頭が垂れてぶらぶら揺れ、ヘルメットには鮮血と脳みそがいっぱいたまっていた。その姿はアンガウル島の晴れわたった浅瀬の海辺で溺死したようにも見えた。彼はパラシュートで地上に降下し、大混乱に陥っているその区域を逃げまわったが、怒った民衆に殴り殺される危険を感じて、派出所に逃げ込み投降した。

「ずっと日本警察に目隠しされ続け」、とトーマスは続けた。「そうでないときは目の前に電球をかざして尋問された、君にわかるか、ハルムト?」

「わかるよ」

「君にわかるもんか。二枚の葉っぱが同時に落ちても、地面で重なったりしない、まして互いの運命と苦しみを理解することなんか」。トーマスは口元をぴくりとさせた。「憎しみは人におもねることはない、けれども人は憎しみに仕え、苦しみとむなしさと恨みの血で憎しみを養い、貴重品として収集する」

「あんたの英語が僕にわからないとでも?」

「僕がもっとわかりやすいセンテンスを使ったとしても、君には永遠に意味がわからないものがある」

「僕はわかる」

「神がバベルの塔を壊したあと、人間はこれ以降異なる言葉を使って戦いはじめた」

「わかる」

「もし人を愛するなら、ちゃんと算盤《そろばん》を弾《はじ》いておくべきなんだよ、その人のために、神のような自由な魂を放棄して、その先ずっと束縛されることを心から願うかどうかを」

「またわからなくなった」

「これはフィッツジェラルドが『グレート・ギャツビー』で言った言葉だ。僕が州立大学の学生だったころ、いちばん印象に残った小説で、それ以来、人を愛するのは不自由になることで、人を憎むのと同じだとわかった」

「僕はわからない」とハルムトは反論した。

「憎しみは、愛が生き延びようとするエネルギーよりもさらに強い」

「わからない」

「操り糸が君に付いていて、君に憎しみを学ばせた、それは誰だ?」

「あんたはどうなんだ? あんただって操り糸が付いているんじゃないのか?」ハルムトは大声で言った。「なんで僕にこんなことを訊くのだ、あんたにこんなふうに訊く資格はない。あんたは、どうして自分の心にいる亡霊のことは話さないんだ?」

「エリカ(Erica)」

「欧石楠《ヒース》（Erica）？　あんたも山の上に花を咲かせる雲（山靄）を知っているのか」。ハルムトは花蓮の料理屋で、灰皿の底で押し花にしたあの詩箋を思い出した。

「僕には雲のことはわからない。この山の上は、くそっ、どこも雲だらけだ」。トーマスは深く息を吸って、「今の今まで生きてこられたのは、まさにエリカのためだ」

「あんたは欧石楠が好きなのか？」

「いや、欧石楠は好きじゃない、エリカしか好きじゃない」

「同じものではないのか？」

「同じじゃない、ハルムトという名前とコルク栓は意味が違う。わかるだろ、一箱の煙草は一本一本吸ってみると味が違う、気分が味を決めるんだ」。トーマスは気分が穏やかになり、ようやくこう言った。たとえそうでも、記憶の中には永遠に正しいものがある、エリカは彼の娘だということだ。アイダホ州のマウンテンホーム空軍基地付近の小さな町は、どれも古い映画館、レストラン、旅館ばかりで、いつも薄い土埃に覆われていた。その年の春、海外へ戦争に向かう前に、妻がエリカを連れ三千マイルを横断してこの小さな町にやってきた。最後の家族団欒だった。町にはたった一つ古い旅館があるだけで、客室にはベッドが二つあり、同時に二組の泊まり客に貸していた。だが文句は言えず、むつみ合うときはもう一組の宿泊客とうまくタイミングを合わせなければならなかった。彼は四歳のエリカをバスルームへ追いやって順番待ちをさせた——旅館全体で一つ共用のバスタブ付きの浴室があり、女性の泊まり客はしょっちゅう部屋のドアから顔を出して人の列を伺い、チャンスをねらっていた——エリカは浴室に並びにいったついでに、暇なのでフロントの外線電話の取次ぎを手伝っていた。彼女はアメリアスタイルの飛行帽をかぶり、胸にキンレンカを付け、手を広げて飛行機の真似をしながら行ったり来たり知らせに駆け回っていたが、部屋には明らかに人がいるのにノックしても応答がない。彼女はフロントに戻って、片方の手でエナメルブラックの受話器をつかみ、もう片方の手で三つ編み状の電話線を巻き取りながら、電話の相手にこう言った。「そっとしておきましょ、彼らにはもっと大切な愛情が生まれているところなの」。そのあと旅館全体が振動して、一筋のパワーが生まれ、テーブルや椅子までもがいっしょに旅行について行きたい衝動にかられた。突然シアトル発シカゴ行きの特急列車が時速百キロを超えるスピードで通過したのだ。一列に繋がった寂しくほの暗い列車の光がよぎり、さらに遠方の荒野に突き進んでゆく。エリカは窓を開けて外に向かって大声で言った。「あなたも静かにしてね」

しんとして、二人の間には、太陽がハンノキやツガに降りた朝露にあたって反射する光があるだけだ。ハルムトは頭の中の英語システムを全部オンにしていたが、三割の情報しか吸収できず、他は混沌として絡みあっている。それでもハルムトは目の前のアメリカ人が父親であり、娘のことを話しているのは感じ取れた。真っ黒に生えた髭とそばかすが深く染みついた顔が輝いている。ハルムトはこういう眼差しが好きではない。自分は女の人と結婚しないと決めていたので、父親になるのはありえないからだ。それで何度も遥か遠くの谷に目をやっていた。うっそうとした森林は、昨日まではあふれ出た蒸気に覆い隠されていたが、今日はすっかり晴れて何かが陽光の下で鼓動している。三キロ向こうに廃棄された大分《タフン》部落があり、その建物の反射光だ。部落は多肥皂樹渓最大の部落で、かつては栄えた小さな町だった。遠い昔、彼の祖父がそこの日本人に対して首狩りをしたことがあった。＊もし世界で間違いが起こっていなかったら、ハルムトの中学の卒業旅行は、険しい谷を掘って敷設した警備道を踏破して、生い茂る森林を通り抜けるころには、みんなで高畠華宵《たかばたけかしょう》や竹久夢二《たけひさゆめじ》が描く少女の絵のどれが好きか論争したり、プロ野球の大阪タイガース〔阪神タイガースの前身〕の景浦《かげうら》将《さる》の「投打二刀流」のテクニックを研究したりしたかもしれない。途中でいくつかの分駐所で宿を借りることになっていて、それには大分駐在所の武徳殿《ぶとくでん》が含まれていた。そのあと四千メートル近いブヌンの聖地である玉山に登り、世界に向かって大声を張り上げていただろう。しかし、世界で間違いが起こった、要するに間違ったのだ。

「君は何を考えている？」

「山の小川は眠らない、涙はその上を流れていく」。ハルムトは思わず日本語で言って、そのあとぼんやりトーマスを見た。

「何を言っている？」

「別に。あんたは子どもの成長が遅いと言ったが、病気なのか？」

「病気ではない、なぜ子どもが動物のように早く成長しないで、ゆっくり成長しなければならないのかということを言ったのだ。これは生物が迅速に森林に適応する法則に違反する生存ゲームだ。子どもがなぜ天真爛漫で、速いスピードで社会化せず、世故に通じていながら純真さを失わないか。これは絶対に神が父母に与えた贈り物だ、子どもは『聖書』の濃縮だ、子どもはまさに大自然だ」

＊　一九一五年の大分事件のこと。日本の「理蕃政策」に対するブヌン族の最大の反抗。本書「解説」参照。

「欧石楠のことを言っているのか。いや、エリカのことでもあるけど」

「その名前は永遠に君には意味がないだろう、あまりにも遠すぎるから。でも僕の港なんだ」

「そうかもしれない！」

「とんでもない、君はアメリカがわかっていない」

「ハンバーガーに、サンドイッチに、コーヒー。もっと知っている」

「ハッハッハッ、君が食べるのはハンバーガー（Hamburger）、僕が食べるのはバーガー（Burger）。君はコーヒーを飲み、僕は一杯のコーヒー（A Cup of Joe）〔いずれも後者はスラング。意味は同じ〕を飲む。君は知らないだろうけど、僕らは毎日戦場でお祈りをするとき、神様がインスタントコーヒーの発明者を創造してくださったことにいつも感謝しているんだ。コーヒーがなければアメリカ魂はないからね」。トーマスはあてこすって言った。「たとえば日本の梅干し以外にも、僕は君と磨きをかけていない米とカレーミドリナマコについて話せるよ」

「磨きをかけていない米？」

「捕虜収容所で食べた、毎日野球ボールの大きさのを」

「知っている」。それは玄米のことだと推測した。「でも僕はミドリのナマコは見たことがない」

「柔らかいトゲがある植物の実だ、それはまさに巨大な毛虫だよ。日本人は日本式のカレーソースの中に漬け込んで貯蔵し、毎度の食事のときに生野菜として食べる」。トーマスは言った。「つまりね、彼らはなんでもカレーソースの中に漬けこむのが好きなのさ、自分を温泉に浸すのもそうだ」

「ああ、それはキュウリのぬか漬けだ」とハルムトは日本語の言い方で言った。

「だから君は永遠にアメリカがわからない。野球、ハンバーガー、サンドイッチとコーヒー、それから?」

「カニリンゴ」。ハルムトは『ライフ』に載っていた野球選手のジョニー・ラッカーのことを覚えていた。それはジョージア州北部にあるラッカーの故郷の名前か、いや、あるいは故郷にこの種のリンゴがたくさん植わっているのかもしれない。

「なんだって?」

「カニリンゴ(crab-apple)」

「ハナカイドウ*(crabapple)?」それはトーマスの心の中にあるアメリカの田舎の木だ。彼はこの言葉に郷愁をそそられ、胸が熱くなった。

「その通り、つまりカニ・リンゴだ。あんたはそれが木いっぱいに真っ赤に実っているのを想像できると思うよ」。ハルムトは背嚢を手に取った。たとえそれが木いっぱいに今を盛りと咲き乱れている名状しがたい赤いリンゴであろうと、赤い花であろうと、または赤い別の生物であろうとどうでもよかった。とにかくトーマスが強烈な反応を示すのを目にして、ようやくこう言った。「行かなくちゃならない」

＊ 原注:文字はカニとリンゴの英語の組み合わせだが、クラブアップルはハナカイドウと訳すことができる。アメリカの道端でよく見られる木で、枝いっぱいに花を咲かせ、果実は小さくて酸味が強く渋みがある。

「どこに?」

「昨日来た道に、仕掛けておいた罠に動物が引っ掛かった、ほら、音がするだろ、動物が捕まったんだ」

「僕を連れて行け、さもないとお前を殺す」

「わかってるって」。ハルムトは高い所に向かって登ろうとした。

トーマスがハルムトの足をつかんで、嘘つきと叫び、引きずり降ろそうとした。二人は殴る蹴るの応酬を始めた。一人は西洋人で背が高く体が大きい、一人は少年で体が頑丈で力強い。怒りがぶつかりあい、双方はもつれあって勝負がつかなくなり、これを打開するにはどちらかが先に相手を殺すしかない。そこでトーマスがパラシュートのロープをハルムトの首に巻きつけ、今にも彼の呼吸を止めようとしたとき、急に気弱になって手を緩めたので、ハルムトに反撃の機会を与えた。ハルムトは相手の折れた脚をつかんで、苦境を脱するまでますます強く締めつけた。そしてハルムトが岩壁を登ってしまうと、トーマスが悲しそうに泣き叫んでいるのが見えた。

「連れていってくれ」

「お前は野ガン(bustard)だ、くそったれめが僕をもう少しで殺すところだった」。ハルムトは大声で怒鳴った。「僕を殺して、あんたは何を得る? 何もない」

「この野郎、お前みたいな日本とブヌンの雑種(bastard)がいたとはな。モツ〔雑種の意味がある〕のランチョンミート缶だ、嗅いでみると売女《ばいた》の屁のにおいがするぜ。フィリピンに隠れて抵抗し続けていれば、アメリカ兵に見つからないと思うなよ」。トーマスが激しく罵っている。米軍がフィリピンを奪回したあと、残存する日本軍は決死の覚悟で山岳地帯に身を隠していた。ハルムトがまさにその種の人間だとトーマスは思っている。「連れて行ってくれ。僕は君が無事に自由を得て、米軍が君を困らせないようすることができる」

「あんたはフィリピンにいるんじゃない、台湾にいるんだ、あんたが考えるフォルモサにな」

トーマスは少し驚いた。その予感がなかったわけではない。捕虜を輸送していた爆撃機が、台風の暴風域の周囲を還流している際に方向を見失い、どうやら方向を変えるのが早すぎたようだ。でもまさか墜落地点がフィリピン北方の台湾だとは思いもよらなかった。このことで頭が混乱したトーマスは、途方に暮れ、哀しそうに言った。「とにかく僕を助けて、連れて行ってくれ」

「わかった」

「嘘だ」

「それがどうした、この世界は嘘だらけだ、あんたは一生懸命祈って、僕に信じさせればいい、すぐに戻ってきてあんたを助けるのが価値あることだとね」

「僕は、君が昨日ブヌン語で言ったkaviaz（友達）、そうだろ？」

「それは百歩蛇という意味もある、つまり、いちばんたやすく人を噛んで傷つけるのもまた友達だってことだ」とハルムトは言った。ブヌンには蛇と人の激しい戦いの伝説がある。人が百歩蛇を殺したら、川の水が逆流して、部落を水没させた。なんと水の光は無数の蛇の群れの鱗の反射だったのだ。双方はようやく和解し、百歩蛇を友人とみなすようになった。それから百歩蛇渓に川の逆流の伝説が残った。

「連れて行ってくれ」

「あんたの物語を続けろ」とハルムトは言った。「僕は獲物を取りに行くだけだ」

獲物はタイワンカモシカで、昨日仕掛けたワイヤロープの罠に掛かって、激しくもがいている。前足を輪縄できつく締めあげられているので、ロープで四本の足を縛ってからでないと罠がとけない。ハルムトは手間暇かけて、汗を流して作業を終わらせた。それは奇妙な初秋だった。ハルムトは三〇キロの、光沢のあるオレンジ色の毛をしたカモシカを捕獲し、苦労して突き出た岩の上方まで引っ張り上げて、その命を終わらせた。

一方、トーマスは突き出た岩の片隅で物語をしながら、目で哀しそうに懇願して、同情を取り戻そうとしている。その物語とは、こんな話だ。軍隊に入る前日、一家三人は、背もたれがラクダのこぶの形をしたキャメルバックのソファに座っていた。エリカは彼の膝の上に横になり、妻は軽く彼に寄りかかっている。そのちょっと前、エリカはシャーリー・テンプルの真似をして『アニマル・クラッカーズ・イン・マイ・スープ』[*1]を歌い、くまのプーさんが誤って口に入れたミツバチをしきりにペッペッと吐き出す真似をして、わざとビスケットを吐き出すジェスチャーをした。今、エリカは彼の膝の上に横になってぐっすり眠っている。ややウェーブのかかった髪の毛の下に小さな顔をのぞかせて、何の夢を見ているのやら。近くのテーブルの上には一九四三年七月十八日の『デイリー・ヘラルド』が置かれている。彼はどのニュースもよく覚えていたが、その新聞はエリカのために残しておいたのだ。彼女に何度も「ポーランドの戦士はヒグマだ」というニュースを読んで聞かせるために。ヒグマは名前をヴォイテク[*2]（Wojtek）と言い、砲弾補給中隊に正式に配属された。力が強く、砲弾を担ぐことができ、爆発音を恐れず、兵士たちといっしょに煙草を吸い酒を飲みレスリングに興じ、女を買う以外はなんでもできた。女を買うという単語を避けた以外、トーマスは話に尾ひれをつけてヒグマは人間そっくりだと大げさに言った。この話はエリカの興味を引き、聴くたびに大喜びして、いつも無邪気にこう尋ねた。「クマは人が扮装しているの？」またはくすくす笑って言った。「ドイツは終わったね、くまのプーさんが兵隊になったんだもの」。それから彼女は眠ってしまい、頭が彼の膝をしびれるくらい押して、小さな口を時々もぞもぞさせている。一九四三年七月十八日日曜日の『デイリー・ヘラルド』には、シカゴ・ホワイトソックスとデトロイト・タイガースがコミスキー・パーク球場で試合をした、前日のスコアが載っていた。また、欧州と中国の戦局の変化や、ロサンゼルスの「ズート・スート・ライオット暴動」（Zoot Suit Riots）の余波に関しても載っていた。その新聞には安らかで美しい小さな出来事は一つもなかったが、現実の生活の台所では、彼の入隊前の会食のために母親が鋳物の鍋で骨付きハムのスープを作り、ヨークシャープディングを焼いていた。家じゅうに漂っていた牛肉、ジャガイモ、芽キャベツを焼くかすかに焦げたにおいを、今でもまだ覚えている。家は裕福ではなく、イラストレーターのノーマン・ロックウェルが描くアメリカ生活にはほど遠かった。バーもなければ、しょっちゅう肉を焼くことも、ぜいたくな日常生活もなかったが、しかしアメリカという価値があった。トーマスは言っ

＊1　『テンプルちゃんお芽出度う』　一九三五年のミュージカル映画の冒頭近くで歌う歌。
＊2　第二次世界大戦中にポーランド軍に所属したシリアヒグマ。連合軍における正式階級は伍長。モンテ・カッシーノの戦いにおいて、「兵隊熊」として弾薬運搬作業に力を貸したことで知られる。

た、別れのときは本当に美しかった、子どもはまだ純真で、妻は僕に笑いかけることもできた。陽光が差し込むと、琥珀色のはちみつがあふれるように広がって、客間はまさに夢の世界だった。古い酒場から買ってきた中古のモトローラのラジオから『テキサスの黄色いバラ』〔アメリカ南部に伝わる民謡〕が流れ、庭のハナカイドウの花が激しい炎のように、またやけに艶やかに咲いて、まさに花園の主役に恥じない木だった。咲き乱れる花で枝がぐっとたわみ、風が吹くとさらさらと散って、花びらが近くの通りのあちこちを駆け回り、最後は家の隅に積もった。

「その歌はどんな歌だ?」ハルムトが訊いた。

「どの歌?」

「テキサスの黄色いバラ、僕は黄色のバラは見たことがないけれど、でも歌は聞いてみてもいい」。ハルムトが突起した岩の上から男をのぞき込んで、うす緑の瞳を見ながら、彼がしわがれた声で歌うのを聴いた。「テキサスに黄色いバラのような娘がいて/今でも会いに行きたい気分だ/仲間はみんな彼女を忘れられないけれど/彼女への愛は俺の半分にも及ばない/別れてきたとき彼女は泣きじゃくって/俺も心が張り裂けそうだった……」。ハルムトはそこを離れ、ブヌン刀を抜いて、カモシカの青みがかった灰色の瞳を見にいき、心臓を突き刺した。その一突きはうまくいかなかった。カモシカの懸命なあがきが押さえつけているひざ頭を通して伝わってくる。非常に勇猛だ。これが命というもので、その肉を取ろうとすれば先にその魂を解き放たなければならない。ハルムトは再度、とどめの一撃を加えて、カモシカの熱い血が噴き出るまで刺した。悲しい鳴き声がその目の中で凝固した。腹を切り開くと、粘膜が瘤胃《こぶい》〔反芻動物の胃の第一室〕とその他の小さな胃袋を包み込み、長々と続く小腸の中には食物の粒粒が見え、最後の大腸には糞便ができていた。魂はなく、体の皮はせいぜい糞をためるのに使えるだけだ。ハルムトは肝臓を切り取って食べ、肺の中の弾力のある気管も食べた。歯ごたえがあり、歯茎がしびれるので噛むのをやめてトーマスの悲しそうな歌声を聴き、テキサスのその黄色いバラを想像した。人を懐かしくさせる花は嫌になるほど美しくて、誰だって悲しくなる。もし今、作業の手を休めたら涙が出てきそうだ。ハルムトは無理矢理ブヌン刀を刺し続けるよう自分に強いた。カモシカの血はまだ凝固していなくて、赤いバラの形に散らばっている。さらに銀白色の胸膜とピンク色の肉を切り開いて解体した。それがかつて呼吸をし、崖をすばしこくよじ登っていたのを凝視したことがあったなど想像することさえ難しい。今それは人間にはタンパク質にしか見えない。

彼は切り取った肉や骨の塊を突起した岩の下に投げて、必要な人間に残してやったが、場面を逆に血なまぐさいものにした。

「僕は野蛮人じゃない、こんなのは食べない」とトーマスが叫んだ。

「薪を投げてやるよ、火があるだろ。これがあんたの食料だ」。ハルムトは口元の血をぬぐった。

「お願いだ、僕を置いて行かないでくれ、僕は帰って満開のハナカイドウを見にいきたいんだ」

「その美しい姿を心にとどめておけばそれでいいんだよ」。ハルムトは突起した岩の上方のハンノキを切り落とし、トーマスのほうへ投げて薪にしてやった。この薪は長くは燃えないが、炎は旺盛だ。

「くそっ、僕を見捨てて、そのうえ燃えない生のハンノキを残していくのか」

「それはレインコートを着ている木だ、脱げば、すぐに光明が訪れる」。ハルムトはもう一度少し薪を放り投げて、「この木の名前を覚えておくといい、あんたにチャンスをくれるかもしれない」

「意味がわからない」

「ハイ・ヌ・ナン、その木のブヌンの名前だ」

「僕と何の関係がある？」

「じゃああんたはここで、ケロッグの朝食コーンフレーク、新鮮なシュリッツビールを想像してればいいさ。こんなアメリカの食べ物があんたの魂なんだろ」。ハルムトはふと何かを思い出し、飛行機の救命ボートから持ってきた宗教の小冊子を取り出して、下へ投げた。「覚えておけ、僕はあんたたちが発明した神をあんたに残してやった、ノーベル賞に発明賞がないのは惜しかったな」

「東京ローズ*」。トーマスはハルムトがそこを離れて、干上がった小川をまたごうとしているのが見えるや、大声で叫んだ。「君はこの人を知っている、君の心には女の魂が宿っていて、けだるい口調は彼女とよく似ている」

「彼女って誰だ？」

「東京放送局の孤児の『アン』だ、彼女が君の心に隠れている」

「僕は知らない」。ハルムトはそのまま行ってしまい、ますます歩みを速めた。

「くそっ、彼女はお前の心の中の亡霊だ、だがお前は彼女を悪魔に変えてしまった。お前みたいな雌雄同体のカタツムリ野郎は、僕が今まで見た中でいちばん粘液たっぷりのジョークだ。お前がどうやって肋骨を折り、腰を曲げやすくして、口で自分と交配するか、想像すらできる」。トーマスはセックス中毒のようにそのジョークを創作したが、しかしハルムトが立ち去っていくのを見ると、それよりも自分の運命が心配になり、すぐさま懇願して言った。「ここに置いて行かないでくれ、僕は死んでしまう」

「このガラパゴスゾウガメ野郎め、死にたくないなら、自分でゆっくり太平洋を泳いで渡って、くそったれのニューヨークのブロンクス動物園で生きるんだな！」

「カタツムリ野郎……」

「そのあと船倉の肉缶詰になればいいさ！　ゾウガメ人間め」

雲豹の夢を見るのはこれで三度目だ。

ヤダケの海に戻って道を探したが、また道に迷ってしまった。立ち止まって少し休憩し、頭を大きなツガにもたれかけるとすぐに居眠りをした。すると一匹の雲豹が夢の中に飛びこんできてにらみつけた。それは今日の三度目の夢で、どんなブヌンの猟師でも一生でこんなに何度も雲豹の夢を見る者はいない。ブヌン人は黒熊を森の魂とみなし、雲豹を森の夢とみなす。ハルムトは「森の夢」の中で、湖畔まで歩いていき、腹ばいになって水を舐めると、舌の先が湖水に波紋を作り、水中に映った影は流転する森林風景だった。最後に、自分の影が雲豹なのを見た。そのとき目が覚め

＊　原注：第二次世界大戦時、アメリカ軍が東京放送局（現ＮＨＫ）の女性アナウンサーにつけたあだ名。この女性アナウンサーは、孤児のアンと自ら名乗り、アメリカ軍に対して心理作戦の呼びかけを行った。関連する事項は本書上巻一七三頁、二五九頁参照。

て、夢の中のあの水中に張り付いていた豹の目を思い出した。その目には一種の退廃的なものの悲しさがあった。

ブヌン人は夢占いを好み、常に見た夢を語って話題にする。漢人はご飯を食べることが皇帝より大事だと考え、出会ったときの挨拶は「腹いっぱい食べたか」だ。これはブヌン人に言わせると飯桶《ごくつぶし》だ。ブヌン人の挨拶は「夢はどうだったか」であり、三石かまどのそばに来て暖を取ってもらって、煙草を差し出し、夢を交換しあってから食事をする。ハルムトは幼いころから大人に夢を話して聞かせる練習をさせられた。これは夢の反復だ。祖父といっしょに狩りに行く前に、まず夢占いをするだけでなく、狩猟の途中でもしなければならず、野外で居眠りをした後や夜に突然何かの夢に驚いて目を覚ましたときもすぐに夢占いをしなければならない。猟師は火のそばで眠り、体を曲げて、火元に向いて寝る。あたかも母親の子宮の中で光熱を吸収しているかのように。彼らは焚き火と適度の距離を保つことを知っていて、熱過ぎることなく、また我慢できないほど寒くもない。焚き火のそばで眠るのは家で寝るほど快適ではないが、夜に何回か目覚めて、薪を添えるか、焼き網の上で燻されて乾いて重量が減った獲物を片づけるかするときに、機会をとらえて夢占いをするのだ。夜は寝たり起きたりを繰り返しても、猟師は昼間眠くならず、相変らず鋭敏さを保っている。機会を見つけてときどき居眠りをするのはこのためだ。

自分が水を飲んでいる雲豹だった夢を見たのは、いったいどんな意味があるのか？　いちばん高名なブヌンの夢占い師でさえ、この謎には困惑させられるだろう。どの夢もみんな謎だ。現代文明は彼にこう告げている、夢は日常の反映であり、鍋のようなもので、人が眠りに入っているときを狙ってその人の頭の中の素材をそれに入れて煮込んでいるのだと。しかしブヌン人は信じていた、万物に霊あり（hanitu）。人は眠っているとき、霊の力を使って万物と交流する。そのときブヌン人は霊の力を借りて森林を飛行する。石ころ一つにも、一面の青苔や一粒の種にも、みんなブヌンの霊が宿っており、夢占いとはつまり人と自然の関係をときほぐすことなのだ。もしそうならばと、ハルムトは自分の夢を占ってみた。昨夜彼の霊は、森林を飛んでいた。下方の万物が手招きをしていた。どれもが霊だったが、そのどれも選ばずに、電光石火一匹の雲豹を見染めた。このせいで雲豹が水に姿を映したとき、ハルムトは自分の霊がそこに映っているのを見たのだった。

そこで、稜線まで戻ったときには、捕えられた雲豹を放してやることに決めていた。たったの半時間でこのことを決定した。というのも新しい任務を帯びたからで、一五キロ離れた登山口に行き、米軍の遺体処理のためにさらに大勢の救助隊を引率して山に登ってくるようにと三平隊長がハルムトに命じたのだ。

雲豹は、木の下に腹ばいになっていた。雲霓《うんげい》のように美しい姿をしているが、目は疲れきっている。こんなに美しい森の夢が、森に戻って歩き回ることができないので、大地は夢を見ないよう運命づけられてしまった。ハルムトはこのめったにない夢は、猟師が目を覚ましたあと顔に涙の痕が残っていないようなものだと気づいた。涙、それは夢が多すぎて肉体からにじみ出てくる実体であり、雲豹は森の涙の痕なのだ。夢占いを通して、ブヌン人は狩りをするか、家を建てるか、種をまくかを決める。これに雲豹が加われば、森はもっとぼんやりと雲霧や植物の効能や動物の性質を変化させて、ブヌン人に夢を見るよう誘い、近づいていってその謎解きをさせるだろう。ハルムトは雲豹に近づいた。雲豹は後ずさりして、足のワイヤーの長さいっぱいまで後退した。このとき雲豹は腰を曲げ、犬歯をむき出して威嚇した。これら一つ一つは、夢の中で見たような悠然とした出会いではなかった。

「おい！　おとなしくしろ、夢よ」

雲豹はおとなしくなるはずもなく、歯の隙間から威嚇の唸り声を上げた。一頭の抵抗する野獣、一つの森の中を移動する夢、それにはそれの尊厳があり、それにはそれの敵意がある。これは生き抜くためのスタイルだ。

「お前を逃がすために来たんだ」。ハルムトは前に進んだ。

退路のない雲豹は瞬時に奇襲をかけて飛びかかってきたが、人間を押し倒す寸前で引き落とされてしまった。ワイヤーに引っ張られたのだ。ハルムトは飛びかかってくるだろうととっくに予測していたので、機敏に身を避けた。雲豹はただ抵抗することしか知らず、ハルムトが解放しにきたことなど知る由もなく、とにかく誰かが近づくのを嫌った。

ハルムトは木の下に胡坐をかいて、カモシカの後ろ脚を投げてやった。干上がった渓流で二時間前に仕留めたもので、大部分はトーマスにやってしまった。もも肉は雲豹にはごちそうだ。喉が渇き腹もかなり減っているので、目を数秒ぐるぐる回してから、再びハルムトの体に視線を戻した。まん丸の目の中に小さな瞳がはめ込まれ、その瞳は恒久の美を宿している。かつて滝の水が飛散する険しい谷間の道を通り、綿々と苔むすヨコワサルオガセの秘境を通りすぎ、樹齢千年のベニヒノキの洞にうずくまって雨が稜線を打ち付けて発するつぶやきに耳を傾けた。一面に刺繡を施したようなモミの木の樹氷を渡り、果てしなく広がる草原の斜面中央に咲いたベニツツジの茂みで遊び楽しんで帰るのを忘れた。このとき雲海が氾濫し、すべてが凝縮されて瞳の中におさまり、雲豹は森を歩き、森はまたブヌン人の夢の中で生き返る。もし雲豹が罠にかかることがなければ、ハルムトはそのまなざしに接することも、ヒョウ柄の毛を細やかに見つめることもなかっただろう。その代償は、自由な身の人間が行動の不自由な者の姿や悲哀を鑑賞することであり、これは不平等な饗宴だった。

ハルムトが雲豹がつながれている大木を切り倒すことができるなら別だが、もはや手の打ちようがなくて、雲豹を逃がすことができない。豹は人を近づけず、こうすることで野生の不屈の尊厳を守り、屈辱の中で与えられた物は食べようとしなかった。まして雲豹は苦境から抜け出そうと思っており、縛られた前足は強く引っ張ったせいで、周囲の毛が剝げ、ピンク色の肉が露出している。ハルムトは何度も近づいたが、反対に雲豹は烈しくもがき、さらに傷口が深くなった。まとわりついている青蠅にとってはごちそうを知らせるベルだ。

これまでだ、ハルムトはこれ以上ここにいることはできない。美しいものを眺めるのは、短時間ならいいが、長すぎると、満腹でもう入らないのにまだ食べなければならない豪華なごちそうのようになる。ここを離れなければならない。ハルムトは頭の中に華麗な記憶を残して、登山口へ向かった。爆撃機の墜落現場から持ってきた救命装備具を一袋携えて。

秋と冬の境目、動物たちは高山から標高の低い場所に移動して冬を越す。だが聖鳥ハイビスは高山へ飛んでいき、空っぽになった生息地を独り占めして、豊かな食べものを得る。ブヌン人は生物学からではなく、神話からこの現象を解釈する。「大洪水神話の中でハイビスは火種をくわえて人を救ったが、自身はやけどをしていたので、高山の低温で体のやけどを冷やさなければならなかったのだよ」。ガガランがこう言ったとき、彼が率いていた子どもたちは標高二千メートルの狩猟小屋に到着した。一群のハイビスがヤマグルマの木に休んでいて、その後さらに標高の高い場所に向かって飛んでいくのを見た。「今日はここで休もう、明日はあの聖鳥を追い越して登るぞ」

ガガランは油脂をたっぷり含んだ松の木を火種にして火をおこし、火が明るく輝くほどに、夜はますます暗くなっていった。子どもたちは焚き火の周りを取り巻いて火にあたりながら、ガガランの講釈を聴いた。どうやって一晩じゅう腰を曲げたまま火元に向いてうまい具合に暖を取るか。火勢が強い火元は睡眠を妨げるし、またやけどをしやすい。火が弱いと消えやすく、十分暖を取れない。ハルムトはこのとき初めて焼いた水鹿の糞を非常食として食べたのだが、それから一つの道理を得た。つまり今後一生、どんなまずい食べ物でも食べることができるということ。すると次にガガランは mapushun を取り出して焼いた。それは来る途中で落とし穴から拾ってきた変色して腐臭を放っている腐りかけた動物の肉で、子どもたちはびっくり仰天して息をのんだ。

「あと一つ、minkusa という名前の腐肉がある。骨にわずかに残っている腐った肉だ。蛆が食べ残したものだから、腐臭がひどい」。ガガランが言った。

「僕は食べられる」。ハイヌナンが勇気を出して言った。

「僕だって」。ハルムトはしぶしぶ言った。

「ものは試しというお前たちの気概にはまったく敬服させられる」。ガガランは深呼吸して、笑いたいのを我慢した。「わしはそのminkusaという腐肉は食べたことがないんじゃ。いよいよの時でなければ食べたいとは思わないな。もし明日道で見つけたら、わしもお前たちといっしょに試してみよう」

翌日の午後、彼らはようやく出発したが、とてもゆっくりと歩きながら、ガガランは道中ずっと動物の罠、動物の足跡と糞便について解説している。ハルムトはもし途中で腐肉に出くわしたら、そのために聖鳥ハイビスがいる所よりさらに高く登る機会を失くすのではないかと心配だった。夕方、彼は一人で月鏡湖の傍の氷堆石《ひょうたいせき》の丘に行かされた。標高三千メートルに位置する湖畔は、寒さと闇夜の到来が早い。ハルムトは竹の筒から火種のキノコを取り出して――この種の火種を携えて山登りをするのはハイビスが大洪水の時代に火種をくわえて人を救ったことになぞらえていた――焚き火に火をつけた。たった三本のハンノキと、油脂を多く含む二つの木片で夜を明かさなければならない。焚き火を上手に管理しながら、腰を曲げて暖を取り、頭を火元近くの熱くなったブヌン刀の上に置いた。刀が冷えると、熟睡しているハルムトに目を覚まして焚き木を添えるよう教えてくれる。夜中に、頬の刀が冷たくて目が覚めると、火が消えかかり、果てしない高山の寒夜に囚われているのに驚いた。ハルムトは大声を上げて泣き出してしまい、少しも猟師らしくなかった。それ以降、彼はこんなサバイバルゲームのようなブヌンの成人の儀式が嫌いになった。

ブヌン人は大洪水の記憶の影響を強く受けていて、水は害だと深く信じこんでいる。このことは、月鏡湖に行かされて一晩を過ごしたハルムトがこれほど落ちこんだ理由の説明にもなるだろう。そこは茫漠として何もなく、ただ湖があるだけで、薪を取る森がないからだ。ハルムトは人目もはばからず泣いた。涙を拭く指の間から一匹の動物が湖のほとりの山麓からやってくるのが見えた。このとき彼は動物が嫌いで、どんな動物も我慢ならなかったのに、それはさらに怪しげな鳴き声を上げたのだった、「ハ…ル…ムト…」これは静かに耳を傾ける価値がある。涙を流すのをやめてその動物を凝視した。なんとそれはハイヌナンだった。助けが来た、これもハルムトが大泣きする価値があった。ハイヌナンは数本の薪を抱えていて、それにはハンノキとシオノキがあった。シオノキが今にも目を閉じそうな焚き火に投げ込まれると、ぱちぱちと音を立てて火が起こり、炎がめらめらと燃えあがった。山は標高が非常に高かったので、火の粉が炎に沿って這い上がり、ぴょんと跳ねて星になりそうだった。温かい夜だ。しかしハルムトは忸怩たるものがあった。「ハイビスの夜」はブヌンの成人の儀式であり、少年は必ず一人で荒野で夜を明かして、大自然とともに過ごさなければならないのに、自分はハイヌナンから助けられたのだから。

「これは盗塁だ、それだけのことさ」とハイヌナンが言った。

「変な解釈だ」。ハルムトは横向きに寝て、焚き火のもう一方の側にいる人を見ている。「野球と何の関係があるの？」

「タッチアウトになっていないんだから、盗塁成功ってことだ。ハイビスの夜に結び付けるのは少し強引だけど、事実、お前の爺さんのガガランはこういうときに互いに助け合ってはいけないと言ったことはない、そのうえ爺さんはよく言っているじゃないか、ブヌン人は互いに助け合わなければならないって。だから俺はうっかりここを通りかかって、お前に出会っただけさ」

「でも炎は知っている、炎はハイビスの化身だ」

「俺はたった今彼らにシオノキを食べさせた。ハイビスは秋のシオノキの実を食べるのが好きなんだ、彼らに力を与えるのさ。見ろよ、シオノキを食べたばかりだから、とても楽しそうだ」

「でも炎はやはり全部事情を知っている」

「明日になれば消えてなくなるよ」

「でも今消えてなくなりそうだ、ちょっと寒い」

「こっちへ来い！」

ハルムトは近づいて行って、ハイヌナンにピタリと体を寄せた。塵一つ入る隙間のないほど近かったのを、炎は見ていた。ハルムトがハイヌナンの腕に手を回して、頭をうずめたことを、炎は見ていた。彼が目を閉じてこの素晴らしいひとときに感謝したことを、炎は見ていた。ハルムトの時々刻々を、炎が見なかったときはなかった。炎はさらに聴いた、ハイヌナンがハルムトにこう言ったのを。俺が助けにきたのは、昨日お前が出発するときに心ここにあらずで、ハイビスの夜の薪を取るとき間違いばかりしていたからだ。ケヤキを取れば、この木は煙が少なく長く燃え続けるからそれで獲物を燻し焼きにできる。あるいはアオモジなら湿り気があるけどよく燃える。でもお前はコノテガシワやベニヒノキを選んだ。よく燃えるけど、油分が多すぎて燃えるのが速いから、獲物の肉を燻しても苦みが出てしまう。お前は minkusa の腐肉に出会うんじゃないかと心配ばかりしていただろ、百パーセント肝っ玉の小さい猟師だっていうのが俺には見てよくわかったよ。ハルムトはこの物言いに反論しなかった。彼は小さな声で言った。「僕は一生猟師にはならない、純朴な農民になる」

　彼がこう言えたのは、あるときガガランが酒に酔って本音を漏らしたのを覚えていたからだ。ガガランは言った、腕のいい猟師になるには、肉を得るだけでなく、同時に家を守る責任を担う勇士でもなければならない。だが猟は毎日あるわけではなく、毎回獲物を捕えることができるわけでもない。ガガランが歯の隙間から前日の肉のカスを縒りだして大切に食べていることがこういう事情を裏付けている。また、ガガランはハルムトが男物のスカートをはくのが好きなのを知っていた。これは狩猟用の服だが、漢人の影響を受けてすでにそれを着る男たちはあまりいない。このことはこの少年が特異な内面を持っている証拠だった。だがブヌン社会は強烈な男の文化であり、男の皮をまとい、女の亡霊を宿したハルムトはきっと傷つくに違いない。そこでガガランはこうも言ったのだ、もし勇敢な猟師になれないのなら、純朴な農民になることをあきらめてはいけない、土地こそがブヌン人の毎日の根本であり、誠実な農民は、節気に基づいて粟、キマメ、サツマイモ、トウモロコシを植え、かつ様々な植物の特性や食用の野生植物を熟知しているものだ。ハルムト、これがおそらくお前の人生の道だ。

「でももっと多くの時間、僕は誠実な農民であるだけでなく、野球選手でもある」。ハルムトは言った。

「それはいいことだ……炎に聞こえたよ」

「君は今にも眠ってしまいそうだね」

「そうか？」

とても静かだ。ハルムトはハイヌナンを見ている。相手は目を閉じて、炎は盛んに燃えて、彼の顔の上に潮が満ちたり引いたりする影を映し出している。ハルムトは右手の人指し指と中指を立て、二本の足に見立てて、地面からハイヌナンの臍《へそ》の所に跳びあがり、一歩一歩前に進んだ。胸、首、顎、唇にやってくると、二本の指はそこでちょっとダンスのステップを踏んで、柔らかい唇に触れ、数えきれないほどこっそり眺めていた口元とえくぼを撫でたが、そこは眠っているときでも相変わらず強情だ。これらの動作はどれも冬の日差しがなまめかしい山芙蓉《ヤマフヨウ》の上で踊っているミツバチにそっくりだ。彼の指先は上唇のかすかにくぼんだ人中、がっしりした鼻の頭、穴をあけていないかわいそうな耳たぶ、さらに顔のとても細い産毛を軽くこすって、いつまでもぐずぐずと立ち去ろうとしない。

「炎は見ている……」ハイヌナンは同じことを言っている。

「明日には消えてしまうよ」

ハルムトは言い終わると、顔を突き出してハイヌナンの頬にキスをした。相手に反応はなく、本当に眠っているのか眠ったふりをしているのかわからない。ハルムトにとって素晴らしい夜だった。彼は自分が農民にしかなれないことを知っている。自分は蜜を集めるミツバチで、野菜と穀物の間で素朴な汗を流す、こういうのもなかなかいいものだ。ハルムトは深く祈った、明日が早く来ませんように。願い事を炎にぜんぶ知られたってかまわない。

月鏡湖に着いたとき、夕日は沈みかけ、西方の雲は色温度《いろおんど》を転換する前のカラフルできらびやかな色に染まっている。ハルムトは気温が下がっているのを感じて、そこにキャンプを張ることにした。湖は稜線のくぼんだ部分にはめ込まれて、半分は雲間からあふれる色とりどりの太陽の光の中に姿を現し、あと半分は暗い影に沈んでいる。水面には、とても小さなカゲロウが飛び交い、産卵のために水面を低くかすめて波が立ち、あちこちに水紋ができている。ハルムトは松の木を燃やして昼間の明るさを保ち、持参してきたアメリカ製のオリーブ色の帆布袋を照らした。そしてこれ以上ないほど気持ちを高ぶらせて、英語の説明書通りに操作した。すると突然、自動ガス充填システムが作動して、数分後には、頑丈なカーキ色の救命ボートが出来上がった。

長いあいだ、月鏡湖はブヌン人が移住し狩猟をする際のランドマークとして、標高三千メートルの高山で方角を判断するのに使われてきた。この湖は六千年前の圏谷《けんこく》の跡で、二百年前にブヌン人が足を踏み入れて以来、誰も舟を浮かべたことはない。ブヌン人は水を忌避し、水位が膝の高さまでくるところに足を踏み入れると、祖先の霊を怒らせたと感じる。ハルムトは今その深さを越え、ボートに乗って櫂を漕いでいる。騒々しい水音をさせて、ゆっくりと湖の中央へ近づいていった。湖は真っ黒で、何層にもわたって神聖な黒、臆病な黒、祖先の霊の黒がぼんやりと広がっている。照明の松の火を行軍鍋の中に入れ、船尾からロープで引っ張っている。明かりの影が水面の波に沿って重なり、初めは「渺渺悠悠《ミャオミャオヨウヨウ》」〔遠くはるか〕だったが、ついに「邈邈幽幽《ミャオミャオヨウヨウ》」〔遠くかすか〕になった。ボートは湖心にとどまっている。人を縮み上がらせる九月の山の夜なのに、むしろ人に心地よい水温で、湖水は陽光の温度を蓄積している。これはもちろんいい知らせだ。ハルムトに湖上で眠ってみようという考えが芽生えてきた。

アメリカ軍の海上救命装備具にはなんでも揃っていて、食べ物も飲み物もすべてある。これなら太平洋で遭難しても困ることはない、まして高山の小さな湖であればなおさらだ。ハルムトが巻取り鍵式の缶切りを使って、1クオート〔1・111リットル〕の亜鉛メッキの缶を開けてみると、中にさまざまな食べ物が入っていた。デュポンのセロファン紙を破って、ビスケットを食べた。干し肉の缶詰はまずまずの味だったので、多めに食べた。だが麦芽飲料のタブレットは、ちょっと舐めてみたがぱさぱさして渋みがあり、好きになれない。寝そべると、ゴムボートの底にハルムトの背中の形にへこみができ、波紋が外に向かって次々に水面に浮かんだ。ボートを湖の真ん中に浮かべて、パラフィン紙に包まれたハーシーズ（Hershey's）のトロピカル・チョコバーをかじりながら、一人で星空を眺めるのはなんてもの寂しいのだろう。長い時間見ていると呆然としてきて、いたずらに悩みがどんどん強まっていく。星空は遥か遠くまで明るくて、まるで柔らかい雲の端に寝転がって大空を眺めているようだ。流れ星がすうっと流れていき、ハルムトの涙と悩みも顔の上を流れていく。

湖面に浮かべている行軍鍋の中には薪がたくさん入っていて、熱くなった鍋の縁が湖水と接触しているところに気泡ができている。さらに深い水の中には何か生物がいるようだ。ハルムトが救援用の海水染色剤を水の中に撒くと、ゆるゆると緑の色が広がっていき、星雲が爆発したように美しい。彼は天地の間のペタンコの影だ。今このとき、もしハルムトがハイヌナンとこの湖畔で過ごした昔のことを思い出したくないなら、あとは凍てつく突起した岩で待っているトーマスのことを想像するしかない。彼はパラシュートで体をくるんで保温しながら、ハルムトを憎み、呪い、苦渋の炎を燃やし続けているだろう。だが太陽が昇るまでそうし続けたとしても、太陽は心の谷間の闇まで照らすことはできない。

丘の上で何かが呼んでいる。切迫した、孤独な短い鳴き声が伝わってくる。

ハルムトは丘の方角を見た。だが宇宙はあまりに暗く、地球にあまりに近づきすぎて、山頂を目には見えないさびれた色調に染め上げている。さらに稜線のほうを見た。そこも真っ黒で、いくつか星の光が見えるだけで、何もない。もう一方の山頂には銀河が見える。それは伝説に出てくる太陽熊の眼窩《がんか》が転がった痕で、涙がきらきら光っている。その星の光がやかましく騒ぎながら、ゆっくりと空に向かって湧き出ている。

ハルムトは月鏡湖に横になっている。伝説の涙の湖、太陽が心配して傷口を映した場所だ。

ハルムトは星空を見ている。今このとき、誰かも星空に横になって彼を見ているだろうか？

一つの星がチカチカと光り、流星に変わって、丘の方角へ落ちた。

また一つ、人の世界へ逃げこんだ。

丘に何かいるのか？　人がいるはずがない、とハルムトは思った。

はっきり見えないので、ボートにもう一度横になり、積み重なった星空を見た。輝いていない星は太陽熊の血で、光っているのは涙だ。星たちはそれぞれの気持ちを抱いて時を過ごし、それぞれの光を持っている。ハルムトは悩みのない日々を過ごしたいのにそれが叶わず、いつもあれこれ考えてばかりだ。そして、トーマスが話したあの壮大な場面を思い出した。飛行機が猛烈な台風に突入したとき、爆撃機全体が震動した。雹が機体に当たることもあれば、翼と空気の激しい摩擦で翼の先端に静電気が流れることもある。彼らは爆弾倉で待機していた。ワイヤーで固定した合板に座り、メイ・ウエスト*とパラシュートの袋を身につけた体が上下に飛び跳ねていた。とうとうみんなは最後尾の、「ハッチ」と呼んでいた非常口まで移動し、時速百キロの暴風の中に降下する準備に入った。身体能力が高く先頭に配置されたトーマスが飛び降りたとき、外は意外にもそよ風程度の静けさで、自分が巨大な台風の目の縁にいるのが見えた。地上の山河は全滅し、頭上の青空は厳然として、夢よりももっと迫真の、三次元空間の渦巻きの画面だった。雲の壁がそびえたち、聖書のような静謐な空間が到来した。続いて爆撃機からまた一人が飛び降り、パラシュートを開いてゆっくりと降下していくのが見え、そのあと飛行機は台風の目を囲む壁雲に切りこんで、狂ったように吹きつけてくる強風に翼をへし折られ、最後は墜落して爆発した。

眼前の銀河、これもまた宇宙の中の台風であり、くっきり光る星の壁を持っている。

ハルムトもまた星の川の中の孤独な舟で、ゆらゆらと漂って、錨を下ろすところがない。

また孤独な鳴き声がする。稜線からの、天地の間から発せられる呼び声だ。

ハルムトは湖面から頭を上げて見た。世界は冷え冷えとし、夜空は寒々として、何もない。突然、一筋のまばゆいばかりの明るい流星が谷間に落ち、まもなくして一つの影が山頂に現れて、銀河を際立たせた。その影が叫んでいる。

やっぱり動きがある。

＊　原注：第二次世界大戦時、アメリカ軍が救命胴着につけたあだ名。それを着ると当時有名だった女優メイ・ウエスト（Mae West）の大きな胸のようだったことから。

誰だ、トーマスか？　それともほかの捜索隊員か？

それとも太陽熊か？　傷を負った太陽が、水に姿を映しにきて、自分の悲しみを見ているのか。

彼は二つの太陽の伝説の中で、そのうちの一つが月に変わった話がことのほか好きだ。なぜ人は武器でそれを変えようとしたのか？　なぜそれは太陽になれず、自分自身になれないのか？　ハルムトはこう考えると、防衛本能が起こり、歩いてやってくる影に向かって叫んだ。「うせろ。近づくな、お前が誰であろうと、こっちに来るな」

その影は山頂を下って、ぽつねんと鳴き声を上げ、湖のほうへ歩いてくる。暗闇の中で影も形も見えない。

「バカやろう、何を笑っている？」ハルムトは吠えるように叫んで、それに向かって缶詰とサメ忌避剤を投げつけた。救命ボートに信号拳銃があるのを思い出して、急いでそれを胸に抱きかかえ、説明書を見ながら、装置を開けて弾を込め、持ち上げて撃った。バン！　くぐもった音が響いて、信号弾が空中を駆け抜けた。そして数個のひらひらと落下する小さな火花になって散っていき、空気中にマグネシウムの粉末のにおいが漂った。信号弾のすみれ色の光の筋が、谷間の湖を照らし、目まぐるしい変化を露わにした。湖水が紫色に光り、ボートは夢の中の孤島に引っ掛かっている。そして山の坂道にあるヤダケの茂みから、一つの影が近づいてくるのが見えた。

信号弾は消えて、世界が真っ暗になり、光も波もない。

むせび泣く声がする。誰かが一人で、湖畔まで来たのだ。

ハルムトが弾を詰めて、もう一発発射すると、湖がぱっと明るくなった。

信号弾は暗闇を照らしたあと湖面に落下し、夢の色彩を模倣して発光しながら、ゆっくりと消滅した。ハルムトは最後の一発を詰めて、どけ、と大声で叫び、それに向けて発砲した。信号弾は一筋の光の弧を描いて、すみれ色の光を発しながら、そいつの近くに落ちた。だがそれはじっとしている。

大きな水鹿だった。水鹿はハルムトに向かって歩いてきて、湖の水際で足止めされた。

ハルムトがボートを漕ぎだすと、湖面はどこも滑らかな火の光に満ち、櫂《かい》のささやく音がした。湖岸に着いて、ボートを降り、浅瀬を通って近づいていった。木の枝に軍用鍋の取っ手をひっかけ、松明《たいまつ》で大きな水鹿を照らした。水鹿は人を怖がらず、黒い目の中の松の炎が、ゆっくりと近づいてきて、ハルムトの目の中の世俗の汚れを焼き尽くした。ハルムトは震え、悲しみながら、これがブヌンの伝説に出てくるsaipukdalah（鹿王）だとはどうしても信じられないでいた。ブヌンは水鹿を五種類に分ける。bahal（雄鹿）、tama（雌鹿）、最初に角がでたngabul（小鹿）、生まれて二年で、角の部分が突き出ているだけのhalian（幼鹿）、そして小鹿の中で角が硬くなったvaha（角鹿）だ。そのうち鹿王はめったにお目にかかれない鹿で、体格は水牛に似て、伝説の中の動物だ。ハルムトは大勢の猟師たちがこの動物のことを語るのを聞いたことがあるが、それはぜいたく品であり、それに出くわしたとき、およそ人は困惑し、興奮して、恍惚の夢を見ている状態に陥るという。

今、鹿王が目の前にいる。濃い生臭いにおいをさせ、目の下方にある眼下腺からも濃い分泌物のにおいをさせている。野生のにおいだ。この大きな水鹿はとても興奮していて、前足で絶えず地面を踏みつけ、かすかに歯ぎしりをして、臭腺の開口部から音を出している。ハルムトも興奮して、松明を提げて近づいていき、その硬い三つ又の大きな角を照らした。小さな光の輪のなかで、ぴんと張りつめた気泡のように、その角は連綿と連なる山や谷の中で唯一火に囲まれている。見間違いではない、それは鹿の角であるばかりか、緑の葉も生えている。

鹿王だ。高くそそり立つ角から緑の葉が生え、筋肉を震わせてカゲロウを追い払っている。唇はしきりに動いて話をしているように見える。目の中に松明が映り、体には人に理解させたい夢がいっぱい詰まっている。その水鹿はまさにハルムトに会いに来たのだ、なんら恐れることなくこちらを見ている。

ハルムトは松明を捨てて、それが地面で炸裂してさらにたくさんの火の光を出すのに任せた。鹿の角に生えた緑の葉を摘んだ。葉には鋭いトゲがあり、表皮は硬くつやつやしている。葉を揉んでみると、薄荷《はっか》の爽やかでほんのり甘い清涼感が広がった。この香りが鍵となって、彼の頭の勘所をすべて開けてしまった。冬青《ヒイラギ》のにおいだ。標高の高い所に生息する苗栗冬青《ヒイラギソヨゴ》だ。

着いたら、置くだろう、お前の墓に
緑の冬青《ヒイラギ》と花咲く欧石楠《ヒース》の一束を。

湖の岸辺で、鹿王はヒイラギの王冠をかぶり、全力を尽くして話をしている。ハルムトは聞いてもわからない。

しかし誰が来たのかわかっている。ハルムトは全力を尽くして泣いて、鹿王を撫でた。

彼の心はすでに死んでいたので、鹿王が墓に花を供えてくれたのだ。
鹿王を抱きしめても、鹿王は拒まなかった。
彼らは出会ったのだ。

今は夢の中だ、君は何を考えてるの？
僕はこんなに弱くて、臆病で、泣き虫だ、
いつも前へ前へと追い立てられて進んでいる、
ときどきお祈りをして眠ったあと
永遠に目が覚めないでほしいと思うときがある。
僕の人生はいつも無駄に消費され
自分が何をしているのかわからない、
その上こうしなかったらだめなのだと思ってしまう

月鏡湖で、
無数の星あかりに導かれて
僕に会いにきてくれてありがとう、
僕たちは出会った

ハルムトが目を見開くと、翌日の昼近くになっていた。太陽が目にあたって目が覚めたのだ。彼はゴムボートの上で軍用毛布にくるまって眠っていた。ボートは湖上にあり、湖は高山にあった。彼の手の中にヒイラギの葉があり、服の間から動物の生臭いにおいがして、髪には水鹿の毛がついている。信号拳銃を発砲した後の火薬のにおいは、まさに昨晩の夢のようだ。事は確かに起こったのに、しかしこの世は、夢のかすかな領域も隠せないほど明るくて、二度と鹿王に会えなくなった。鹿王と抱き合って眠った寝床で、鹿王が来たときの道中を夢で見さえした。鹿王が薄暗い渓谷を通り過ぎたとき、生まれたばかりのカゲロウが夕日の残照の中できらきら光っていた。険しい森林を通り抜けたとき空は暗くなっていて、一羽のアオバズクの羽角を突っ立てるほど激怒させたが、暗褐色の樹皮のランダイスギがガサガサという音を立てて歓迎してくれた。そのあとツリガネニンジンとイチヤクソウを踏み越えて、湖に向かって歩いた。鹿王は自分めがけて虹色の光を発射した人間に向かって歩くのも恐れなかった。人生は人知を超えた偶然の出会いであり、不可解な思いに満ちている。一瞬のうちにやってきて、一瞬のうちにいなくなる。夜が明けると鹿王は消えた。

昨晩の奇妙な世界をハルムトは留めておこうとした。毛布で太陽の光を遮り、織目の隙間から見える砕けた光を昨夜の無数の星あかりになぞらえた。何かが彼を呼び覚ますのを待っているかのように、長い間そうしていた。それからボートが岸に着き、浅瀬に乗り上げた震動を感じた。震動は彼に気づかせた——彼の人生の素晴らしい瞬間にはいつもハイヌナンがいるか、ハイヌナンを思い出す、ということを。けれどもハイヌナンがもし生きていたら、彼がこんふうに考えるのを許さないだろう。そして人生のすべての素晴らしい瞬間に、たとえ孤独を感じたとしても自由自在であるべきで、焦って悩みを分かちあう人を探すことではないと言うだろう。この湖は一度も姿を変えたことはないが、ハルムトの考えを変えた。彼は荷物を片づけて、山頂へ向かった。振り返って湖を見ると、湖面に逆さまに映っている雲の影がきらきら輝いている。湖畔の浅瀬には水がたまった鹿の足跡と、石を並べて書いたブヌン語のミホミサンが残されている――それはずいぶん前の成人の儀式のとき、彼とハイヌナンが湖のほとりで野宿したあと、石を並べて作った言葉だ――風が吹いてもばらばらにならず、水に沈んでも死んでいない。温かくしっとりとした記憶がまたよみがえってきた。ゴムボートがヤダケの茂みに結わえつけられ、石ころで押さえられて、次の出航を待っている。

道中ずっとハルムトの頭から蜃気楼がほとばしり出ていた。山を下りるとき、何度も道を間違え、心ここにあらずで谷川を渡り、足の向くままに松林の小道を通り抜けた。再び旧家屋のところで栗に引きつけられて時間をとり、そこを出て夕方になるころにはとうとう道に迷ってしまい、登山口へ行く道筋を見失った。道を探す懐中電灯は持っていたが、薄霧の森は相変わらず光源をすっかり飲みこんでしまう。どこもかしこも、生きるのが辛いと大声で叫んでいる木々と、膝が隠れるほど伸びたツルカグマやランダイワラビ、それに不気味な動物の鳴き声や虫の声ばかりで、夢の世界が決壊して、揺れ動くシルエットだけになっている。

突然、笛の長い音が、様々な虫の声が入り混じった中から聞こえてきた。ハルムトははっきり聞こうとして、それに気を取られ、滑って転んでしまった。このあとこの世は天地がひっくり返った世界になり、湿った落葉に沿って体は滑り落ち、細い枝がへし折られるかすかな音と自分のたまに発する絶叫が聞こえた。一瞬死ぬかと思って、懸命に何かをつかもうとしたが徒労に終わり、ただもう立て続けにぶつかり合う音がするだけで、冷たい山から一つの灯りの輪の中に滑り落ちてようやく止まった。

灯りの輪の中には彼だけでなく、もう一人子どもがいた。

子どもはびっくりして吹いていた鼻笛《はなぶえ》＊1を持ち上げてこう言った。「ハルムト兄ちゃん、お帰りなさい」

ハルムトは逆光になっている子どもを見たが、ぼんやりと輪郭が見えるだけだ。誰だ？

「モモちゃんだよ、忘れたの？」男の子が木にかけた灯りを下ろすと、灯りの輪が少し揺れて、その子を照らした。

「どうしてここにいるんだ？」

「兄ちゃんを迎えにきたんだよ、笛で引き寄せたってわけ」

「僕が聞いてるのはどうして山の上に来たのかってこと」

「僕は壮丁《そうてい》団＊2の小さなお手伝いになって、救助にきたんだ」。モモちゃんは灯りを高く挙げて遠くを眺め、灯りの輪が少し大きくなってから言った。「どうしてもう一人、山の上から転がり落ちてこないんだろう」

「誰？」

「ハイヌナン兄ちゃんだよ！　兄ちゃんたちは双子みたいだから」

ハルムトは立ち上がって、モモちゃんの真っ白な体と、こぼれんばかりの笑顔が、きれいな灯りの輪に取り囲まれているのを見ていた。その光の輪を突き破って、死亡の知らせをモモちゃんに告げる勇気がないのではない。子どもに現実を打ち明ける準備がちゃんとできていないのだ。ハルムトは長い間呆然として、ポケットからヒイラギの葉を取り出した。灯りの輪のもと、デュポンのセロファン紙に包まれたその数枚の葉は、紙の表面の反射光に映えて、まるで流れる泉の水の中に置かれた栞《しおり》のように、それが大切な記憶であることを誇示している。ハルムトは一枚をモモちゃんにあげて、嗅いでごらんと言った。そのにおいは人の心にしみ入り、嗅いでみると、風邪で鼻が詰まったときに突然すうっと鼻が通るような快感があった。

「すうっとする!」モモちゃんが言った。

「僕が昨日夢の中から摘んできたんだ、嘘じゃない、夢の中のヒイラギのひとつかみだ。そのときハイヌナンもいて、とても楽しそうにしていた、僕もそうだった」

「夢の中で摘んだの? 僕も摘みにいきたい」

「行くな」

「どういうこと?」

「夢は必ず代償を払わなければならない、とても大切な物を失って、その代わりにようやく夢の中に入ることができる」

＊1　台湾原住民族の鼻で吹く竹笛。鼻簫《びしょう》。竹を二本縛り付けて数個穴を開け、鼻から息を吹いて音を出す。
＊2　原注：日本統治時代の義勇消防隊・義勇警察隊。

二人はしばらく黙って歩きながら、その言葉を咀嚼していた。ハルムトは、自分がとっさに人生についての注釈をすらすらと口にしたことに、もっと驚いていた。山道で、モモちゃんは前を歩いて道を照らしているが、手の灯りの輪をゆらゆらさせて、面白がっている様子で、自分を深海の光の膜の中にいる子どものクジラのように包み込んでいる。そこでモモちゃんに、なぜ救助隊員になって山に登ったのかと尋ねた。すると実はこういうことだった。ハルムトが伝書鳩で救援信号を出し、それが回り回って町に伝わったあと、百人を超える義勇消防警察隊が動員された。彼らは今、登山口にとどまり、翌日の出発を待っているところだ。だがハルムトの到着が思ったより遅いため、いっしょに来ていたモモちゃんが自ら買って出て登山口より一キロ深く入り、出迎えにきたのだった。

　言い伝えでは夜に笛を吹くと亡霊を招くと言われている。ハルムトはこの子が恐れもせず、勇敢に一人で暗夜に笛を吹き、さらに勇気を出して救助にきたことを褒めた。モモちゃんはワハハと笑って、山に来たのは二つ目的があって、まず一つは雪を見たかったから。一包みの砂糖を持参していて、それを粉雪にまぶして食べたいと思っていた。さらに戦時中、大事に保管して徴収されずに済んだ鉄の缶も持ってきていて、それに雪を入れて下山してみんなに見せるのだと言った。二つ目の目的はというと、植物の標本を集めるためで、植物の名で命名されている八八艦隊の樅型系列巡洋戦艦[*1]の植物を全部集めることだと言う。そのうちのいくつかは高山でしか見つからないらしい。ハルムトは樅型系列の艦隊はまったく知らないのでモモちゃんに尋ねた。「艦隊はどんな植物の名前をつけてるの?」「樅《モミ》、榧《カヤ》、栂《ツガ》[*2]、栗などだよ」。「ちょっと待って、ほら、これがそうじゃないか」。

二人が灯りの下に顔を寄せ合うと、暗黒は灯りの外側でぐずぐずして中に入ってこられない。ハルムトが背嚢から二握りの栗を差し出した。褐色の果実からつやつやしっとりした光がほとばしり出ている。ハルムトが途中で旧家屋を通り過ぎたときに採ったものだ。モモちゃんが飛び跳ねて喜んだので、もう少しで光の輪を突き破りそうになった。大声で万歳と叫んで、「今回山に登ると決めて間違いなかった、焼き栗が食べられるんだからね」と言った。

栗を焼く火は登山口にある。まさに戒茂斯《ハイムス》駐在所のところだ。そこは救助隊でいっぱいで、広場の何か所かに薪が積まれ、それぞれの周りに人が集まり、みんなの顔が真っ赤に照らされている。救援に駆けつけてきた者の大部分は平地のアミ族だ。煙草を吸い酒を飲んでおしゃべりをしている者や、ひきつった足の裏を揉んでいる者もいる。リラックスした雰囲気に包まれて、焚き火の中で薪が燃える音が、彼らの民族楽器である旮瓦《カックン》（竹の鐘）のお祭の音に聞こえる。モモちゃんはハルムトを連れて、人込みを通り抜け、隊長に会いにいった。台東警務課巡査部長の広元《ひろもと》和太《かずひろ》が、この救助隊の隊長を拝命し、ちょうど椅子に座って足を湯に浸しているところだ。山を登るのにひどく難儀して、筋膜炎になった足の裏が痛むので、漢人の提案を聞き入れて、数種類の薬草の入った湯に足を浸してほぐしているのだ。広元隊長はハルムトが捜索の情報を報告しながら、同時に夕食を食べるのを許した。急いで下山してきたハルムトにとっては大助かりだ。

＊1　樅型駆逐艦の名称には、樅、榧、楡《にれ》、梨、竹、柿《かき》、萩、蔦《つた》、菱《ひし》、菫《すみれ》など二十数種がある。
＊2　原注：樅は中国語で「台湾冷杉」、榧は「紅豆杉」あるいは「台湾粗榧」、栂は「鉄杉」。

ハルムトは、魚の干物がついたご飯を食べ終えたら、救援を待っているアメリカ人の生存者がまだいることを話そうと決めた。こう決めると食べる速度がますます遅くなり、最後の数口は食べてもどんな味だったかわからないほどもがき、あげくに立ち上がって少しご飯を足して時間を引き延ばしさえした。このとき、彼の目の前の焚き火を囲んでいる十数人の救助隊員は、すでに彼の話に耳を傾けなくなり、それぞれおしゃべりをしていた。広元隊長もハルムトが繰り返し同じことを話すので飽き飽きして、ひたすら足で水桶の中の薬草をかき回している。

ハルムトはヨモギと芙蓉の香草のにおいをかいで気持ちがゆったりしてきたので、ご飯を全部掻っ込むとこう言った。「隊長に報告します、今回アメリカ人は……」

「二等輜重兵《しちょうへい》」。広元隊長が声を張り上げて叫び、モモちゃんが駆けつけてきて位置についたのを見ると、こう言った。「今回ハルムトを案内してキャンプ地に戻ってきた、功労一件だ」

「はい！」

「ただちに一等輜重兵に昇格する」

「はい！　はい！」

「この足湯が冷めてしまった、湯を取りに厨房に行って注ぎ足してくれ」

「はい！」

みんなは笑いこけて、顔は焚き火の中の幻影のようにねじれている。だがモモちゃんはしきりに大喜びして、駐在所の厨房へ鉄鍋でお湯を沸かしに駆けていき、あやうくそこの地べたに寝ている救助隊員を踏みつけそうになった。ハルムトも笑った、子どもは天真爛漫で自由自在だ。それから、広場でいくつか輪になっている隊員たちは再びめいめいお喋りをし、酒を飲みはじめた。

「それで？」広元隊長が言った。

「いやなんでもありません、でも僕が言いたかったのは……」

「やっと来た、これで安心だ」。隊長の広元がタオルで足の水をきれいに拭き、立ち上がって救助隊のしんがりの一行を迎えた。

見ると山の下の警備道から騒がしい声が聞こえてきて、山の中にひとつらなりの灯りの花が浮き上がった。どの灯りの花にも掛け声をかけている人の蕊《しべ》があり、明るく揺れながら、しっかりした足取りで近づいてきて、その後ろに隊員の一団が続いている。おかげで広場が窮屈になった。日本軍は第二次世界大戦に多額の費用を投入しすぎたため、警備道が台風の被害に遭ってもすぐに修復する金がなかった。それで隊員たちは標高千八百メートルの駐在所に登ってくるのに何度も波瀾を経なければならず、重い荷物を担いだ者や体力の劣る者がこのときようやく到着したのだった。彼らは食糧と棺桶にする板を下ろすと、焚き火を囲んでまず煙草を吸った。ハルムトはその中にサウマコーチもいるのが否が応でも目に入ったので、どこか片隅を探して、ハイヌナンの死を告げる心づもりをし、もう涙は流さず強くなろうと思った。

だが意外にもサウマのほうからやってきて、冷静に言った。「ハイヌナンが死んだそうだね」

「どうして知っているのですか？」

「君の爺さんが言っていた。もう少しすれば爺さんもやってくるはずだ。僕らは爺さんに手伝って欲しいことがあってね、さっき道で会って、ちょっと立ち話をしたところだ」。サウマはハルムトの肩を軽く叩いて言った。「あまりに思いがけないことで驚いたよ」

「ハイヌナン兄ちゃん死んだの？」となりに立って聞いていたモモちゃんが、辛そうに言った。

「ついさっきハイヌナン兄ちゃんに会ったって言わなかった？　どうして死んだの？」

「爆撃に遭って死んだ」

「あんなに愛していたのに、ハイヌナン兄ちゃんが死んで、ハルムト兄ちゃんはどうするの？」

みんなは静かにハルムトを見ながら、一人の子どもがどうして「愛」という言葉を、一人の少年ともう一人の少年の身に使ったのか理解した。ハルムトは強く唇を噛んだまま、気持ちを抑えて、しきりに頭を横に振っている。自分にその言葉を肯定させようと迫っているのか、それともモモちゃんにじわじわ攻め寄らないよう求めているのか、自分でもわからない。大勢の人を前にして、最も真誠な気持ちに向き合うには、自分が結局のところ脆弱なのだと悟った。

「僕にはわかってた、兄ちゃんがハイヌナン兄ちゃんをとても愛していたってこと」

「もう言うな、お願いだ」

「本当のことだもん」

「お願いだから」。ハルムトはこれ以上突っこんでほしくないのだ。

「なぜ言ってはいけないの？　僕もハイヌナン兄ちゃんを愛していた、僕は兄ちゃんたちがいっしょに野球をしているのを見るのが好きだったし、兄ちゃんたちの全部が好きだった。でも僕たちはもう二度とグラウンドで野球ができなくなった」

「モモちゃんは間違ってないよ、僕らもハイヌナンをとても愛していた」。ハルムトはやはり泣いた。強くはなれない。彼の人生にはいたるところにちょっと触れればすぐにスイッチが入る感情の落とし穴がある。ハイヌナンに関する記憶に、いつまた足を踏み入れてしまったのだろう。「モモちゃん、そんなふうに言ってくれてありがとう、僕は本当に彼のことを愛している、野球を愛するようにね」

夜八時頃、最後の一団がようやく駐在所に到着した。この一行は霧鹿部落のブヌン人が中心で、ガガランがまさにその中にいる。彼らは命令を受けてハイヌナンの祖母サイを連れていた。サイは小百歩蛇渓で唯一のキリスト教徒の家庭の一員だった。彼女はイエスに関する知識がどれもみな誤って伝わっているのを知っていた。たとえば、受難のキリストはカエルの変種で、仮死状態で敵を避けることができるとか、五個のビスケットで五千人の信者を腹いっぱいにする神業の料理人だ、などだ。サイは日ごろ機織り機の音の中で神に祈りをささげて、警察の取り締まりからうまく逃れていた。貧しくて塩を火に撒いて神を敬うことしかできなかったが、孫のハイヌナンの都会での無事を祈っていた。彼女は『聖書』を見たことがなく、自分で動物の毛皮を使って一冊の本を作っていた。中には何も書かれておらず、もう一人の三〇キロ歩いてやってきたキリスト教徒が彼女に与えた聖餐《せいさん》のマッツォという酵母の入っていないビスケットが挟まれていた。黒く焦げた平べったい物を挟んだそれは、はた目には神業の料理人の最も質素な料理本に見える。しかしそれがまさに『聖書』だった。死亡したアメリカ人のために、どうやってキリスト教の葬儀をするかをサイが救助隊員に教えにくるにはこれで十分だった。

「一等輜重兵」。広元隊長が大声で言った。

「はい！」すでに父親のふところで眠っていたモモちゃんが、飛び起きて大きな声で返事をした。

「命令だ、部隊を集合させろ、アメリカの葬式を行なう」

「はい」

モモちゃんが骨を折るまでもなく、広元隊長の今しがたの命令がみんなをすでに呼び寄せていた。広場の焚き火が再び燃え盛り、明け方まで明るく照らすのに十分だ。広元隊長は太りぎみで、体力がやや劣っているが、しかしタヌキのような丸くでっぱった腹の皮を活用して、呼気を下腹の丹田《たんでん》に溜め、大きな声で一〇メートル範囲内の人の静けさをかき乱した。隊員が集合したのを見て、広元隊長は言った、以前自分はアメリカ人が好きなものはみんな嫌いだった、アメリカ人が信じている宗教は邪教だと思っていた、だが今は違う、天皇陛下は世界平和を再建しようとされている。アメリカ人が困っているなら、我々は全力で手助けしなくてはならない。アメリカ人が死んだのだ、我々はキリスト教の葬式をして葬らなければならない……

ガガランは人々の後ろを歩いて、ゆっくりと人を探していたが、見知った後姿が目に入るとすぐに隅っこに引っ張っていった。ハルムトは祖父だととっくに気づいていて、おとなしく駐在所の軒先までついていくと、山の霧のせいで分厚い苔が生えている壁板を手で剝がしている。ガガランが心配して言った、山には行くな、ここ数日天気が悪くなっている。ハルムトは、天気はまだだいじょうぶだ、山に戻らなければならないと答えた。「だめだ、ここ何日か『タカの川』が流れていない」。ガガランはきっぱり言った。毎年秋の初めには、アカハラダカが越冬のためシベリアからインドネシアへ移動する。ルートは数千キロの距離にのぼり、途中で台湾の中央山脈の東側を通り、ときには何千羽ものタカが一斉に飛んで、空中で黒い川を形成する。これがブヌン人が季節を判定する根拠になる。ガガランがどう説明しようと、ハルムトはこの種の天気予測は、根拠がない気がした。それに彼は山に戻ってアメリカ人を救出しなければならない。

「わしといっしょに帰ろう」。ガガランは引かない。

「僕は山で黒熊を殺した」。ハルムトは本当のことを持ちだした、「来年の粟祭りまで、家に帰れない、災難を持ち帰るのが怖いんだ」

「とんだ口実だ、わしは一生涯猟師をやっているが、黒熊を殺したことはない、お前の出る幕じゃない」

「本当なんだ、僕は黒熊を殺したし、雲豹も捕まえた」

ガガランはしばらく考えて、「雲豹を殺せ。それは黒熊といっしょに来たのだ。さもないとそいつは一生の時間をかけて黒熊のために復讐する。最後はお前を探し当て、はてはお前の夢の中にもぐりこんで夢を盗もうとさえする」

「だから僕は到底家に帰れない」

「じゃあ粟祭りまでどこに行くつもりだ?」

「花蓮港市に戻って、料理屋の見習いか何かやろうと思っている」。ハルムトが考えていたのは、機会があれば都会に残ることだった。たとえ前回の町への旅がたくさんの悲しみと挫折を残したとしても。家に帰りたくないのではない、貧しい部落に長くくすぶっていると立ち上がれなくなるのが怖いのだ。祖父と口喧嘩になってしまったので、ハルムトはうんざりしてそこを離れ、人々の後ろについて歩き出した。それでもしつこい祖父とくどい愚痴を振り払うことができないので、とうとう人混みをかき分けて中にもぐりこんだ。ガガランも後から入ってきて、まだくどくど言い続けている。声が大きいのでそばの人から軽蔑のまなざしを向けられている。逃げるに逃げられないハルムトは目をぱっと輝かせ、広場の中央の空き地へゆっくり歩いていってこう言った。「僕が手本を見せよう」、言い終わるやすぐに体を横たえた。この位置こそ彼に残されたものだ。

横になった所は死人の位置で、先のほうに十字架が立ててある。

つまりこういうことだ。サイが讃美歌『アメイジング・グレイス』*を葬儀のメロディとして教えたのだが、原文の歌詞に至っては、彼女は歌えないので、かろうじて知っている四音節の「ハレルヤ」を曲のすべての歌詞として使い、繰り返し節をつけて歌っていた。焚き火のそばで、サイはみんなに十字架に向かって讃美歌を歌うよう教え、絶えずハレルヤと歌っている。今、ハルムトが自ら進んで横たわり死者の役をしたので、みんなは驚いたが、歌のメロディが厳かだったので、そこに誰かが横たわって歌をもらい受けるだけの価値があるような気になった。

ハルムトは地面に横になり、両手を胸の上に置いて、ガガランがそばに立って見つめているのを見ると、きつく目を閉じた。こうすればどんな光も入ってくることはできない。徐々に、ハルムトは人々の聖楽に溶かされて、雨に濡れた花が心の中にまかれたような温かい気持ちになった。瞼が緩み、オレンジ色の釉薬を塗った炎が瞼の上を流れるのを存分に見ていると、心には少しの滓《おり》もなく、まるで体が水底に沈殿して、かすれてぼんやりした影を凝視しているような感覚を覚えた。そして思った、もし死がこういうものなら、なぜ人は生存のためにもがき奮闘するのだろうか。

讃美歌が終わったが、炎は弱まりもせず、ハルムトはまだそこに横になって、目を開けたがらない。人の群れは次々に去っていき、各自の寝床に戻った。何度も声をかけられたハルムトはまだ死の荘厳に浸っている。あるいは死に対してまた一つ悟ったのかもしれない。もし人が生存のために奮闘して死ぬことができるなら、死ぬ寸前、きっと後悔は消えてなくなり、こんなふうに安らかなのだろう。ハルムトは広元隊長がやってきて大声で直ちに生き返るよう命令するまでこうしていた。

「急いで救助に行かなければ」、ハルムトは目を開け、横で胡坐をかいて座っている祖父を見て見ぬ振りをして、広元隊長に向かって言った。「アメリカ人が一人まだ生きています」

「なんだと?」

「アメリカ人が一人、まだ死んでいなくて、生き残って我々の救助を待っています」

「バカやろう、今ごろ言うとは、お前どういうつもりだ?」

その場の雰囲気が冷め、薪の燃える音がはっきり聞こえるほど静まり返って、何人かが振り返った。横になっているハルムトが仰角から広元隊長の顔を見ると、墓碑のような暗い影が満面を覆い、悪霊のような怒りが噴き出ている。ガガランが大胆にも介入して、二人の間に立ったので、双方の視線をまともに受けることになった。そして振り向いて広元隊長に言った。「わしの人生はもうすぐ使い終わるが、今まであんたたちがブヌン人に礼儀正しく話すのを見たことがない。ここは我々

＊『われをもすくいし』讃美歌第二編第一六七番、イギリスの牧師ジョン・ニュートン作詞、作曲者不詳。

猿ではない」

の川であり、ここは我々の山だ。我々は人であり、あんたたちが駐在所で飼っている警備用の犬や

広元隊長はそれには答えないのが得策だと考え、十秒、あるいはもっと長くてもかまわない、ガガランを鋭くにらみつけておいてから、突然この年寄りに向かって声を張り上げた。「くそったれの一等輜重兵め」。みんなが震えあがり、額がキリキリ痛くなるほど怒鳴っておいて、それからようやく走って来たモモちゃんの方を向いて興奮気味に言った。「はやく駐在所の所長を呼んでこい、我々は急いで山の下に電話をしてこのよい消息を報告し、電報でアメリカに通知する、ハッハッ、これでけりがつくぞ」

「夜が明ける前に、直ちに救出に出発する」

「はい！」

「俺はちゃんと話をしておる、そうだろ！」広元隊長はこのときやっと振り向いてガガランを見ると、笑いながら言った。「俺はブヌン文化の勇敢さと単純さが好きだ、だがあんたは極めて複雑だ、そうじゃないか？」

「わしの刀も極めて単純だ」。ガガランはブヌン刀を撫でて、すごんだ。

「それは鞘の中で眠らせておいて、単純なままにしておくほうがいい、そうだろ！　ハッハッ」

広元隊長がまた怒鳴った。「一等輜重兵、戻ってこい、お前が道の途中で話した、蕃刀の笑い話とやらをご老人に話して聞かせろ」

ちょうど報告に走って行こうとしていたモモちゃんは慌てて振り返ったが、自分がガガランを攻

撃する道具になるのを察知して、口ごもりながら言った。「昔々、アミ族の男がいて、ある日山を下りて首狩りをすることになった。人が一人見えたので、刀を抜いて切り落とそうとしたとき、蕃刀の使用説明書を持ってこなかったことに気付いて、また山の上に探しに戻った……」

「違う、最初はそうは話さなかった、元通り話せ」

「昔々、あるブヌン人が山を下りて首狩りをすることに……」、モモちゃんがうつむいて言った。

「そうだ！　それが本当の元の話だ」。広元隊長が大笑いしてガガランに言った。「ブヌンの単純さは愛すべきだ、お前たちの敵のアミ族が一番よく知っている、そうだろ！」


早朝五時、百人の救助隊員が駐在所を発ち、ランプと懐中電灯が森の足もとを明るく照らした。この非正規の救助隊は各原住民の寄せ集めで、漢族と平埔族《へいほ》*が荷物を担いでいる。原住民は、籐かごやチョマの網袋を背負って運搬する際に、頭帯《ヘッドバンド》を使う。この額に巻いた幅広の布は重い背負い道具を頭で突っ張って支えることができた。山道は警備道より歩きにくい。警備道は原住民を統制するための機関銃や大砲、物資を運送するため、等高線に沿ってゆるやかに上がっている。だが山道のほうは傾斜が急で荒れており、手順も何もなく、ただ個人が前に進むのを許すだけだ。広元隊長は能力の高い原住民の部隊を先に行かせ、体力の劣る者は隊列の最後尾につくよう命令した。彼

＊　清朝以前からもともと台湾にいた原住民族のうち平地に住む民族を指す総称。漢人との通婚や漢化が進んでいる。山地に住む原住民族の総称である高山族（のちに「高砂族《たかさござく》」と改称）と区別される。

自身はいつもいちばん後ろに落ちこぼれて、太り気味の体をのろのろ歩かせていたが、険しく切り立ったところに出くわし、やっとのことで登ったので、ひざと尻はすでに泥だらけになっている。

「まだ着かないのか?」広元隊長が尋ねた。

「歩きはじめたばかりですよ、もう八回も訊いてます」とハルムトは答えた。「先頭はすでに六町《ちょう》〔一町は約一〇九メートル。丁とも〕先を行っています」

「疲れるわ咳が出るわで、胸が破裂しそうだ」

「じゃあちょっと休憩してください、高山の気圧に慣らしたほうがいい」

「それはだめだ、アメリカ人の救出には、俺が現場で指揮をとらないといけない、やはり急いで前進しよう」。広元隊長は話しながら咳をして、頬の肉が激しく震えた。

「高山病の兆候が出ています」

「美しい高山は美しい女よりも、さらに心臓の鼓動を速くする。この高山の障害物はなんと人を興奮させることか。ここで伝家の宝刀を取り出すことにしよう。おい、一等輜重兵!」。広元隊長は叫んで、モモちゃんが急いで登ってくるのを見るとこう言った。「今、お前は輜重兵兵長*に昇格だ」

「はい!」

「俺の尻を押せ」

モモちゃんに今回の山入りの大任が回ってきた。白い手袋をして、広元隊長の後ろに立ち両手で尻を支えると、ぐいと押し上げて出発させた。みんなは大笑いし、その笑い声がミヤマテッケイの鳴き声を圧倒した。だがその後の様子を見るにつれ、可哀想な気持ちになった。山道は五つ連続して急カーブがある。七〇度の険しい坂のところに来たときに、クライマックスに達し、ふと見るとモモちゃんが頭のてっぺんで隊長の尻を押しながら力んでいる。小さな顔に皺が寄って今にも息が切れそうな赤い梅干しになっている。彼は雑兵として職責を尽くし頑張っているのであり、決してみんなの笑いを取るための演技ではない、こうしてやっとのことで隊長を標高二千五百メートルのところまで押し上げたのだった。だが残念なことに、それ以降はずっと平坦なサルオガセの小道が続くので、モモちゃんにさらなる昇格の機会はなかった。

　夕方近く、彼らは野営地に到着し、火を起こして飯を炊いたが、標高が高いためにご飯の火の通りが悪い。広元隊長は地面に座って、湿らせた熱いタオルを膝に当てて滑液包炎を緩和している。だがご飯を食べても米に芯が残っているし、タバコを吸っても咳がひどくなるので、大部分の時間は毛布にくるまって、焚き火の傍にいた。ハルムトは、明日はこの体力の劣る後方の部隊を離れて、前方の部隊に行こうと決めた。今、前方の部隊はここから歩いて一時間ほど先の月鏡湖で野営しているはずだ。広元隊長がアメリカ人の救出は自分が取り仕切ると言わなかったら、ハルムトはこんなにゆっくり歩いたりはしなかった。

　夜間は焚き火を囲んだ散兵壕《さんぺいごう》〔蛸壺豪。急ごしらえの一人、二人用の小さな塹壕〕で眠った。炎は勢いよく燃えているが、寒さの勢いには及ばず、焚き火に面している側の体は熱くても、片側は冷え冷えとしている。夜空は譬え

＊　原注：旧日本陸軍の階級の一つで、兵の階級の最高位。（上等兵の上、伍長の下。）

ようもなくすがすがしくきれいで、星たちがみんな杉の梢まで下りてきた。林の奥深くから活発なシカの鳴き声がする。だが気温は反対に非常に低く、隊員の多くが高山病にかかり頭痛で気分が悪かった。ハルムトとモモちゃんは同じ塹壕で暖を取り、服を何枚も重ね着して眠っているが、足の指と手の指はかじかんでいた。二人はたくさん話をしたが、ほとんどが幽霊と野球のことばかりで、ハイヌナンのことは話さない暗黙の了解ができている。モモちゃんは、アミ族の幽霊や妖怪の絵をたくさん描いたと言った。全身の皮膚が垂れさがって、地面を引きずって歩くエロ爺さんの裸の幽霊 Cilahining。水草のような長い髪をした生首の幽霊 Pirarono は、川に隠れて石のふりをして、ハッハハッハッと笑って水の音を発している。それと、全身から冷たい炎の形をした妖しい光を噴き出している Tadatadah は、しきたり通り裏庭に埋葬されず、警察に強制的に公墓に眠らされて恨みを抱えている。モモちゃんは自分でも妖怪を作っていた。乳房が長く垂れさがった婆ちゃん幽霊と首なし幽霊をつなぎ合わせた「カタツムリ幽霊」で、それには頭がなく、二つの垂れた乳房がカタツムリの角のように起き上がって揺れ動き、乳輪が目で、乳首はすばしこい瞳だ。だがこの幽霊がどんな恨みを食べて生きのびているかまでは、モモちゃんはまだ思いついていない。

「幽霊はなぜ恨みを食べるのかな?」

「恨みを吸い込まなかったら、土ぼこりに変わってしまうんだよ」。モモちゃんが言った。「最初は人間の微笑を食べるのが好きだったんだ、でも微笑には針が隠されている、とくに大人のはね。子どもの微笑の中に針はないから、妖怪が好む。だから僕の婆ちゃんは知らない人に笑ってはいけないって言う」

「でもお前は笑うのが好きだろ、知らない人にも」

「だからいつも笑っているんだ」

「意味がわからない」

「妖怪は物を食べないと、土に変わる。するとどこも土だらけになって、地球は妖怪の墓場になってしまうだろ。ただね、微笑は甘いけど、針が隠れている、そこで妖怪は人の恨みを食べて生き続けることに変更したんだ。恨みは食べると苦いけれど、欠品することはない、なぜって人は一日中恨んでいるからね。敗北者のそばには妖怪がいちばんたくさんいて、恨みを食べようと待っているんだ」

「じゃあ僕のそばにもきっと妖怪がいるな」。ハルムトは何か思うところがあるように言った。

「それは小さな妖精のこの僕だよ」。モモちゃんは楽しそうに笑い、続いて奇妙な目つきをして言った。「妖怪は見えない、でもアミ族には古い方法があって、そばに妖怪がいるかどうか調べることができる」

「何か法器〔仏事に用いる道具〕でもあるのか？」

「婆ちゃんが教えてくれたんだけど、とても簡単なんだ。物事に解答がないと感じ出したら、それはきっと妖怪がこっそりそばにやってきて答えを盗んでいったに違いないって」

「どういうこと？」

「たとえば、一生懸命努力してやっているのに、どうして報いがないのだろうと感じたとき、この世界がどうしてこんなに不公平なのだろうって感じたとき、人に騙されて、相手がどうして報いを受けないのだろうと思ったとき、漬物甕《かめ》でおぼれそうになって、抜け出せないし、答案も見つからないとき、悲しくて苦しくて、胸に石がごろごろ詰まっているようなのに、どうしてもその苦しみの原因が見つからないとき、途方に暮れて悪意のない星や川を見ているとき、ご飯を食べても味が感じられないとき……それは妖怪がその人の答案を盗んでいったからなんだ」

ハルムトは胸を針で刺されたみたいに、苦笑して言った。「なかなかいいこと言うなあ、お前の婆ちゃんは本当に聡明だ、この世界から違う景色を見ることができるなんて」

「婆ちゃんが言っていたよ、大人はみんなそういう病気をもっていて、違いはその人の病気が重いか、軽いかにあるって」

「なんて聡明なんだ」

「兄ちゃんだって聡明だ、ぼくにこんなおしっこの仕方を教えてくれた」。モモちゃんが夜間の尿瓶替わりにする瓶を取り出した。寒山の夜は冷え、膀胱はたくさんの尿を溜めるが、外に出て小便をするのは骨が折れるので、瓶を使うように教えたのだ。もうじき小学校を卒業するモモちゃんはまだおねしょをする悪い癖があり、祖母がセンザンコウの鱗片を焼いて灰にして、眠るときに臍に塗ってみたが効果はなかった。彼はこのためにひねくれていて、ズボンが小便臭いので、しょっちゅう同級生にからかわれていたし、言うことを聞かない自分のおちんちんにもものすごく腹を立てていた。今回山に登る際もズボンは多めに持ってきていたが、幸いハルムトが瓶を使うよう教えてくれたので、ようやく苦しみから逃れることができるのだ。

「僕が持っているナイフもやるよ」。ハルムトはアメリカ軍のパイロットに支給されたG46型サバイバルナイフを取り出した。刃渡り一五センチあまりの、青色に焼かれた炭素鋼のナイフで、柄には流線状に加圧成形された皮革が巻きつけてある。機上ではテーブルナイフとして使えるが、ナイフの側面の大きな血溝はそれがジャングルナイフとしても、さらには海に落下したときサメと格闘するのにも使えることを示している。

「こんな貴重なもの、本当に僕にくれるの？」

「もちろんだ、野獣から身を守ることができるぞ。ほら、僕も山に入るときは佩刀《はいとう》を持っている、お前も持ってなくちゃな」

「僕はそれで妖怪をやっつけるぞ」。モモちゃんは皮製の鞘をベルトに通して、米軍のナイフをそれに入れると、果たしてぐんとかっこよくなった。

「お前は妖怪に興味があるけど、本当に見たことはあるのか？」

「輜重兵兵長」。広元隊長は夜になると咳がひどくなり、このとき大声で言った。「お湯を持ってこい」

「はい！　わかりました」とモモちゃんが大声で応じ、ハルムトに笑いながら言った。「ほら、この妖怪はすごく恐ろしいだろ！　きっと爺さん幽霊の化身だ」

モモちゃんはニコニコしながら散兵壕を飛び出て、五徳《ごとく》から湯を運んでいった。さらに夜が更け、大地にしんしんと骨にしみる寒気が流れる頃、モモちゃんはぐっすり眠っている。広元隊長は喉をつかんで人を呼ぼうとしたが、口を開けても閉じても咳の音しか出ない。そこでハルムトがはい出して行って熱いお湯をついでやった。広元隊長の状態は悪く、激しい咳をするたびに胸部から水の音がする。肺葉にたくさんの水泡ができているのだ。吐き出したつばには血が混じり、高山病が重篤であることを示している。夜半を過ぎても、咳は止まらず、その激しい咳はあたかも妖怪が腹を破って出てきそうな勢いで、その咳の痛みはナイフで自分の喉を切り裂いて息をしたいと思うほどだった。だが、咳の音に耐えられない隊員たちが、それでも疲れてみんな死んだように寝ていたのは、まだよかったと言える。ハルムトもそうだった。

翌日の早朝四時半、ハルムトは呼び起こされた。それはモモちゃんからのSOSで、広元隊長がいくら呼んでも目を覚まさないのだという。あたり一面にとても濃い霧が立ち込め、水鹿が鳴いて、彼らの領域に踏み入る人間に警告を発している。草の生えた坂に新鮮な糞を残していたので、ハルムトはうっかり踏みつけてしまったが、それどころではない、広元隊長の散兵壕に駆けつけた。広元隊長の尋常でない咳は収まり、頭痛も収まっていた。彼は高山病による肺水腫で死んでいた。水のない穴の中で溺死していた。ハルムトは氷のように冷たい遺体に触れて、死亡を確認した。彼は怖くなかった、腐乱して折り重なっている米軍の死体に比べたら、広元隊長は寝床から出たくない、もう少し寝たいと言っているみたいに穏やかな死に顔をしている。このニュースは早朝の最も鋭い起床ラッパになった。流れる霧が幾重にも重なり合い、みんなは幾重にも取り囲んで議論して、広元隊長を散兵壕に埋めることに決定した。そして手を切り落として火葬に付し、遺灰を家族に届けることにした。

誰もナイフを手にしたがらないので、ハルムトが巡査から長さ五十数センチの三十年式銃剣を借りて、柄をみぞおちに当て、死者の手首の橈骨《とうこつ》に向けて突き刺した。骨が裂ける清く澄んだ音がした。それから筋肉を切り落とすと、腕を握って押さえていた二人の漢人に肉のくずが飛び散った。癇癪もちの広元隊長は痛いと叫びはせず、生命が消えたあと、体というこの遺物は魂の苦痛に応える資格を持っていない。反対に傍で見ている人たちが眉をしかめた。ハルムトのきびきびした行動は敬服されたが、これはあまりに多くの死に直面したことでマヒしていたからだ。彼はさらに切断した手を持って、焚き火の中に入れ火葬した。真紅《しんく》色の火が、猩々《しょうじょう》色の血を飲み込み、切断した手は火の中で焦げたにおいをさせて、ゆっくりと指を握りしめた。まるであの世から手を伸ばして未練が残るものをつかもうとしたが、つかめたのは劫火《ごうか》だけとでも言うように。ハルムトはすぐにその場を離れた。そして命を受け、モモちゃんを連れて先頭の隊列を追い、死亡報告をすることになった。ランプを提げて短い草むらを横切り、スギが織りなす暗くて冷たい森林を通り抜け、ワラビの影を踏み荒らして進んだ。何度か霧の湧き出る小道で迷いながら、二人は地面に落ちる灯りの輪の中を急いで歩いた。夜が明けて一時間後に、高原から霧の中で歌う声が聞こえてきた。

その情景は、人間が見渡す限り真っ白な孤独感の中にいることを伝える、極めて詩的なものだった。二十人ほどのアミ族の人たちが重い荷物を背負って、高山を登っている。それぞれ「米国勇士之墓」と書いた十字架の形をした墓碑を一つずつ背負っている。すべて昨晩作ったばかりのものだ。彼らは稜線に沿って歩いている。一列に十字架を担いで受難の道を歩く人々だ。薄い空気と苦しい道のりに苛まれても、沈黙の野辺送りの行列にはならず、彼らは反対に歌詞のない「飲酒歓楽の歌*」を高らかに歌っている。十字架は彼等の肺葉の中の空気を喉に押し上げるが、苦しければ苦しいほどますます歌を歌い、その高らかな歌声は標高三千メートルの月鏡湖まで続くのだ。吹きすさぶ強風と湿った霧が彼らを飲み込んで、十字架の輪郭と歌声だけが残り、それが朦朧とした風景を突き抜けて、時間の川を渡り、永遠の山並みに向かって歩いている。

「父さん、待って」。モモちゃんが追いかけていき、いっしょに歌を歌って、一番若くてよく通る音符になった。

ハルムトはこの時まで点けていた灯りをようやく消した。空はとっくに明るくなっていた。


神と自然の間の誤差は距離的にはごくわずかで、霧の粒ほどだ。そこでアミ族の歌声、十字架、森はどれもこの微妙な距離を濃霧に埋められ、融合して流動する詩情を生みだした。大自然こそ最もよい教会だとはまさにこのことだろう。濃霧が降りたところはとても静かで美しく、ゆったりと連峰をかすめて通り過ぎていく。木の葉は涙の粒を閉じ込め、万物は爛熟した湿気を帯びる。濃霧は森のあらゆる死も持ち去っていく。一匹の黒熊やヤブドリの腐乱した死骸、ヤダケの花が海のように満開になった後の枯れてしぼんだ花、そして石の隙間に堆積した二度と発芽することのないキク科の種子。森は少しずつ死んでいき、また少しずつ生き返る、これが輪廻だ。濃霧はまた森に生気をもたらし、万物は発芽して成長し、動物も植物を食べて養分を得る。霧雨は強くなったり弱くなったりして、風景は色あせて薄くなり、救助隊が稜線で慌ただしく動く姿がかすかに見える。数時間後、異国で亡くなったアメリカ人はすべて十字架を受け取った。

ハルムトは自分が十字架にはりつけになって罰を受けるかもしれないと思った。アメリカ人が生存している消息を隠していたことが三平隊長の火薬庫に引火して爆発するだろう。だがハルムトはむち打ちを受け入れる準備ができていた。三平隊長はもちろん腹を立てた。そのとき三平隊長は隊員といっしょに現場に残って、軍用機の中の壊れた五十口径機関銃を取り外していた。この武器で今さら何ができるというのかと思いつつ、おおかた総督府の役人の指示だろうと憶測した。機内で見つけた工具を利用して、苦労の末にやっと二丁取り外したが、両手は傷だらけだ。このとき三平隊長は歌声に引き寄せられた。歌声は非常に濃い霧の中から聞こえてくる。アミ族が十字架を担ぎながら、こぬか雨を伴ってやってきた。雨はスギの梢の上にさらさらと落ち、冷たい針で高山をあまねく刺している。三平隊長は誰が来たのかわかり、機関銃を提げたまま、遺体を避けて歩いて出迎えた。驚いた蠅が雨の中でブンブン飛び回っている。

救助隊は手で蠅を追い払ったが、雨は追い払うことができず、みんな顔の上に落ちている。ハルムトは顔にとまった蠅を追い払わなかった。冷たい雨の中に立って、ついにアメリカ人のトーマスが生存していることを報告した。だが山の下からいっしょに来た救助隊はこのとき初めて、生きているアメリカ人は飛行機の墜落地にいるのではなく、さらに先の深い谷に行って救助しなければならないのを知った。三平隊長は聞けば聞くほどなんとも言いようのない気分になり、報告を終えた

＊ 原注：老人飲酒歌、老人相聚歌とも言い、アミ族の歌謡。一九九六年のアトランタ五輪のキャンペーンソングによって生じた著作権問題で有名。（「エニグマ訴訟」を指す。ドイツのポップ・グループ「エニグマ」が九三年台湾少数民族アミ族の民謡歌手ディファンの歌った『老人飲酒歌』をサンプリングして"Return to Innocence"を発表、九六年のアトランタ・オリンピックのプロモーション・ビデオのテーマソングとして採用された。これに対してディファンが訴訟を起こし、最終的に示談となり、被告側はディファンへの経済的賠償、アミ族文化発展のための基金設立などに合意した。）

ハルムトを冷ややかに見ていたが、腹の中は怒りで煮えくり返っていた。

バシッ！　三平隊長が一発ビンタをした。

ハルムトが後ろに二歩さがると、頬の蠅は飛んでいき、痛みが残った。以前にも何度かこういった権威的なビンタの懲罰を受けたことがあった。とても屈辱的で、数日無理にこらえて、ようやく気持ちが平静に戻ったものだが、それでもあとで思い出すたびに腹が立ってしかたなかった。しかし今回はハルムトの過ちだ。アメリカ人生存の情報を隠したのだから、懲罰を受けて当然だ。彼は元の位置に戻って、ビンタを一発！　もう一発！　さらにもう一発受けた。毎回その音で耳がぼうっとなった。殴って肉体と魂を引き離すような音だ。ハルムトは懲罰は仕方ないとわかっているので、歯を食いしばってこの難局をしのぐしかなく、誰もこの難題を解決できる人はいない。口の中が徐々に血なまぐさい味がしてきた。頭の中に悪臭を放つ無数の蠅を押し込まれたように、頭がガンガンして、元の位置に戻って殴られる速度も少しためらいが見えた。すると三平隊長はいっそ彼を松の木の下まで押して行って、また何発か拳骨をくらわした。

「もういいだろう、こうやって殴り続けても問題は解決しない。我々はアメリカ人の救出に出発しなければなるまい」と城戸所長が言った。

「こいつ嘘つきだ」

「確かにそうだ」

「こいつは負け犬でもある」

「しかし本当の負け犬は、永遠に真実を語ることはない」

「こいつは我々の足を引っ張った」。三平隊長はハルムトを殴り続けた。彼の力は弱まることはなく、一発ごとに強烈な怒りが込められている。

みんなは咳をしたり溜息をついたりして、もうやめるよう様々に暗示した。とうとう城戸所長が前に出て三平隊長を押しとどめると、そこで二人はいつ果てるともない激しいやり取りを始めた。ハルムトは地面から起き上がり、ひびが入った松の幹に寄りかかると、右手を高く挙げて、自分の右頬に向けて振り下ろした。そのあと左手を挙げて、左の頬へ振り下ろした。こうして順番に何度か殴って、精神と肉体を痛めつけ軍用機の残骸のようにして、冷たい雨と時間によってさびが生じるのを待った。彼はこうすべきだと知っていた、もし今、この機会に自分を破壊しなければ、彼の過ちは永遠にみんなの心の中に焼き付けられ、しこりとなるだろう。そばで見ていたモモちゃんが泣いてハルムトの手を止めるように言った。「もういい」。サウマがやってきてハルムトの手をつかみ、三平隊長の方を向いてこう言った。「あんたたちもだ」

「あんたにそう言う資格はない」。三平隊長が言った。

「忘れてはいけない、俺は今、戦勝した支那人《しなじん》として話している」。サウマは続けた。「しかし俺はこういう態度で話をしたくない、俺が言いたいのは、我々は救援に来たのだということだ」

「その道理は俺もわかっている」

「それならいい」。サウマは素っ気なく応えたが、それで十分だった。こうすればどちらもひっこみがつき、これ以上言い争わずに済む。

双方とも冷静になったが、冷たい雨は止まず、新しい状況が訪れた。脚力と忍耐力が最も優れた一人のブヌンの猟師がやってきた。水鹿のスピードをまねて、時には歩き、時には小走りしながら、山十幾つ分の距離を越えて、登山口から報告にきたのだ。彼が一六キロあまりに分散している救助隊を追い越して、飛行機の墜落現場に到着したときには、体から濃い熱気が噴き出ていた。彼が三平隊長に油紙で包んだ一通の手紙を渡すと、緊張感が漂った。

「受け取ったら、復電をお願いします」。ブヌンの猟師は言った。

三平隊長は開けてみて、ゆっくりと言った。「米軍が電報をよこした」

「何がなんでも、我々は全力で救助にあたる」

「大丈夫だ、救出して下山させよう」

「そうだ、我々はできる」

みんなは興奮して呼応した。十分な食料と炭火があり、救助ロープと簡易担架を備えている。今は雨合羽を着てますます強くなる雨を防げばいい。ハルムトはモモちゃんに助け起こされた。頬がマヒしていて、舌で少しぐらついている歯に触れてみたが、幸い抜け落ちてはいないようだ。三平隊長がみんなの気持ちに反応しないで、ツツジの茂みのそばに立ってじっとしているのが見えた。雨が強くなり、寒さが一段と厳しくなってきて、雨がたまった木の茂みから水が滴り落ちている。三平隊長の胸の中の闘志もぽたぽたと滴り落ちているようだ。これがみんなの気持ちを幾分冷まし、彼のほうを見た。

「電報は何と?」

「米軍と台北気象観測所が台風警報を出した」

果たしていいニュースではなかった。台風は救助活動を混乱させる、どうりで三平隊長が一言もしゃべらないはずだ。たった今気持ちが高ぶった人たちも急に場がしらけてしまった。ハルムトは怯えてぶるっと身震いをした。大山は神が与えた恵みであり、無数の動植物を養っているが、同時に不可思議な有機体だ。そこに横たわってじっとしているが、絶えず変化し続けており、すっきり晴れた日に人はその美しさに心を奪われるが、荒れ狂う悪天候の中では命を奪われることもある、台風はその最大の殺し屋だ。

「いつ来ると?」

「何も書いていないが、もうすぐ海から上陸するはずだ」

「我々は台風が猛威を振るう中で救助に当たらなければならなくなった」。城戸所長は顔の冷たい雨をぬぐって言った。「非常に危険なことだが、私は残って手伝いますよ」

「巡査と憲兵は残って救助に当たるべきだ」。これは三平隊長の腹づもりだ。

「壮丁団は手伝いに来たのです、台風にひっかきまわされるとはまったく思いもしなかったに違いない、彼らには大変危険だ、そうじゃないですか?」城戸所長は言った。

「お前たちは山に登って来る途中で、体力が劣った者や耐えられない者は、すでに隊を離れて下山したと聞いたが」

「それは私も聞いています」

「俺はお前たちに手伝ってほしい、しかしこの件は、今のような状況ではかなり手ごわい。もしお前たちがこれからの救助活動の中で、途中でやめて隊を離れたとしても、俺も阻止はできない」

「私が考えていることと同じですね」

「むしろこうしよう、今、決定する。壮丁団の者で残りたい者は残り、帰りたい者は直ちにここを発ち、天気がまだひどくならないうちに下山する」

「それはいい考えだ、私の考えと同じだ」

二人の対話には力関係の変化が潜んでいる。三平隊長と城戸所長は今回の任務において、前者の指揮権がやや上だが、後者は経験が豊富だ。卓球式の対話のように見えるが、実は二人とも実権を握っており、肝心なときに二人の見解と決定が一致したことを示していた。だがこれが隊員の反応をかき立てることはなく、冷たい雨も手伝って、時間がゆっくりと過ぎていき、誰も返事をする者はいない。

「僕は残って手伝いたい」。誰かが言った。

その声はよく響き、喉の摩擦を経ていない若くて柔らかい声だったので、みんなはその方を見た。それは身長が一五〇センチにも届かないモモちゃんだ。体に合わない雨合羽を着て、頭に大きな笠をかぶっているので顔が隠れている。大きすぎる地下足袋は速足で歩くときに転んで倒れるのではないかとさえ思わせる。しかしこの世間知らずの小僧は、このとき笠を高く持ち上げて顔を出し、もう一度こう言った、残って手伝うと。

「だめだ」。サウマが言った。

「大丈夫、僕は木登りと方角を見つけることができる、すごいんだから」

「だめだ、人命救助に行くんだ、遊び半分にやるものじゃない」。サウマは厳しく言って、振り返って部落の者にこう言った。「俺は残って救助に当たるが、これが山に登ってきた目的ではない」

頭目であるサウマに、みんなには残ることを求めないと言われても、多くのアミ族がこぞって隊列に並んだ。残りたくない者もいた。たとえばナブとディアンで、彼らの山についての揺るぎない理解に基づけば、風雨にさらされるのは危険なことだった。そのときの大自然は火のついた黒熊よりも恐ろしい。とりわけ災いを引き起こすのに長けたハルムトといっしょでは、もっと厄介だ。数分後、部隊を再編成しなおし、一つのグループは命を受けた藤田憲兵とともに下山し、もう一つのグループは三平隊長が率いて捜索救助に当たることになった。続いて装備の再配分を行い、捜索救助を行う隊員はより良い道具を手にした。それには雨合羽、懐中電灯、ロープと煙草も入っている。

なぜか、サウマがそばでぐずっているモモちゃんに腹を立てて、怒鳴りつけた。「山を下りろ、残るな」

「いやだ、父さんといっしょに……」

「バカ！　寝ているときにまだ寝小便をする子どもが、残っても手伝いにならない」

「ちがう、でたらめ言わないで」。モモちゃんは悔しくて泣きだした。「昨日はおねしょしなかった、ハルムト兄ちゃんに訊いてみるといい……」

「お前が残ったら邪魔になる、行け」。サウマの怒鳴り声は効果があった。自分の子どもをひどく侮辱したのは、その子が安全にここを離れるのを見届けさえすれば、一人の父親として一安心だと思ったからにほかならない。

「そう怒ることはないだろう！」三平隊長が溜息をついて、「だがあの子を追い払ったのは正しい」

「これで俺も安心だ」。サウマが言った。

「ちょっと待て」。三平隊長は列のしんがりを務めている藤田憲兵が出発しようとしているのを見ると、携帯していた銃を渡して持って下山するように言った、こいつは不要になったからな。これには一種の別れの意味が込められており、藤田憲兵はどう答えたものかわからない。そこで三平隊長は冗談めかし、からかって言った。「俺に煙草を残してないってことはないよな?」

「一本残らず置いていっております」

「それでよし」。三平隊長が褒めた。「それと、米軍への返事の電報は、お前が持って下山せよ」

「必ず任務を完遂して、米軍に伝えます」

「全員玉砕」

「なんですって?」

「全・員・玉・砕」

その場が静まりかえり、ただ小雨の音と、人々が下山する湿った足音だけが残った。城戸所長もやってきて、手の中の孫に宛てて書いた俳句を藤田憲兵に渡し、持って下山するよう頼んだ。三人の男たちは静寂がもたらす気づまりに慣れていない。胸にたくさん気がかりなことがあり、沈黙すればするほど口を固く閉ざしてしまうので、口に煙草をくわえることになった。武士は食わねど高楊枝という鷹揚な態度で、話すことが何もなければせめて煙草を楽しもう、というわけだ。おかげで藤田憲兵は煙草を二本吸う分遅れて出発した。

捜索救助隊も行動を開始して、谷へ向けて出発し、夕方はヤダケの林に泊まった。彼らは強靱な竹を中央に集めて縛ってモンゴル族のゲルの骨組みを作り、上からテントをかぶせた。風雨は強くなったり弱くなったりして、雨水が帆布の縫い目にたまり、水が浸みこんでくる。水滴は佩刀、ランプ、マッチの上で異なる音をたてているが、ハルムトの頭の上に落ちても彼は声を上げなかった。頬の毛細血管が殴られたときに破裂し、歯茎が腫れ、耳鳴りがして、頭の中ではずっと小百歩蛇渓の抑揚のある水の音がしている。彼は黙って、みんなが煙を上げて燃える湿った焚き木を囲んで暖を取っているのを見ていた。彼らもこのあちこち傷跡のあるさびたナイフにかまわなかった。ちょっかいを出せばどちらかが傷つくに決まっている、いっそ放っておいたほうがいい。サウマが、焼いた「トロン（turon）」を彼に差し出してから、ようやく会話が始まった。

トロンはアミ族特有の粟餅で、炊き上げた粟を何度も木の匙で攪拌し、空気を叩いて抜いて、粘り気のある餅にしてから、塩漬けにした生肉を餡にし、さらに外側に栄養豊富で歯ごたえのある、小麦に似たルマイ《タイワンアブラススキ》の穀粒で包んだものだ。ハルムトは食べ物が必要だった。寒くて冷たくて、胸の中も寒々とした思いがあふれていた。彼はひたすら餅を食べ、そのたびに腫れた歯茎が痛んだ。粟酒の酒かすに漬け込んだこの生肉にはさらに味噌も混ぜ込まれていて、粟と抱き合わせると、また独自の風味を醸し出している。食べ物はこのとき少なくともハルムトを癒してくれる親友だった。

「この飾り物はいいじゃないか、牛の頭の紋様がある」。サウマが突然言った。話題を探しているのだ。

「ええ！　とてもいいです」。ハルムトは振り向いて背嚢にぶらさげていたクルミの飾り物を見たが、頬の筋肉が突っ張った感じがした。「でもキツネの顔の紋様に見える人もいます」

しばらく沈黙して、サウマがようやく言った。「まだ野球はやっているんだろ？」

「昨日」

「俺は君がまだ野球を捨てきれないのを知っている」

「昨日の夢で野球をしました」。ハルムトが言うと、二人とも笑い声を上げた。「どの球もうまく打てました、本当です」

「前回本当に野球をしたのはいつになる？」

「今年の九月初め、花蓮港職業団の秋季大会があったときです。それが野球をやった最後で、散々な試合でした。結局、職業団に選ばれずに、田舎に落ちのびて帰って来たってわけです」

「『電団』のアマチュア野球チームに入るのはどうだ？」東台湾電力株式会社に勤めているサウマは知っていた、機会は永遠にあり、希望を提供できると。「電力は民生に必要な光明の源だが、戦争でアメリカの爆撃機に破壊されて、現在懸命に修復中だ、それでも人手が足りなくてね、君はそこで働くことから始めてはどうだ」

「最高です」

「電力は一癖ある人間のようなものだ、互いに理解し合いさえすれば、絶対に平和に共存できるし、互いに助け合うことができる。君の学歴からすれば必ず習得できる」。サウマは少し言い淀んで、「もちろん俺にも私心がある、君を『電団』に誘うのは、余暇に町の子どもたちに野球を教えてほしいからなんだ、モモちゃんくらいの子どもは若いコーチが必要だ」

「ありがとうございます、本当に」

ハルムトは心から感謝した。彼はさらに気づいていた、このどん底のときに、サウマは食べ物だけでなく、希望を与えてくれたということを。これなら山の下の町に残って、電力会社の職員になり、会社の野球チームに入って、余暇には子どもたちを引き連れて野球を楽しむことができる。ハルムトはさらにサウマの個人的な気持ちも感じ取ることができた。この父親は息子と身近に接することができる青年に野球を教えてほしいと渇望していた。それにはハルムト以外にいないのだった。アミ族は母系社会で、男の地位は対外的には何の意味も持たず、年を取れば取るだけ冷遇されていく。アミ族には祖父という呼称がなく、つまりは、最も年を取った男は忘れられた片隅の生き物だった。ところが男尊女卑の漢人の考えが入ってきて、彼らの意識を変え、一人息子のモモちゃんに対するサウマの愛は、すべての娘をしのぎ、息子だけが父親の野球に対する熱意と夢を継ぐことができると思うようになっていた。

その日は風も雨も強い寒い夜だった。テントから水が垂れ、地面に敷いているニセイシマツが雨水を溜めている。ハルムトの尻はびしょ濡れで、足を抱えて眠りに入る前にモモちゃんを思い出した。残って救助活動をするとずっと騒いだモモちゃんは、父親から叱られたあと、泣きながら山を下りていった。このとき彼はつかのまの夢を見た。夢の中は乾燥していて、雲は空をあちこち巡り、陽光はサクラバハンノキの葉に温存され、蝶は花の間をパタパタ羽ばたきして飛んでいた。しかし雨はテントの上でぺちゃくちゃおしゃべりをやめず、このときハルムトは突然呼び起こされ、薄暗い懐中電灯の灯りを頼りに、みんなとともに出発の装備を整えた。テントの外に身を投げ出すと、そこは真っ暗で四方に危険が潜み、狂気じみた雨が際限なく降っていた。

ハルムトはおおよその方角に沿って進んだ。以前はどんな浅い足跡や動物の糞でも方角を識別する手がかりになったが、今は風雨が主導権を取り戻して、痕跡を消し去り、世界は混沌とした状態に戻っている。ヤダケの密集地に、ときおり強風が猛烈に吹き込んできて、隊員たちを巻き上げてなぎ倒し、道をわからなくした。ヤダケの林は堅固な要塞ではなく、反対に融通無碍の緑の海と化し、死ぬほど疲れても死ぬほど腹を立てても方角を見つけることができず、竹を切り倒して出口を探すしかない。雨が強くて手が滑るので、ナイフがすっぽ抜けて殺人兵器にならないかとびくびくした。最後にみんなは半ば這うように歩いて密林を抜け、大きな断崖のところに出た。

渓流が見えたので、ハルムトは胸をなでおろした。目的地はそう遠くない。夜が明けていた。彼らは太陽の届かないヤダケの茂みを通ったので空模様の変化に気付いていなかった。今、明るくなってようやく、冷たい雨が断崖を懸命に破壊した結果、滝になって流れ落ちているのを見てとることができた。このことはハルムトを寒々とした気持ちにさせたが、現実も本当に寒かった。彼が着ている簡単なブヌン式の皮の雨合羽は徐々に寒さを防げなくなっている。彼らは用心して断崖を通り抜けたが、まるで一群の水鹿が荒涼とした夢の世界を突き抜けているようで、足元の石ころが落ちる音がしきりに響いている。それらは深くて濃い雨が充満する谷底へ落下していったが、こだまは聞こえない。救助隊は足元に注意を集中し、一歩ごとに滝の隙間に足を支える場所を探して移動した。向こう側に到達したハルムトが振り向いて手を伸ばし三人の隊員の手助けをしたときでさえ、彼の両足はまだがくがく震えていた。

悲鳴が聞こえた。一人の救助隊員が足を滑らせて落下し、十数メートル下の崖で止まった。滝がその隊員の頬をゆっくりと流れている。彼が猛烈な咳をした途端、なんとか助かろうと必死になって手を伸ばし上へもがいたので、反対に体が下へ滑ってしまった。

「動くな」。三平隊長が叫んだ。

足を滑らせた隊員は崖にぴったり張り付いて動かないが、呼吸を止めることはできず、頭を上げ滝をよけて呼吸をしなければならない。そのうえ水が雨合羽に流れこんで障害になり、彼はもう一度滑落した。みんなはひどく驚いて、心臓が何度か震え、三平隊長はもう一度叫ばないわけにはいかなかった。「背負っている物を捨てろ」。救援隊員が背負いかごを振り落とすと、この動作がまた彼を滑落させた。背負いかごのほうは落ちるのが止まらず何度か転げまわってから、かごの中の食べ物とロープもろとも断崖の下に消えた。真っ青な彼の顔には恐怖がみなぎり、足が断崖の外に宙づりになってもがいている。まるで死神に引っ張られているかのようだ。

「ただいま到着しました」。藤田憲兵が竹藪から抜け出してきた。顔じゅうに疲労の痕が見えるが、気持ちを高ぶらせて言った。「みんなを見つけるのは本当に大変でした」

バシッ！　と音がして、三平隊長がビンタを飛ばした。「撤退せよと言ったのに、どうして戻ってきた」

「装備を整えてきました」。ついてきたモモちゃんがとりなした。

「バカもん」。三平隊長が怒鳴りつけた。

実はこういうことだ。藤田憲兵とモモちゃんは昨日撤退したが、途中でのろのろと山を登ってくる後続の部隊に出くわしたので、直ちに下山するよう命令した。だが藤田憲兵は、彼らが運んできた物資は救助に役立つことに気付いて、それらを持って引き返してきたのだった。そしてモモちゃんもついてきた。モモちゃんは、父親に追い払われて下山した場面が頭から離れず、自分は足手まといではないと考えて、引き返して手伝いにきたのだ。二人は途中で野宿した以外ずっと道を急ぎ、焦って密林を抜け、断崖の現場に到着したのに、なんと代償として返ってきたのは怒髪天を衝くビンタだった。だが藤田憲兵は冷静に厳粛に耐え忍んでいる。

「竹の茂みで道を探すのは、干し草の山から針を探すようなものだ。君はやみくもにやってきたが、もし我々をみつけられなかったら本当に危険だった。私が君の隊長だったとしても心配して、こっぴどく殴っていたと思うよ」。城戸所長が一方でとりなしながら、一方で藤田憲兵が持ってきたロープを解いて言った。「君が持ってきた道具はちょうど役に立ちそうだ」

「私が助けに行きます」。藤田憲兵がロープをつかんだ。

「だめだ、お前は不器用だ」。三平隊長が止めた。そしてもう一人の隊員に命令して言った。

「佐々木さん、あんたが断崖に下りて救出してやってくれ」

「かなり危険だ」

「これは命令だ」

「俺が彼を救うのは彼が同郷だからだ、あんたの命令だからではない」。アミ族の佐々木*は腰を上げたが、二言三言抵抗して口ごたえするのを忘れていない。

藤田憲兵が我先に過ちを償おうと佐々木と何度か押し問答している間に、小さな影が断崖に現れた。モモちゃんだ。そろそろと、やる気満々で、怖くもあるが真っすぐでもある一歩を踏み出している。崖の向こう側にいたサウマが慌てて駆け寄り、危ない、無理をするなと叫んだ。しかしすべての人が、サウマも含め、痩せて小さく機敏な体のモモちゃんしか、降りていくのに適した者はいないとわかっていた。サウマは断崖の中間付近で息子に近づいたとき、いてもたってもいられない思いを深くしまって、果断に投げ縄をモモちゃんに渡し、用心してやるように指図した。モモちゃんはゆっくりと降りていった。サウマは体をぴたりと崖につけて、下へロープを繰り出した。そのロープは服をめくり上げて腰のあたりで数回巻かれていて、ロープを繰り出すたびに皮が剝けたが、ロープを引っ張る腕には隆々たる筋肉が現れ、その豊かな筋肉の隆起には絶対に息子に不測の事態を起こさせないという自負があった。

「マヨ」、サウマが崖の下にいる隊員に向かって叫んだ。「息子がちょうど今お前に近づいた、ロープをお前の手につなぐぞ」

「早く助けてくれ」

「念のために言っておくが、息子がお前を助けるときに、引っ張ったりするなよ」。サウマは大声で怒鳴った。「もし溺れている奴のようにがむしゃらにつかんだりしてみろ、お前を結び付けているロープを俺は手から放すからな」

＊　日本統治下の台湾では半強制的に日本名に改姓させられ、本名と日本名を両用した。

「父さんの言う通りにしてくれ」。緊張したモモちゃんはぎこちなく警告して、サバイバルナイフを取り出した。「無茶なことをしたら、僕のナイフが黙ってないからね」

「モモちゃん、そういう言い方をしたら、マヨが緊張するぞ」。三平隊長が言った。

「僕はナイフで刺したりしないよ、でももしマヨが僕にしがみついたりしたら、ロープを切る」

「ロープは切らなくていい、我々がロープをしっかり握っている」

「ロープを握っているのは父さんだ、もし僕が切らなくて、父さんも離さなかったら、僕らは全員おしまいだ」。モモちゃんが叫んだ、「あんたは僕の父さんを殺すことになる」

みんなは理解した。この子の言っていることは回りくどいが、気持ちはとても明快だ——危険なときは、直ちに安全ロープを切って、父親が滝に引きずり落とされないように守るのだと。ロープを引っ張る手助けに駆けつけたハルムトはモモちゃんの態度を見て、陽光が燦然と輝いていた日々に、サウマがモモちゃんを肩の上に乗せて、くねくね曲がった警備道に沿って歩く姿を思い出した。誰もこの親子がなぜ毎月山に来てみんなに野球を教えているか知らなかったが、野球を見ればすぐに球技の楽しみを分かちあえるように、自然な気持ちでそうしていたのだ。だがこのアミ族の親子は、ブヌン人が彼らに対して敵意を抱いていたのを、必ずしも理解していたとは限らない——長い歴史の中で、かつて日本人とアミ族の集団が山にやってきて彼らを訓戒し、アミ族は権勢を笠に着てブヌン部落の者二十数名を虐殺した。[*1] 長い年月が流れ、日本警察は当時山に来て虐殺を引き起こしたのはパイワン族だったと言ったが、しかしブヌン人は相変わらず首を切り落とされた血の恨みをアミ族に塗り続けた。恨みが最も近い隣人に向けられただけに、世代を超えて相変わらず、今に至るもこの敵意は減じることはない。それで部落の子どもたちは機会があればモモちゃんに皮肉を言った。彼らはこう言った、海の近くのアミ族の女と結婚すれば嫁入り道具は海だ、山の近くの女と結婚すれば山が一つ手にはいる、[*2]でもアミ族の女のあそこには歯が生えていて、怒らせると尻でちんぽこを食いちぎり、最後はぷーっと音をたてて、その肉を外に吐き出すんだぞ、まるで干からびたビンロウのカスみたいに。さらに子どもは言った。「モモちゃん、アミ族の男はみんなちんぽこがないいんだろう！　お前みたいにさ」。「僕はあるよ！　でもお前たちだって急いで家に帰って大人を見て見ろよ、噂ではみんな食いちぎられたって聞いたぞ」。モモちゃんは言い返すのを忘れなかった。

敵は、ただ殺す相手であるだけでなく、さらに敬い学ぶべきところがあるものだ。ハルムトにとって、長い間、敵の領地に深く入りこんでいるこの親子の姿は、警備道での最も印象深い風景になっていて、今この荒れ果てた絶壁まで続いている。彼は協力してロープをつかみながら、モモちゃんが彼の与えたサバイバルナイフを少しの迷いもなく手に持ち、危なくなれば、ロープを切断するだろうと確信していた。そこで大声で言った。「マヨ、もしでたらめをしたら、僕があんたに復讐

＊1　原注：一九一四年、日本人はパイワン族のグループを率いて、鹿寮渓から霧鹿部落に入り、物資を支給することを口実に訓戒をした。思いがけず、早くから恨みを抱いていたパイワン族がこの機に乗じて二十一人のブヌン人を殺害した。怒ったブヌン人は、相手の帰り道の山道に待ち伏せをして十二人のパイワン族の首を取って殺した。これは霧鹿事件と呼ばれている。しかし霧鹿のブヌン人の集団記憶では、殺人者はパイワン族ではなく、アミ族になっている。

＊2　アミ族は女系社会であり、男が入り婿となる。ここでいう嫁入り道具とは女の所有財産を指す。

するからな」

マヨのどこに手を挙げてロープをつかむ勇気があろう、指を必死に断崖の隙間にひっかけているのだから。幸いモモちゃんがロープをマヨの脇の下にぐるりと通したおかげで、何度もてこずりながらも、みんなは力を合わせて彼を地獄の入り口から引き上げた。マヨの手は岩石に切られて傷だらけで、血がまだ流れており、今から撤退しても遅くないとぶつぶつ言っている。これはみんなの気持ちを言い当てていて、ひどく意気消沈させたが、万事休すの状況からようやく生還した彼の身になって、静かに彼の撤退の勧めを聞いていた。突然、三平隊長が彼のふくらはぎに向かって蹴りをいれ、二人はとっさに取っ組み合いを始めた。みんなに引き離された後は口喧嘩をして、相手を罵っている。

「このバカやろう、助けて損したぜ」。三平隊長は憤懣やるかたない。

「その通り、俺はバカだ、Wacu kiso（お前は犬だ）！」アミ族が人を犬だと罵るのは、最大の侮辱で、相手を畜生だと罵っているのだ。マヨは歯ぎしりしながら言った。「俺はあんたたちから犬扱いされて長い間いいように使われてきた、今でもまだ犬扱いするのか、くそっ」

「さあ行こう！　もうすぐだ」。ハルムトが急いで話題を変えた。

「特にお前だ」。マヨはハルムトを指して言った。「この件はみんなお前がどじったせいだ、そのアメリカ人は死んでいるかもしれないのに、俺たちが救出に向かうのは、まったく意味がない」

「あんたの言い方には、がっかりさせられる」

「マヨ、帰りたいならさっさと消え失せろ、だが冷水をあびせるような話をするのは、品性がないぞ」とサウマが言った。

「間違っているか？　俺たちはいつ死ぬかもわからない、俺はただ正直にそれを口にしただけだ」

この言葉は一触即発の押し問答を消滅させ、握りしめた拳が緩んだ。しかし衝突は解きほぐされることはなく、まるでやけどするほど熱い煙草の吸い殻が深く心に押しつけられたように、あたりにやるせなさが漂った。雲は分厚い層をなし、強まったり弱まったりする雨が針葉樹林を打ち、風は途切れることがない。そのうちの一度の強風が崖によって威力を増し、上方にからみついているパラシュートに吹きつけて、巨大なクラゲの形に変え、下方にいた人間を吊り動かした。それは米軍人ホワイトの遺体で、体の中には遺体からにじみ出た水がぱんぱんに溜まっている。それが振り回されたりひっくり返されたりしながら救助隊の視野に闖入してきて、彼らに向かってぶつかってきた。遺体は隊員に体当たりして、ふくれあがったいろいろな内臓をぶちまけたので、みんなは震えあがるほど驚いた。そのあともう一度強風に乗って舞い上がり、風で膨らんだパラシュートは胸部と骨だけになった脊椎を引っ張って飛んでいき、下半身は、現場に散乱した。


突起した岩のところにトーマスの姿はなく、いなくなっていた。

ハルムトが岩の真上から降りていき、地面のカモシカの肉と木炭のかけらを持ち上げて、上にいる隊員に見せた。確かに誰かがここにいたことを示している。だが人は？　岩の壁にはトーマスが残した「栄光あれ、栄光あれ、ハレルヤ」〔Glory, glory, hallelujah!〕の筆跡がある。ハルムトが下方の断崖をのぞき込むと、切り立った岩のスロープに黒い炭と食べ残した動物の骨が残っており、さらに下を見るとそこは果てしない死の深淵で、深い谷間は長雨が好き勝手に暴れている以外、影も形もない。

みんなは手分けして探した。モモちゃんは目がきくので、ほどなくして曲がりくねってからまり合っているツガの木の根に手がかりを見つけた。それはレモンイエローの薬の外箱で、既に開封されて、使用したばかりの鉄線の小さな環が残されていた。ハルムトは、パラシュートの包みの脇に医療袋がついていて、中にこの種の薬の箱があったのを思い出した。それはトーマスの求めに応じて与えたもので、彼が言うにはホルモン栄養剤で、彼にはよく効くということだった。Morphine tartrate（モルヒネ酒石酸塩）、ハルムトは薬の箱を手にとって見た。薬の詳細はわからず、habit forming（依存性あり）の意味がおおよそわかっただけだ。たとえ薬の成分が謎であったとしても、少なくともトーマスの行方はもう謎ではなくなった。救助隊はグループに分かれて山の上へ探しにいった。

「お前が手伝いにきてくれたおかげで、今はとても順調だ、手がかりを見つけただけでなく」、ハルムトが着ていた動物の皮の雨合羽が今にも寒さを防げなくなっていたとき、モモちゃんがやってきて、「雨合羽も持ってきてくれた」

「兄ちゃんの持ち物の跡を追ってきたのがよかった」。モモちゃんが飾り物を取り出して見せた。ハルムトが振り向いて背嚢を見ると、そこにしっかり結んでぶら下げていたはずのものがなくなっている。密林で竹に引っ掛かって落ちたクルミの飾り物が、モモちゃんを導く道標としてキラリと光ったのだ。つづら折りの道は、道であって道ではなく、疲れて絶望的になったとき、懐中電灯の明かりがクロミノヘビノボラズのエナメル質の尖った葉に反射して、まるで数百個の瞳の光のように、その葉っぱの上の大自然に属さない物を見つめていたのだった。もしその落とし物がなかったら、誰も道を見つけることができなかっただろう。モモちゃんは竹林で再び進む方向をつかんだ。

「僕は兄ちゃんの『キツネのクルミ』の歌が好きだ」

「知ってるのか？」

「クルミの中に二匹のキツネがいて、キスをしている、二つに割って向かい合わせよう。冬がくれば、木はいつも猿の顔でいっぱいだ」。モモちゃんが暗唱してみせた。「兄ちゃんたちがあのときそう言ってたよ」

たとえモモちゃんが「兄ちゃんたち」とどれだけ気を遣って言ったとしても、ハルムトの心の琴線に触れてかすかな音を立てた。結局、世界じゅうで「キツネのクルミ」のことを話せるのは彼とハイヌナンだけなのだから。ブヌンではクルミのことをhalu-singutと言い、「鼻の穴のあるクルミが地面いっぱいに落ちている」を意味する。割れたクルミの内核の溝が鼻の穴に似ているからだ。でもハルムトはキツネの顔かたちに似ている気がして、いっそ「キツネのクルミが地面いっぱいだ(kukung-singut)」と言っていた。多くの場合、秋の季節になると、熟した果実は暖かく湿った陽光の中に深く埋まっている。黒熊、ムササビ、ハクビシンが早足で我先にとやってくるずっと前に、ハルムトはそれを摘みながら「クルミの中に二匹のキツネがいて、キスをしている」と歌うと、ハイヌナンも歌ったので、部落じゅうの子どもたちみんなに笑われた。それから彼らは木の下に何個かクルミを置いて、まだ見たことのないキツネに残し、翌年の秋の光が今年と同じように木の梢で陶酔してやまないことを期待した。

「これは兄ちゃんにはとても大切なものだ、返すよ」とモモちゃんが飾り物を差し出した。

「お前にやるよ！」

「いいわけないよ、それは兄ちゃんにはとても大切なものだから」

「落ちたんだ」

「僕が拾ってきた」

「わかってる、落としたらいけないものなんかないんだよ、むしろ落とせないことのほうが怖い」。

ハルムトがあくまでも言い張るので、モモちゃんは仕方なく受け取った。

近くを捜索していた隊員からいい知らせが届いた。石の隙間に恥ずかしそうに隠れていた一本の木綿糸を発見したのだ。大雨は手がかりをすっかり洗い流していて、船が水の中を通ったあと痕跡が何も残らないのとほとんど同じだ。もし救助隊の中に能力のある猟師がいなかったら、絶対に見つからなかっただろう。さらに苔の生えたツガの根のところに引っかき傷や折れたミミナグサが次々に見つかった。痕跡はまだ新しく、人が踏みつけたものだ。すべての証拠がこう示していた、アメリカ人はヤダケの海に這って入ったが、そこは見渡す限り荒れ果てた林が広がり、一度入ったら最後、二度と出られなくなっている。隊員たちは、強風でさえ中で道に迷い、出口を見つけられずに竹を揺さぶっているのを見ると、躊躇して最初の一歩を踏み出せないでいた。ハルムトは勘所を承知しており、彼らを竹林に入らせるには、原動力が必要だと見抜いた。「あの大木の付近にいる」。彼が指さした樹齢五百年のツガの木はこの一帯の覇者で、百メートル向こうにあり、ごつごつした幹から傘状の枝をそびえるように突き出している。ハルムトは生まれて間もなくのころ祖父に大樹の下に遺棄されたことがあったが、今彼はその意味を理解できるようになっていた。命にかかわるとき、誰もが近くの最も大きな木に寄りかかりたいと思うもの、トーマスもそうかもしれない。

救助隊は一斉に密林の中に入っていき、間もなく誰かが大声で叫んだ、いたぞ。

神の御加護だ、ハルムトは思った。

奥深くのヤダケの茂みの下は、寒気が立ちこめているが、雰囲気は暴風にまだ破壊されていない静かな海のままだ。塩のように白い物体が一つ、雨粒と竹の皮でいっぱいの地面にうずくまっている。「そこだ」。一人の隊員が叫ぶと、それはみんなの気力を奮い立たせ、巨大な繭を見に集まってきた。山じゅうで最も大きくたくましいツガの木の下で、アメリカ人が何重にも巻きつけた白い膜にくるまり、カイコのような形をして、頭だけ出している。白い膜はパラシュートの傘の部分の布で、トーマスはそれで体温を維持していた。もし彼が灰色の唇でわめいていなかったら、みんなは彼が死んでいると思っただろう。

「死ね！　ジャップめ殺してやる」。トーマスが震えて縮こまりながら叫んだ。

「助けにきたんだ」。三平隊長が佩刀を下に置いて、両手が空であることを見せた。彼は英語が喋れないので動作で示したのだが、そのあと救助隊員に言った。「お前たちも刀を置け！」

「失せやがれ」

「ハルムト、こっちへこい、アメリカ人に言うんだ、我々は救助に来たのだと」。三平隊長が言った。

「もうすぐ台風がやってくる」、ハルムトは人だかりの後ろから出てくると、恥じて後ろめたいという表情をして言った。「僕たちはあんたを助けにきた、信じろ」

「お前にあるのは憎しみだけだ、人を騙してばかりだ」

「前はそうだったが、今は嘘偽りはない」

「嘘つきだ」

「本当だ、僕たちは心からあんたを助けるために来た、風雨の中を。誰がこんな激しい風雨の中を、危険を冒して来たりするか。これで我々の本心がわかるだろう」

「何を言っているかよくわからない」

ハルムトが近づいていって、もう一度言おうとしたとき、胸にかすかに刺すような痛みがした。トーマスに何かで胸を突かれた反応だった。慌てて後ろに下がったが、災いが降りかかったのは二番目に近づいていって手助けしようとした藤田憲兵だった。ハルムトは不吉な予感がして、雨合羽をめくると、小さく破れた穴があるのに気づいた。何かに刺されたのだ。しかし藤田憲兵はこんな幸運に恵まれず、トーマスに攻撃されたあと、驚いて後ろに倒れ、頭を石にぶつけた。起き上がったときに吐き気を覚え、腰を曲げて嘔吐したが何も吐けず、まもなく気を失って倒れた。

みんなはパニックになった。なぜトーマスが柔らかく弱々しい拳固を一つ当てただけで、体格のいい藤田憲兵が倒れたのか訳がわからない。彼らは戦時中にアメリカ人は鬼畜で、図体がでかくて、青い目をして、鼻が大きく、暴虐で残酷だとさんざん聞かされてきたが、まさか初めて出会ってすぐに凄みをきかされるとは思ってもみなかった。ハルムトはどうもおかしいと思ったが、答えは藤田憲兵の胸元にあった。そこには先端に注射針がついたアルミチューブが突き刺さっている。トーマスはまず注射針でハルムトの胸元を攻撃し、抜き取って再度藤田憲兵を攻撃したのだが、藤田のほうは薬が注入されて発作をおこしたのだ。

「藤田、大丈夫か？」三平隊長が脈を診ながら、呼びかけている。それからトーマスに向かって怒鳴った。「こいつに何をした？」

「失せろ」

「殺したのか」

「俺の前から失せろ」

「藤田を殺したら、俺は許さんからな」。三平隊長の感情が沸騰点に達し、拳をきつく握り、歯を食いしばると頬筋《きょうきん》が浮き出た。その怒りに震えた目でトーマスを数秒の間にらみつけたので、みんなに緊張が走り、アメリカ人を激しく殴るのだと思った。ところが、それから振り返って地面の藤田憲兵に向かい何発もビンタをした、あたかもこいつが腑抜けなので懲罰しているのだといわんばかりに。アメリカ人からたった一発弱い拳骨をくらったくらいですぐに倒れてしまうとは、ひどい恥さらしだ。これが効を奏した。ショック状態にあった藤田が息を吹き返したのだ。でもまだ意識が戻らない。三平隊長がそこで命令した。「ハルムト、アメリカ人にこう言え、ここを離れたくなくても、強制的に連れていくと」

「我々はあんたを連れていくことにする」

「ここにいたい」。トーマスの感情がすこし和らいだ。

「ここにいても、自分を生き延びさせようとする憎しみしか残らない、これはあんたが言ったことだ」。ハルムトは言った。「僕が犯したどんな過ちも謝りたいと思っている。だからもう一度やってきた」

トーマスはもう反抗せず、おとなしく担架に載せられた。救助された喜びは見られず、干からびた唇をかすかに震わせて、丸く縮こまった雨粒と細い葉っぱを体に飾りつけている。彼らは出発して、強風の中で激しく揺れている大きなツガの木からどんどん遠ざかっていった。その木は台風の動きを測る風見鶏であり、ときおり軽く呻き、しきりに虎のようなうなり声を上げ、突然振動して険しい山をも揺さぶった。今見ると暴風が猛威をふるっているのがわかる。彼らの歩みは、三百メートルも進んでいないのに、ほぼ一時間かかっている。担架に負傷者を載せて担いでいると余計に時間がかかり、一つの岩や倒木に出くわすたびに救助隊は立ち往生し、苦労してこれらを越えながら担いでいかなければならなかった。彼らはさらに負担を抱えていたが——気を失っている藤田憲兵だ——余分な担架がないため、数人交代で担いでいた。それでも相当な負担がかかるので、ときどき辛くなって彼を死人のように引きずって邪魔者扱いするしかない。藤田憲兵はおとなしくなされるままだ。

大きな断崖を再び通るとき、三千メートルの稜線全体で引き受けていた癇癪もちの雨水が、ここに大きく集って水勢が強くなっている。救助隊は半時間かけて通り抜けたが、水が首のところから服の中にどっと入ってきた。おかげでもともと汗を透すことができずにびしょ濡れだったゴム製の雨合羽は、さらにずぶぬれになってしまった。ちょうどこのとき、断崖の付近で隊列のしんがりにいた三平隊長が新しい命令を出して言った、新しい救助隊隊長を任命する、城戸所長が任につき、アメリカ人を連れて前進する、三平隊長と二人の警官は残って藤田憲兵の世話をする。これはみんなが思案した結果でもあった。藤田を見捨てなければ、結局救助のスピードが鈍ってしまうからだ。今、世話をする人ができたので、彼らは安心してヤダケの竹林に侵攻できるのだった。

ハルムトは最後に救助隊に追いついたが、その前にこちら側の端に立って、向こう側の三平隊長たち数人を凝視した。ほしいままに猛威を振るう滝のような水と強風を隔てて、彼らが昏迷状態にある藤田憲兵を引きずって横切るのはほぼ不可能に近い。ハルムトは下劣な推測をした。三平隊長が残って藤田憲兵の世話をするというのは、実はみんなの目を避けて、人道的なやり方で彼を殺すのではないかと思ったのだ。三平隊長は人殺しができる人だ。冷酷極まりなく、常に残忍で横暴なイメージを与える。ハルムトはこう考えながら、舌で頬の内側のビンタの痕を探ると、舌の先が冷たくかじかみ、痛みすらかじかんでいるのに気づいた。しかし記憶の中の高らかに響き渡るビンタは、眼前の激しく流れ落ちる滝のようだった。

「さようなら、藤田さん。さようなら、三平隊長」。ハルムトはそこで敬礼をして、叫んだ。「お大事に」

「早く行け、お前だけが帰りの道を知っているんだぞ」と三平隊長が言った。

ハルムトは背を向けて、生い茂る竹林にもぐりこんだ。道を探すだけでなく、さらに途中の道のポイント箇所に目印になるものを置いた。一冊の小さな手帳に書いた詩が四百メートル続き、イノシシ革のボールを岩石の上に置き、単眼の銅製の望遠鏡をヤダケの曲がり角に置き、キャップを外した万年筆をツガに刺し、こうしてすべてを荒波のヤダケの海に落とした。最後に、空っぽになった肩かけカバンをキンモウツツジに掛けて、後から追いかけてくる三平隊長が識別できるようにした。これらを捨てるのに、ハルムトは躊躇しなかった。日ごろこれらの物を取り出して撫でたりこすったりして、夢の中でも名残惜しくてなかなか離れられなかったのとは、正反対だ。その気持ちは稜線に戻ったときに最高潮に達した。それは風雨がクライマックスに達したときでもあった。風雨は狂ったようなうなり声を上げ、血迷い、制御不能になってむち打ち、まるでスズメバチが人の急所を殴りつけているようだ。ハルムトは自分が必ずこのことを思い出すとわかっていた――あいつが付近に囚われている。そこで彼は数分ほど隊を抜け出した。

雲豹がそこにうずくまっていた。髭は垂れさがり、雲霓《うんげい》の毛皮に水滴がついている。人が来たのを見ると傲慢なプライドを決して捨てずに、口をゆがめて尖った歯をむき出し、声を上げて威嚇した。ハルムトは雲豹の地盤に足を踏み入れた。こんなに間近に、鼻息と体臭を感じ取れるほど近く、雲豹が夢の中から零れ落ちた一匹の異獣に見えるくらい近づいたのに、意外にも攻撃してこない。

ハルムトはさらに近づいた。

雲豹は降伏して、上下に揺れながら後退し、退路がなくなるまで下がった。

雲豹は脱出するために、とっくに数時間を費やしていた。地面を転げまわって、ワイヤロープで縛られた前足をねじ切ろうとしたのか、地面のタカネシダとニイタカヤダケをすっかり踏みつぶしている。ワイヤは切断されず、前足も切断されていなかったが、毛皮がすっかり擦り切れて、血の気のない桃色の筋肉が白く光っている。囚われの身になっている間はもうあきらめるしかないのに、動物はそんなことを考えたことがなく、根っから考えもしない。雲豹の痛みと疲れは最高点に達していたが、風雨は収まらず、後退してハルムトの攻撃に向き合わなければならない。

ハルムトがもう一歩近づいた。

雲豹はうつぶせになって、おとなしくじっとしている。まるで山や川の傷口から流れ出た夢のかけらのようだ。

豹はこんなにもはっきりと、神秘的で、彩り豊かで、優雅なのに、まなざしは伝説のように鋭敏ではなく、反対に人の瞳のように変化に富み、こうも悲しくいたましい。雲豹でも臆病にも、悲しくもなる。感傷が目の中にすっかり露見して、体を覆う虹色の毛は、まなざしを際立たせる補助具にすぎない。

それは森の夢であり、それは消滅しようとしていた。

「行け！　お前は自由だ、きっと生き延びることができる」。ハルムトは言った。雲豹は一瞬のうちに彼の心の中に流し込まれた魂であり、ブヌン人が渇望する獲物であり、それをハルムトは手に入れた。彼は今、魂から発せられる雲豹の声を聞くことができる。それは激しくもがき、勢いよく飛び出して、もっと純粋な森の夢の中に帰りたいと切に願っている。そこでハルムトは手に提げていた爆撃機の消防斧を——ずっとそこに置かれたままになっていた——高く持ち上げて、容赦なく、雲豹の前足を断ち切った。「行け！　もっと痛んでも歩き続けろ」

雲豹は自由の身になった。地面の上でしきりに体をねじって、とうとう跛行《はこう》しながら逃げていった。失った前足を代償に、森全体を獲得した。

風雨の中で、雲豹が去っていくのをハルムトが黙って見送るだけの価値があった。

今は午後だ、君は何を考えてるの？
僕は一匹の豹を手に入れた、僕の夢の中から
暴風雨の森林に戻った
僕は傷を負ったそいつを渓流、山河、雲霧の中で育てるつもりだ
それが死ぬまでずっと

僕ももうじき死ぬ
頭の中でかつて温めていた千回以上の死
今日まさに暴風の境界を突き抜けて、君の元へ向かう
ハイヌナン、ハイヌナン、ハイヌナン君
僕は心の中で三回君の名前を呼んだ
君に再会する前に、どうか僕に力をくれ
まずこの人たちを率いて風雨を突き抜け、家に帰してあげなければならない

救助隊を追いかける途中の道では、強風が稜線の一群の木をなぎ倒していた。ハルムトが着ているマント形の雨合羽は風でパンパンに膨らみ、膝から下は雨の中にむき出しになっている。地下足

袋の中に水がたまり、木綿の中敷きを踏みつけるたびにグチャグチャと水の音がする。彼が歩みを止めたのは、うめき声が中敷きからではなく、稜線の下を這いずっている隊員からだということを確かめるためだ。その隊員はグーグーと音を立て、全身は冷たく凍え、まだ鼻息はあったが、どうやっても意識が戻らない。ハルムトがその男を背負うと、反対に自分がひっくり返ってしまった。彼はその人をニイタカトドマツのところまで引きずっていった。風雨を避けることはできないが、少なくともこの近辺では最も理想的な場所だ。そして何かを思い出したように、相手の胸ポケットをさぐって蠟で封をしたヤダケの筒を探した。それは遺書だった。彼らは昨晩テントに入って雨を避けていたとき、大部分の人が短い手紙を書いた。この片隅に縮こまっていた隊員はきっとマカタオ族で、家族が準備した乾飯のおこげをかじっていた。あまりしゃべらず、足元のタイワンハグマみたいに目立たなかった。ハルムトは最初に親しくする機会を逃し、今は寒さに凍えている彼の握りしめた手の中に、ぼろぼろに握りつぶされた竹の筒を発見することしかできない。万年筆で書いた遺書は雨水でぼやけて読めなくなっている。ハルムトは泣いた。涙が切なく流れ、遺書の上に落ちてその全部になり、文字はすっかり流された。

稜線の鞍部《あんぶ》に戻ったとき、ハルムトは自分を戒めた、今は義理人情を忘れるときだ、全員を救うことなどできないのだと。これは死の道だ、それを彼でさえ感じることができた。指先が痛い、手足が言うことをきかない、震えが止まらない。しかしほっとする一幕に追いついた。藤田憲兵の意識が戻ったのだ。服の肩の部分に太い木の棒を通して、まるで荒れ狂う風に吹き飛ばされている哀れなハンガーのように、警官が両脇を担いで歩いている。そして三平隊長が後ろから藤田憲兵のズボンのベルトを持って補助している。稜線はやせ細り、担いでいる警官がなかなかうまく歩けず、三回目につまずいたとき、藤田憲兵もこれ以上自分で立ち上がることができなくなり、みんなも力を使い果たしてしまった。

「立て、藤田」。三平隊長が怒鳴った。「ここまで頑張ってきたんだ」

「恵子！　武雄に布団をかけてやるのを忘れるな、寒いんじゃないか」と言いながら、藤田憲兵はかすかに目を開けている。恐ろしい低体温症になって、記憶が錯乱している。

「立て、藤田」。三平隊長は彼の傍にひざまずいて、まず彼の両頬を軽くたたき、それから突然往復ビンタをすると、相手の口元が青くなった。「お前は絶対に死ぬな」

「うん！　武雄……」

「立て、俺はお前の息子の武雄でもなければ、お前の妻の恵子でもない。必ず目を覚まして、起き上がって道を歩いてくれ」。三平隊長がもう一度ビンタを張った。

「隊長、意識不明になっています」。ハルムトが三平隊長の手をつかんだ。

「武雄には父親がいなくちゃならんのだよ！　息子のために生き抜け」

「わかっています」。ハルムトは隊長をなぐさめた。それから藤田憲兵の方を振り向いて、嘘をついて言った。「あなたの息子の武雄が来ましたよ、ちょうどそばに付き添っています」

「武雄……」

「何ですか、言ってください！」ハルムトが言った。

「武雄、父さんが一番気がかりなのはお前のことだ。今日から毎日ちゃんとご飯を食べて、ちゃんと寝て、ちゃんと歌を歌って、元気に育つんだぞ、それから……」藤田憲兵は空中でゆらゆら揺れるクモの糸のような息をして言った。「ちゃんと三平隊長に敬礼しなさい、隊長はいい人だ」

「貴様を撤退する隊の隊長に任命したのに、なんで戻ってきた」。三平隊長が突然激しく泣き出した。「藤田、お前は大バカだ、頼むから息をしつづけてくれ、死なないでくれ、そうじゃないとこれから先、俺は貴様の息子に会ったとき、恥ずかしくて顔向けできない」

「父さんは頑張って息をするよ」

「俺の命令を聴け、吸って、吐いて、吸って、吐いて、やめるな」。三平隊長が這いつくばって言った。

「はい、命令に従います」

藤田憲兵は命令に従って、さらに多くの痛みに耐えて呼吸をした。そして名残りの涙を流したとき、止むを得ず命令に逆らって死んでいった。彼の体温は徐々に下がって雨水と同じになった。彼らに選択の余地はない、藤田憲兵を置いて、救助隊を追うのだ。豪雨が荒れ狂う稜線では、樹木がつくる魔の手が疲労困憊した者の両足を捉え、谷から聞こえてくるゴーゴーという風の音を伴って、世界はすでに暗黒に呑みこまれている。ハルムトは早足で後ろからついていっていたが、三平隊長の後ろ姿を見ていると、自分の先ほどの見方はひどすぎたと思った。隊長が藤田憲兵を殺すと思ったのに、そうしなかったので、尊敬の気持ちがわいてきた。森の稜線を出る前に、思いがけずまた二人の隊員が地面に倒れて震えているのを発見した。三平隊長は死神を相手に人の奪い合いをして、彼らに立つように言った。だが二人は「少し休んでから追いかけます」と口をもぐもぐさせて答えることしかできない。結局、彼らを連れて出発することになった。

今、ハルムトたちは中央山脈の稜線上に出た。樹木の遮蔽物はなく、風雨はさらに強まり、救助隊が二百メートル先にいるのが見える。彼らは体を斜めにして、風雨と戦っていたが、とうとうその場で動けなくなっている。ハルムトが追いかけていくと、風の抵抗がますます強まり、足取りはますますもたついた。雨合羽は内側が湿って、冷たく体に張り付いていたが、吹き上げられて炎の形になり、前に倒れてようやくそれを消し止めることができた。そこがまさに救助隊が止まっている場所だった。

「ここは休憩には向いていない、直ちに出発する」と三平隊長が登ってきて言った。

「霧雨がひどくて、道がどこにあるか見えない、人をやって道を探させよう」と城戸所長は言うと、振り向いてハルムトに「アメリカ人が何か話があるようだ、聞いてみてくれ」と言った。

ハルムトはトーマスの顔の部分を覆っている雨合羽をめくって、「どうした？」と訊いた。

「あとどれくらいあるのか？」

「五時間、悪ければもっと」

「君たちは成功しないよ」。トーマスは言いかけて、口をつぐみ長い間黙っている。寒いからか、それとも胸のうちのためらいのためなのかわからない。「もし君たちが引き続き僕を連れて進んだとしたら」

「あんたの言っている意味がわからない」

「僕をあきらめろ」

「あんたの言っている意味は、あんたを残して、我々は去る、ということか？」ハルムトはトーマスが頷くのを見て、ようやく言った。「我々はあんたを見捨てたりしない、我々が頑張っているのは、あんたのためなんだから」

「君に決定権はない、それに自分を責めて、浅はかな決定をすべきではない。隊長に聞いてみろ」

「そう考えないことはなかった、とくにますます危険になったときは、特に強くそう思った」。三平隊長はハルムトが通訳するのを聞いて、話題を引き継いで言った。「俺だって本当はアメリカ人を置いていきたい」

「その通りだ」とトーマスが言った。

「だがそんなことはできない、見捨てようという考えが浮かんでも、一度もそうしたことはない」。三平隊長がきつく歯を食いしばって、頬の雨水を拭き取った。「アメリカ人に言ってくれ、彼にやってもらいたいことがある」

「どんなことですか？」

「神に祈ってもらうのだ。神様はきっと強大に違いない、我々日本人に勝つほど強大なはずだ。それならトーマスに、我々がこの神風を打ち負かすよう神に祈ってもらおうじゃないか」。三平隊長は続いて振り返ってみんなに大きな声で言った。「持ちこたえろ。すぐに神様が台風を十字架に縛り付けて風見鶏に変えてくれるからな」

そのあと、彼らは目にしてしまった。道を探しに派遣されていた偵察兵が百メートル先のところで体を前に突き出して、稜線の上の最も明らかな突出物になった代償として、暴風の大足に蹴とばされてしまったのを。見る間に偵察兵がふわっと一〇センチほど上昇して、雨合羽の裾が胸までめくれ、足取りが乱れて、まさに激しい暴風雨の渦の中でひっくり返り、みんなの視界から消えた。二人の隊員が助けるために追いかけていったが、稜線の上でふらふら揺れたかと思うと、すぐあとに叫び声がした。暴風に地面から引きはがされ、こねまわされてひとかたまりになり、勢いよく谷に投げ込まれてしまった。

「三平隊長、抵抗するのはやめよう」。サウマが、ぶるぶる震えているモモちゃんをきつく抱きしめながら言った。「我々は各自、命の危険から逃れようじゃないか」

「わかっている、お前の指図を受けるまでもない」と三平隊長が言った。

「隊長、行きたい者は行かせよう！」と城戸所長が言った。

「バカな、けしからん、我々は助け合わなければならない」

「彼らが先にここを去れば、援軍を求めることができるかもしれない、我々には手助けが必要だ」。城戸所長は相手の思考のポイントに沿って探りをいれた。

少し考えてから、三平隊長が言った。「ではお前たちが先に行け！」

どんな決定であっても、この状況では困難な道だ。ハルムトは、どんな決定でもいい、と思った。それよりモモちゃんの様子が心配だ。近寄って見にいき、雨合羽のフードをめくろうとしたとき、手ひどくサウマにはねのけられた。「起こすな、休んでいるんだ」。その瞬間、フードの下の状況が見えた。モモちゃんが両目をきつく閉じて、口元から酒のにおいが漏れ出ている。これは危ない兆候だ。救助隊は気付け薬に酒を飲んでいるが、しかし短時間精力を高めることができるだけで、酒が冷めた後はさらに早く意識不明に陥ってしまう。

「コーチ、僕はモモちゃんとちょっと話がしたい」とハルムトが言った。「本当に疲れているんだ、起こさないでくれ。何も話さなくていい、生き続けてこそ将来それを話の種にすることができる」。サウマはそう言うと、風雨が少し弱まったすきに、竹籠で息子を背負い、数人の一族の者とともに山頂を迂回して去っていった。現場には米軍のサバイバルナイフが落ちていた。

ハルムトはナイフを拾いあげて、サウマの最後の言葉をじっくり考え、数秒の間、意味がつかめずにぼうっとしていたとき、頭ごなしに一喝されたみたいに、何かに真正面から殴られた。雹《ひょう》だ。ゴルフボールの大きさのものもあれば、野球のボールほどのものもある。無数の雹が空から勢いよく落ちてきて、高山の草原を化け物をたたき出すように打ちつけ、うめき声を上げさせている。城戸所長が近づいてきて言った。「ハルムト、お前が先導して、アメリカ人を月鏡湖まで連れて行って避難しなさい。そこには氷堆石でできた野営地があるから風雨を防げる」。これは最良の決定だ。ハルムトはみんなと力を合わせて担架をつかむと、そこを発ち、隊を率いて山頂を迂回しながら進んだ。月鏡湖は中央山脈の稜線のてっぺんにあり、そこを越えると下降しはじめ、小百歩蛇渓の流域に入る。だが登山口まではさらに距離があるので、月鏡湖は目前の最もよい避難場所だ。

丸い盾の形をした山頂が綿々と続き、着いたと思えばそれは偽の山頂で、最も高い稜線まで登るのは困難を極めた。風雨は坂の所で揉みしだかれて霧状の水滴に変わり、風の形を引き立てている。悪龍が竜巻を起こしている形のものもあれば、地獄の死神が歯をむき出して高笑いしている形や威張り腐った悪辣な炎の形をしたものもある。一番恐ろしいのは、川面に立ち込める霧が温かい家のように見えることで、神経が衰弱し、何度も襟を引っ張られて歩いていた一人の警官が憑りつかれてしまった。彼は大声で「ただいま帰りました」と叫び終わるや、よろよろと立ち上がり、大風の強烈なフックを喜んで受けて、坂を転がり落ち、永遠の眠りについた。あまりにも寒くて、気温が急激に四度まで下がり、風雨は体感温度をさらに低くしている。ハルムトの指の爪が灰色になり、唇が麻痺し、両手が激しく震えて抑制がきかない。寒さが幻影を見させるということは知っているが、そうならないように自分を抑えることもできない。とうとうさらに高いところで一群の人が踊っている幻影が見えた。

それは現実だったが、嘘のような、風の中の舞いだった。

彼らは丸く輪になって、死んだ子どもを中央に置き、広々とした空に向かって踊っている。

一人が雨水を酒の代わりに口に含んでから、外に向かって強く霧状に吹き出している。一人は雹を持って互いに打ち付けては、外側へ投げ捨てている。もう一人は両手に華麗な螺鈿《らでん》とリベットで装飾された佩刀を持ち、外を向いて人を殺す仕草をしている。さらに一人が拳をきつく握りしめて、外に向かってひどい言葉でわめいている。彼らは右足で強く地面を踏みつけ、目を怒らせて大声で怒鳴っては、暴風雨を追い払おうとしていた。古い悪魔祓いの儀式だ。

「palafoay a kaws（悪魔）よ、この子を放せ」。サウマが怒鳴った。

「悪魔どもよ、失せろ」。輪を作っている一族の者が怒鳴った。

「悪魔どもよ、祖先の地Palidaw*に戻れ」。サウマが指で顔をひっかき、鮮血で自分の顔を醜くして、百年前に彼らの祖先が移住した所に悪鬼を追い返そうとしている。

「悪魔どもよ、とっとと帰れ」

彼らは災厄をもたらしている天候の中で悪魔祓いの儀式を行い、そうすることで慰めと、勇気と、身体の熱エネルギーを得ようとしていた。誇張した動作をし、わめきたてるのは、祖先たちが長期にわたる移動生活の中で危難と向き合ってきた文化の結晶だった。救助隊の隊員たちはたくさんの現代知識を学んで現代人になっていたが、結局はやはり祖先の秘儀に頼って風雨と格闘しているのだ。そのうえ、悪魔祓いの儀式によってもし裂け目をしっかりふさぐことができなければ、悪魔はモモちゃんを連れ去り、彼らも次々に死んでいくのだと信じていた。

「モモちゃん、目を覚ませ！　食べたがっていた氷のかけらを持ってきたぞ」。サウマが叫んだ、「目を覚ませ！　輜重兵兵長殿、箱に詰めて持ち帰ってみんなに食べさせよう」

「悪魔どもよ、とっとと帰れ、子どもを放せ」。アミ族の男たちが怒鳴った。

「家に帰ろう、父さんが連れて帰ってやる」

サウマは背負い籠に子どもを入れて、怒鳴ったり叫んだりしながら、一族の者を引き連れ稜線を越えて消えていった。ちょうどハルムトがアメリカ人を運んでその稜線に追いかけて入ったとき、担架が壊れた。担架は二本の棒を二枚の服の袖にそれぞれ通して、便宜的につくったもので、大ま

＊　原注：現在の恒春。関山《グァンシャン》鎮一帯のアミ族は、発祥地は清朝時代の花蓮立霧渓下流で、タロコ族の勢力に押されて、遠く屛東恒春の居住地まで移動し、牡丹社事件と清朝の原住民撫順政策が揺らいだことにより、さらに台東関山に移住した。この集団は恒春アミ族と呼ばれている。

かで簡単なつくりだった。今、服が裂け、アメリカ人の足が転んだ拍子に奇妙な角度に折れたが、彼は泣き叫ばない。おそらく痛覚神経が厳しい寒さにやられて麻痺しているのだろう。アメリカ人が死ぬことを期待していたある隊員は予感が現実のものになりそうなので、これで任務は解かれると、三平隊長を見た。三平隊長は顔の雨水をぬぐって怒鳴った。「担架を修理せよ、直ちに出発する、もしアメリカ人が死んだら、我々は落とし前をつけられるぞ」。城戸所長が相手を押しのけて怒鳴り返した。「私が隊長だ。アメリカ人が死んだら、我々は現地解散する」。二人は互いを冷ややかに見た。城戸所長のメガネは雹にあたって割れ、ガラスの破片が刺さった右目の縁から血が出ている。三平隊長の顔は寒さで青白く、一筋の傷の裂け目がめくれあがって、血色のない筋肉が露出している。今回の行動で、すでに七人の隊員がついてこられなくなっていた。彼らは途中で死んでいった。

「薬が欲しい、胸ポケットに入っている」。トーマスは口の中に噛みしめている認識票を吐き出したが、寒くて発音がおかしい。「取ってくれないか」

ハルムトが手を伸ばして、トーマスの襟元に手を入れ、きつく巻きつけている雨合羽とナイロンのパラシュートの隙間から奥に入れようと試みたが、うまくいかない。

「ナイフで服を切り裂け」

「そうしたら雨水が入って、もっと寒くなる」

「もしそうしなければ、僕は持たない、君が責任を持て」とトーマスが厳しい口調で言った。

ハルムトは城戸所長の同意を得て、サバイバルナイフで雨合羽を切り開き、薬を取り出した。それは藤田憲兵に注射をして意識を失わせた凶器だったので、ハルムトは警戒を強め、手に握ったままぐずぐずして渡そうとしない。トーマスがすまなそうに言った。「あの大男は大丈夫か?」「まあまあだ、大雨の中で魚のように生きている、ちょうど近くの山の頂上で道を探しているところだ」。ハルムトは嘘を言い、視線を移して言った。「ほら、彼があそこで呼んでいる」。暴風の中で隊員が叫んでいる。百デシベルの風速よりももっと大きな声で叫んでいる。ようやく彼が「もうすぐ湖に着くぞ」と言っているのが聞こえた。このときハルムトはトーマスの指示通りに、薬の透明のカバーを外して、金属針で薬のチューブを突き破り、服の上から胸元に注射をした。

「胸元からは刺激が強すぎる、口からやってくれ」。トーマスが言ったが、寒さで縮こまって口が開かないので、ハルムトの手を取って無理やり舌の下に入れ静脈注射をさせた。

突然、ハルムトの手がトーマスに強く握りしめられ、薬を全部注入してしまった。これは明らかにあらかじめ企んでいた動作であり、ハルムトは恐ろしくなって「大丈夫だよね!」と言った。

「あのでかい隊員のように大丈夫だ、そうじゃないか?」

「この薬は何だ?」

「一種の鎮痛剤だ、美しい花から抽出して精製したものだ、罌粟《ケシ》と呼ばれている」

「その花は見たことがある、火のように一面ゆらゆらと咲いて、確かにとても美しい」。美しい花はどれも死と関係がある。ハルムトの記憶の中の飛行場の芳しい香りの草花も、彼の手の中の薬も、どれも誘惑的な凶器だ。そこでこう言った、「あなたに神の祝福を」

「君は生き延びて僕のために伝えてほしい、妻と娘のエリカに、愛していると」

「わかった、あんたもがんばらなくてはいけない。こう言ったことがあるだろ、体に巻き付けているパラシュートを持ち帰って、エリカの未来のウエディングドレスにしたいって。それに、パラシュートの降下に成功したから毛虫クラブ*から勲章をもらうんだって、そうだろ？　さあ出発だ」

「君の勇気に感謝する、本当だ」

ハルムトは涙があふれた。同時によくわかっていた、過剰なモルヒネの摂取は死を求めているのだということを。彼はかつてたおやかで美しい虞美人草をハイヌナンに捧げたことがあるが、ハイヌナンは悲しい思いを彼に残しただけだった。今、トーマスもそうで、そのうえ彼を許してくれた。だから、ハルムトは担架をつかんで山頂を越えたとき、暴風をものともせずに、湖へ向かって突き進むことができたのだ。荒れ狂う大自然は混じりけのない美しさをたたえ、ありのままに演じていた。風は湖水を削り取って、壮麗な渦巻き状の怒りの霧を形成している。しばらく止んでいた雹がまた降ってきて、湖面に無数の穴をあけ、あたかも海岸線の数百羽のハマシギが群れを成して勢いよく飛び立っているようだ。そして周囲の稜線が風の中でゴーンゴーンと鉄が鳴る音を奏でている。それらの美しさは、死とは一〇センチも離れておらず、その中に深く落ちて初めて恐怖を知ることになる。氷堆石で作った野営地に逃げ込まなければならない、そこは近辺で最も良い避難場所だ。だが、石を積んだ入り口は狭く、担架が挟まってしまった。何度か角度を変えて試しているとき、ハルムトはトーマスが死んでいるのに気づいた。

「トーマスをあきらめよう、彼は死んだ」。ハルムトが言った。

「だめだ、眠っているだけだ。担架を下に置いて、引きずって中に入れろ」。城戸所長が叫んだ。

「それから、雨合羽を脱げ、雨避けにする」

「そうしたら我々は凍え死にます」

「石の隙間から雨が漏れている、我々にはこの方法しか残っていない」

ハルムトは湖の対岸のゴムボートのほうを見て、自分が何を必要としているかを知った。彼がトーマスを下ろしてそこを離れても、城戸所長は止めなかった。この救助隊からすでに大勢の人が隊を抜けていた。眼前の三平隊長もその一人だ。彼は雨合羽と服を脱いで、全身裸になっている。炎の地獄にいるように暑いのだ。彼は銃剣を持って誰も見えない死神に対抗し、しきりに突き刺している。雨、暴風、雹を刺しまくっている。低体温症の、意識を失う前の狂乱状態だ。ハルムトは彼を助けることができず、彼を避けて、湖岸に沿って歩いていった。隙間のない濃い雨の幕を突き抜け、荒れ狂う風に何度も背負い投げをされた。そしてついに石を積んだ救命ボートが目の前に現れた。強風が付近の砂利石に線状の雨霧《あまぎり》を引きずらせ、ハルムトをなぎ倒した。ハルムトがボートの重しにしていた石を運び出して残り三つになったとき、ボートが急に乱舞を始め、急降下したかと思うと、弾けたように飛び上がった。ボートをつないでいたロープが大風で強く引っ張られたその瞬間、しぶきが勢いよく飛び、大きな音がして、彼を数メートル後ろにはたき落とした。ボートは

＊　原注：第二次世界大戦中の連合軍の軍人は、事故機から脱出しパラシュートによる降下に成功した者は、キャタピラークラブ（Caterpillar Club）から胸につけるピンバッジが与えられた。パラシュートを使って着地した者だけが、その認証を受けることができ、名称の由来の一つとして「毛虫が繭を抜け出し羽化して生き延びる」という意味がある。

飛んで行くことができない。ロープを丈の短いヤダケに縛り付けているからだ。ヤダケの根は地面の下半メートルの深さまで延びて、しっかりとボートをつなぎとめている。ハルムトがサバイバルナイフを取り出して、この時とばかりロープを切断すると、強風がもういちどボートを吹き上げ、彼も飛びあがって、ボートも人もいっしょに水中に落ちた。

ハルムトは骨の髄まで浸みこむ寒さを感じた。体は漆黒の水の中に沈み、さらに深い水底には花芯のような手がたくさん手招きをしている。冷たく青ざめ、干からび、荒涼とした骸骨の手の群れだ。彼は何度かもがいたあと手を下に垂れ、彼岸花の花芯の間に落ちていきかけた。波が一つ寄せてきた。その瞬間、彼は手に絡みついているロープを引っ張って水面に出た。体は湖面に放り投げられて浮かび、ほとんど意識と方向を失って、ただ船べりのロープをしっかり引っ張ることができるだけだ。体は水に浸かって激しく震えていたが、救命ボートは最後に岸に吹き上げられた。そこは氷堆石のある場所にとても近かった。

裸の三平隊長が残った力を使い果たし、「悪魔め、死ね」と叫びながら刀をふりまわして、ボートを突き刺してしぼませてしまった。風に何度か転がされ、ハルムトはほとんど気を失いかけていたが、這って進んでぺしゃんこになったボートを引きずりながら氷堆石のところに近づくと、全員が安らかに眠っているのを発見した。大自然の最も苛酷な嵐の破壊を甘んじて受け入れている。彼らは死んだ、もう残酷な世界を気に留める必要はない。ハルムトは銃剣を拾って、ボートの船べり部分の気嚢を割き、服を脱いで、その狭い乾燥した空間にもぐりこんだ。自分は死ぬのだとわかった。

もし死ぬ前に夢を見るとしたら、何を回顧するだろうか？　光を受けてきらきら波打つ太平洋、グラウンドのそばの、赤い線の消えかけた失くした野球ボール、机の縁に甲子園へ行くぞと刻んだ誓いの言葉、キツネが盗んで返してくれない秋の光を浴びたクルミ、虹の下を飛ぶ青い鳥、それともハイヌナンがいた素晴らしい日々。いや、これらは死ねばみんななくなってしまう。彼は月鏡湖のほとりでこれらを夢に見なかった、何一つ見なかったのに、なんとこれから先の人生を夢に見てしまった。年々歳々のすべてがあった。平凡な残りの人生、若いときに手に入らなかった人や事物が中年の夢の中に頻繁に現れては人を苦しめる。彼は台電の職員になり、里瓏《リーロン》〔台東県の町〕で、湧水用水路に設置したフランシス水車と呼ばれる発電機の番をしている。米軍のパラシュートで作ったナイロンの白いスカーフをいつも首に巻いて、暇なときは関山鎮に子どもたちを連れて野球をしにいき、彼らに自分がかつて甲子園に進出する資格のある試合に出たことがあることや、どうやって大山に入り救助活動をして生き残ったのかを話して聞かせ、子どもたちに自分のことを「不世出先生」と呼ばせている。しかしこの野球コーチは平原をよぎっていく汽車に向かってよく呆然としたり、意味もなく笑ったり涙を流したりしている。そのうえ二度と山に狩りに行かなくなり、救助活動が残した心の傷によって、眩いばかりの立体的な雲が中央山脈で沸き起こるのをわけもなく眺めやっている。これが、細かいことにまで気を配り、人づき合いが下手で、そのうえ無口なハルムトの、本当の人生になった。彼は二度と恋愛をしなかったが、別の部族の女性と結婚した。ただ伝統に従ったに過ぎないが、若気の至りで申し訳ないことをした人たちを自分の子どもに生まれ変わらせて育てていくべきだと思ったからだ。

　彼は自分の子どもにハイヌナンという名前をつけた。もう一人はトーマスといい、さらにガガランという子もいる。

「nas（すでに亡き）ガガランがいなかったら、僕は生きていなかった」。ハルムトがこう言ったとき、ガガランはすでに死んだことを意味していた。「ガガランが聖鳥ハイビスに変わって、僕を救った」

「もう一回話して」。こう言ったのは娘で、幼名をモモちゃんという。

ガガランは若いとき、垂れ布のついたなめし革の帽子をかぶり、男用の短いスカートをはいて、耳たぶの穴には緑の瑠璃を下げていた。銃を背負って三千メートルの稜線を走り、日本人の首を狩るために多肥皂樹渓へ赴いた。途中、腕の汗を舐めて喉の渇きを癒し、汗が塩辛くなくなるとようやく塩分を補給した。ブヌンを守るためには、敵が日本族であろうと、アミ族であろうと、パイワン族であろうと臆することがない、まさに彼の名前のガガランがカニを意味するのに恥じなかった。家族のためにブヌン神話の大蛇と大洪水に挑むこともできた。その日、救助隊が台風の中で任務を遂行しようとして、身動きがとれなくなり遭難すると、彼はハルムトを救いに行く決心をした。ガガランは空気を通すカモシカの皮の雨合羽を着た――毎回猟で仕留めた動物の血を上に塗って防水層を作っていた。そして竹筒を携帯し、中に火種の「猴板凳《サルノコシカケ》」を入れて灰をかけて保温した。このくすぶっているツガサルノコシカケは空気に触れると再び燃え上がる性質がある。ガガランはハイビスであり、伝説の中の聖鳥だ。暴風雨の中を六時間歩いて、月鏡湖に到着すると、ゴムボートの気嚢の中にいるハルムトを引っ張り出して、彼に火を与えた。

台風が去り、ハルムトは意識を取り戻した。彼は死なずに、火の中で炭がはじける言葉を聞いた。

それはもはや神話ではなく、ブヌン族が奮闘し生存してきた真実の事跡を伝えていた。彼は困難を乗り越えて火の言葉がわかるようになったのだ。救助隊はみんな死んだ。彼を除いて、隊員二十六名全員が亡くなり、年老いたガガランも疲労で死んだ。遺体が横たわっている氷堆石の野営地を出ると、トーマスが笑顔のまま空を見ていた。三平隊長は銃刀を握って、きらきら光る美しい水のほとりに横になっていた。ハルムトが稜線に登って見渡すと、遺体は遠方から近くまで点々と続き、いちばん近いのは丸く縮こまったモモちゃんを抱いているサウマだった。この父親の子どもを守る気持ちは死んでもやまず、魂は昨夜のうちに暴風雨の上方にある銀河に乗って行ってしまったに違いない。何かの骨が子どもの傍に落ちている。白い水鹿の骨だ。死は友好的で、恒久の美しさがあり、骨の間からカワカミウスユキソウの花を満開に咲かせている。クマノアシツメグサが風に吹かれてかすかに震えながら、陽光をぞんぶんに浴びている。このときハルムトが振り向いて月鏡湖を見ると、浅瀬に彼が少年のころ残したブヌン語の、石を積んで書いた**ミホミサン**があった——君に会いたい、君に会いたくてたまらない。その日が来るまで僕はちゃんと生きていく、なぜなら君も再会の気持ちを捨てていないことを僕は知っているからだ。たとえ生と死の間が茫々としていても*——この誓いは風が吹いても乾かない、雷が鳴っても逃げていかない、永遠にいつまでも。

生きている限り、ハルムトは死ぬまで、これら英雄の事績を伝えていくことを引き受けた。

* 宋代の詩人蘇軾《そしょく》の亡くなった妻への思いを込めた「江城子《こうじょうし》」の一節。「十年生死両茫茫。不思量、自難忘」（互いに別れ別れになって十年の歳月が流れた。あえて思い起こそうとしなくても、忘れることはない）

解説

一、本書について

『真の人間になる』は、二〇二一年四月に台湾の寶瓶文化出版社より刊行された甘耀明の長篇小説『成為真正的人（minBunun）』の全訳である。『殺鬼』『邦查女孩』『冬將軍來的夏天』に続く四作目の長篇小説となる。甘耀明の作品の日本語訳はすでに『神秘列車』『鬼殺し 上・下』『冬将軍が来た夏』があり、すべて拙訳で白水社より刊行されている。

本書は、全三章のうち第一章と第二章を上巻に、第三章を下巻に収めている。あらすじは以下のとおりである。

野球少年のハルムトは台湾原住民族のブヌン族で、同族のハイヌナンとともに花蓮の中学に進学した。しかし時はすでに第二次世界大戦末期にあたり、すべての娯楽が禁止され野球の試合どころではない。そのうえ親友でもあり切ない恋の相手でもあるハイヌナンがアメリカ軍の爆撃に遇って死亡する。まもなく終戦を迎えたハルムトは、野球の職業団チームに入る夢に敗れ、「死んだ心」とハイヌナンの遺灰を持って故郷のブヌンの山に帰る（以上が上巻）。ちょうどそのころ、日本軍の捕虜になっていた連合軍兵士を沖縄からフィリピンへ輸送中だったアメリカ軍機が台湾中部の三叉《サンチャ》山附近に墜落する。ハルムトは請われて日本人の警察と憲兵が率いる救助隊に加わることになるが、墜落現場に到着したとき、大型の台風に見舞われ、救助隊員の多くが高山で凍死した。ハルムトはすんでのところで、ブヌンの伝説の鳥ハイビスのように、祖父のガガランが自分の命と引き換えに携えてきた火で命を救われる。（以上が下巻）。

原書タイトルの『成為真正的人（minBunun）』は、ブヌン語minBunun（ブヌン人になる）に拠っており、もともとBununには「人」の意味がある。たとえば霧社事件を扱った映画『セデック・バレ』が「真の人」になるという意味をもっているように、台湾の原住民族の多くにこのような言い方があるという。甘耀明はあるインタビューで「真の人間になる」とは「本当の自分になる」ことだと語っている。ハルムトの祖父のガガランが、「わしが自分のことを役立たずだと思ったとき（…）山の中に入るのは、実は自分の心の中に入っておるのだ、そこに本当の自分を見つけることができる」（上巻　六四頁）と言ったように、本当の自分を見つけるとは、人のあるべき生き方を模索することでもある。何に限りがあり、何を諦めなければならないか、何を堅持し、何をなすべきかを知り、人生の意味を知ってようやく真の人間になるという意味だろう。

九死に一生を得たハルムトのその後の人生は、相変わらず不器用で平凡で、およそ「成長譚」らしくない終わり方である。変化があるとすれば、それは自分の人生の意味を知り、「死んだ心」が再び生き返ったことであろう。ハルムトはハイヌナンに会える日まで命の限り生きて、自分が死に立ち会った人々のことを後世に伝えていくことを引き受ける。

戦争で愛する人を失くした悲しみは消えることはない。ハルムトはハイヌナンの死を受け入れることができず、日本人の樋口隊長やアメリカ人のトーマスを憎むことでその傷を癒やそうとするが、反対にハイヌナンへの思いは募るばかりだった。大切な人の命を引き継ぐとは、ハイヌナンを忘れないこと、亡くなった親しい人たちを忘れないこと、そして彼らの生きた戦争の歴史を語り継ぐことであり、それが生き残った自分が命の限り生きていく意味なのだとハルムトは知ったのである。

本作は二〇二二年に香港の第九回紅楼夢賞最優秀賞を受賞した。紅楼夢賞は二年に一度、世界中の中国語で書かれた長篇小説を対象に贈られる名誉ある文学賞である。また台湾においても同年に第九回聯合報文学大賞を受賞し、『鬼殺し』『アミ族の少女（邦査女孩）』に続く三度目の受賞となった。ほかにも文化部の第四十六回金鼎賞、台北国際ブックフェア大賞小説賞第一位、二〇二一年Openbook好書賞などを受賞し、広く注目を集めた作品であり、「第四十四回文化部小中学生推薦図書」（中高生対象）にも選ばれている。

聯合報文学賞で審査委員を務めた王徳威ハーバード大学教授は授賞式の祝辞「真の『物語作者』になる」で、物語作者として『鬼殺し』で確固たる地位を築いた甘耀明が、本作でさらなる飛躍を見せた原因は、彼の卓越した物語りの才能はもとより、本作で『なぜ物語るのか』を理解したからだろうと述べ、甘耀明は本作によってベンヤミンが語る真の「物語作者」になったと賛辞を贈った。「物語作者」とは虚から実に入り、世故をよく知り、その世故と憂いで人生に向き合い、さらに死とも向き合う義の人をいう。王徳威は、本作は濃密な文章で綴られた華麗な物語であるが、「これは憂鬱の書であり、抒情の書であり、我々に沈従文の『辺城』、ジョゼフ・コンラッド『闇の奥』、サミュエル・コールリッジの

『老水夫の歌』など世界文学の伝統を想起させる」と述べている。

仮にストーリーテラーとしての才能がいかんなく発揮された代表作『鬼殺し』が、マジックリアリズムの手法でタイヤル族の血を引く客家《はっか》の少年帕《パ》の青春をダイナミックに描いたものだとすれば、本作は主人公ハルムト自身の体験に留まらず、他者の経験も内に含んだ重層的な描写を通して、ハルムトの心の成長を細やかに描き上げたものだと言える。本作の随所にちりばめられている小さな「物語」は、ハルムトの心を映す鏡のような存在になっている。祖父ガガランが語る神話やガガラン自身の物語からはブヌン族の心が、野球のコーチのサウマの物語からはアミ族の心が、料理屋の雄日《おひ》さんや駐在所の城戸《きど》所長の物語からは日本人の心が、ハルムトの心の中に注ぎ込まれていく。そして随所に挟まれている美しい自然描写——きらめく小川、色とりどりの草花、鮮やかな緑の森、輝く星空、そして山に息づく動物たち、これらもまたブヌンの山にはぐくまれて育ったハルムトの心の風景でもある。

台湾のある書評に、本作を読むときはスピードの誘惑に抗い、いつもより少し読書の速度を落とすのを勧める、そうすれば甘耀明のさらに進化した物語世界を堪能できるだろうとあった。訳者も同感である。多声的で緩急が効いた物語には緩急をつけた読みが合っていると思う。

二、物語の背景

主人公ハルムトが生きた時代背景について、台湾原住民族のブヌン族および三叉山事件を中心に簡単な紹介をしておきたい。

ブヌン族について

まず原住民族という表記に関して、日本では「先住民」という表記が一般的だが、台湾ではこれが「すでに死に絶えた民族」のイメージを持つという理由からあえて原住民族という表記が使われている。また台湾が日本の統治下にあった一八九五年から一九四五年までの五十年間、原住民族に対する呼称として、蕃人《ばんじん》のほか、山地に住む原住民族を高砂族《たかさごぞく》、平地に住む原住民を平埔族《へいほぞく》と呼んでいた。本書でもこれらの呼び名をそのまま使用している。

現在、台湾は漢民族が全人口の約九八%を占め、これには主に一六〇〇年頃中国東南部から移住してきたホーロー（漢字表記は福佬あるいは河洛）人と客家の子孫、および戦後国民党とともに大陸から移住してきた漢民族の人々からなる。言語は台湾語（閩南語あるいはホーロー語ともいう）、客家語、中国語を話す。残り二%を占める原住民族は現在十六族が政府により認定されており、それぞれの言語を持っている。本作の主人公であるハルムトが属するブヌン族は、アミ族、パイワン族、タイヤル族に次いで四番目に人口が多い原住民族で、人口は二〇二一年現在で約六万人（一九三〇～四〇年代の人口は約一万七千人）。かつては中央山脈両側の海抜千～二千メートルにある山間部に居住し、台湾原住民族のなかで最も高い場所に居住する部族だったが、日本統治時期に標高千メートル以下の山麓へと集団移住させられ、それが今日の部落の基礎となっている。ブヌン族の分布範囲は南投・高雄・花蓮・台東などの境に及び、「卓社」・「郡社」・「丹社」・「巒社」・「卡社」の五大族群に分類される。

本作の主人公ハルムトとハイヌナンの家族はブヌン族、野球の指導をしてくれるサウマとその息子のモモちゃんはアミ族である。また、ハイヌナンが恋する少女は客家、ハルムトを優しく見守った駐在所所長、学校の教師、料理屋の店主などは日本人である。

また、日本の「理蕃《りばん》政策」に対する原住民族の抵抗に関しては、一九三〇年にセデック族が起こした霧社事件がよく知られているが、ブヌン族の抵抗としては、本作にも言及される大分《タフン》事件がある。一九一四年、拉庫拉庫《ラクラク》渓の流域に住むブヌン族を統治するために、彼らが狩猟に使用する銃と弾薬を没収したため、翌年一九一五年にラファアレイ兄弟が族人を率いて警察官駐在所を襲撃した事件である。事件後、日本側は古道を封鎖して、「八通関越嶺警備道」を開鑿《かいさく》し、約八十三キロの沿線に計四十六カ所の駐在所を設けたとされる。さらに三一年には里壠《リロン》（現：台東県関山）から六亀《リュウグイ》（現：高雄市六亀）までをつなぐ「関山越嶺警備道」（全長一七五キロ）が完成し、この地域一帯に散在していたブヌン族は完全に日本人の俯瞰に収められた。一九三三年、最後の八十数名のブヌン人が完全投降し、十八年に及んだブヌン族の抵抗運動は終結を迎え、直接監視下に置かれることになる。本作にしばしば登場する「警備道」「監視の丘」はこれらを指している。ほかに本作には亀蔵じいさんの息子が犠牲になった一九三二年の大関山事件や、強制移住に抵抗したハイシュルの家族が逮捕された内本鹿《ナイホンロク》事件（一九四一年三月）などにも触れられている。

ハルムトはこうしたブヌン族の苦難の歴史を背負いながら、日本統治下の多民族多言語の世界で青春時代を過ごしたのである。

著者の甘耀明は、父が客家人、母がホーロー人で、自身のアイデンティティは客家だと語っている。故郷は台湾の北西、新竹と台中の中間に位置する苗栗《ミャオリ》県である。六歳のときに苗栗市に引っ越すが、それまでは両親や祖父母と共に苗栗県獅潭《シータン》郷で過ごしていて、そこはタイヤル族やサイシャット族などの原住民族の部落に近接する、縦谷《じゅうこく》に作られた客家の山村であった。また祖母の実家が漢人と原住民族が雑居する村だったことから、祖母から原住民族の民間説話や神話をよく聞かされて胸を躍らせたという。作家が自身とは異なる民族の物語を書くとき、丹念な資料調査が欠かせないのは言うまでもないが、甘耀明の場合はそれだけでなく、幼い頃のこうした生活体験が民族間の壁を突き抜ける大きな原動力となっているように思われる。

「三叉山事件」について

本作は台湾文壇で初めて「三叉山事件」を扱った作品として発表当初から注目され、この歴史事件は広く台湾社会に知られるようになった。「三叉山事件」の概要は以下の通りである。

第二次世界大戦が終結して間もない一九四五年九月十日、米軍の爆撃機を改装した輸送機が、日本軍の捕虜となっていた米兵十一名、オランダ兵四名、オーストラリア兵五名を乗せて、沖縄からフィリピンのマニラへ向かっていた。これら連合国軍の元捕虜たちはマニラ到着後、船に乗ってそれぞれ帰国することになっていた。しかし、輸送機は台湾上空を飛行中、台湾南東部の台東県に位置する中央山脈の南二段、新康山と三叉山の付近で墜落。乗組員を含め二十五名（二十六名とする説もある）全員が命を落とした。元捕虜を乗せてマニラに向かっていたもう一機の輸送機も、台風のため海に墜落した。

だが悲劇はこれで終わらなかった。山中に輸送機が墜落したとの知らせを受け、日本降伏後も台湾に残っていた日本政府（台湾総督府）の台東庁は最寄りの駐在所に命じて捜索に当たらせた。この救助隊第一陣は、警察官二名、憲兵三名、ブヌン人三名の計八名で構成され、本作に実名で登場する、霧鹿《ブル》地区に十六年間勤務した警部補城戸八十八《きどやそはち》が隊長を務めた。彼らは九月十八日に関山（三六六八メートル）側から入山し、三日後に墜落現場に到着、惨状を報告すると同時に、遺体の回収と当地での埋葬のため、道具や資材を現場まで運搬する救助隊第二陣の派遣を要請した。九月二十七日、地元の漢人や原住民七十名、警官二名、警守二名、憲兵十五名の合計八十九名で第二陣が結成され、九月三十日、第二陣の一部が墜落現場に到着した。だがちょうどその頃、台東に大型の台風が接近し、標高三千メートルを超える高地の気温は急激に下がり始めた。すでに第二陣の一部は途中で引き返していたが、城戸隊長は現場に到着した第二陣にも撤退を命じ、第一陣は残って埋葬作業を続行することになった。しかし第一陣と下山途中の救助隊員二十六名は悪天候の下で一晩のうちに凍死してしまった。犠牲者が最も多かったのは高山に不慣れな原住民族のアミ族十二名で、ほかに日本人の憲兵七名、警察官二名、および平埔族、ブヌン族、プユマ族、客家人、ホーロー人各一名が死亡した。一説では、第一陣の唯一の生還者である憲兵曹長の後山定という日本人が下山後に詳細を報告したとされ、隊長の城戸八十八は勤務地の霧鹿から山一つ隔てた所で、崖を背に胡坐を組み手ぬぐいを口にかみしめて、毅然とした姿で凍死しているのが確認されたという。

その後、ある記録では、墜落事故で亡くなったオランダ兵とオーストラリア兵の遺体は一九四七年(一説には一九四八年)、香港へ移して埋葬。米兵の遺体は一九五〇年にミズーリ州セントルイスにあるジェファーソン・バラックス国立墓地に埋葬したとされる。しかし、台湾側の犠牲者については、一九四五年十月二十四日付『台湾新報』で短く報じられたのみで、この「三叉山事件」についてはほとんど語られることなく月日が流れた。九〇年代終わり頃、林務局職員が嘉明湖《ジャーミンフー》付近で作業中に、湖畔近くの洞穴でアミ族男性と思われる遺体が二体、一人の日本人の遺体の手前に座って白骨化しているのを発見した。この三叉山の東側にある嘉明湖は「天使の涙」と呼ばれる水の透き通る美しい湖で、本作ではブヌン族が「月を映す鏡」と呼んでいるのに倣《なら》い「月鏡湖《げっきょうこ》」とされている。ここはハルムトとハイヌナンが成人の儀式のあと二人で石を並べて「ミホミサン(お元気で、また会おう)」と書いた場所であり、捜索隊が最後に避難し、ハルムト一人が奇跡的に生還した場所でもある。

二〇〇一年に台東県関山鎮の鎮長が中央研究院の研究員にフィールドワークを依頼し、上記のような概要が明らかにされ、碑文「三叉山事件碑記」が設置されたが、現地住民の犠牲者に関しての詳細はまだ不明のままである。この歴史記憶を甘耀明は捜索活動に加わった人々の内面に焦点をあてて描き、終戦直後の複雑な社会情勢のもとで、彼らが守り通した人道的な精神を讃えつつ、全篇を通して戦争の悲惨さを訴える作品に仕上げたのだった。

原書の「あとがき」によれば、甘耀明が「三叉山事件」を知ったのは二〇〇四年に嘉明湖を訪れたときのことで、そのとき頭に浮かんだいくつかのシーンをいつか小説に書いてみたいと思うようになったという。これが、のちに台湾の終戦前後の歴史を背景とした小説を書き始める動機になったことは想像に難くない。二〇二一年に本作が完成するまでの十七年間、少しずつ資料を集めて小説の構想を練り続け、そのあいだに『鬼殺し』や『アミ族の少女〔邦査女孩〕』などの大作を生みながら、ついに本作で一つの到達点を見たと言えるだろう。

さいごに

本書の体裁について説明すると、原注は脚注に、訳注は短いものは本文に〔割注〕で、長いものは原注と同じく脚注に記載し、原注を補足する訳注は、原注のあとに（　）で記入した。本文中の（　）は著者が記した原文の通りである。

ブヌン語のルビに関しては、原文でアルファベット表記のみの箇所はルビを振らずに同様に記した。また著者がアルファベット表記に中国語で発音をつけている箇所は、そのアルファベットの読み方が、中国語や日本語で複数存在するため、訳者の判断でその中の一つを選び、著者がつけた発音とは必ずしも一致しない。ブヌン語の録音が存在するものはできる限り探して聴いてみたが、一度ある単語を複数の人に聴いてもらったところ、それぞれ聞こえ方が違っていて、ブヌン語の発音を正確に中国語や日本語で表記するのは容易ではないことを実感した。なお部落名や地名などは戦前の日本語資料にある読み方を優先させた。例えば部落名の「霧鹿」はウル、ブル、プルの読みが確認されたが、そのうちプルを採用したのはこれによる。

本書の底本について補足すれば、翻訳作業の途中で、著者から原書の増刷の準備が進んでおり、その際に字句訂正をした旨の連絡が入った。そこで訳者が気付いた箇所も著者と相談して若干の修正を加えることになり、翻訳はこれらを反映したものになっている。冒頭にあげた使用テキスト（初版本）とは、ごく微小ではあるが、内容の異なる箇所があることをお断りしておく。

最後に、翻訳にあたり有益なご助言をいただいた日中翻訳者の黄耀進氏、、訳者からの問い合わせにいつも懇切丁寧にお答えくださる著者の甘耀明氏、そして『神秘列車』（二〇一五年）以来お世話になっている編集者の杉本貴美代さんに、あらためて心より感謝したい。

また、本書の刊行に際しては台湾文化部の翻訳出版助成（Books from Taiwan）を受けている。合わせて謝意を表したい。

白水紀子

二〇二三年六月

訳者略歴

一九五三年、福岡県生まれ。東京大学大学院人文科学研究科中国文学専攻修了。専門は中国近現代文学、台湾現代文学、ジェンダー研究。横浜国立大学教授を経て、横浜国立大学名誉教授、放送大学客員教授。北京日本学研究センター主任教授、台湾大学客員教授を歴任。

著書『中国女性の20世紀――近現代家父長制研究』（明石書店）ほか。台湾文学の訳書に、甘耀明『神秘列車』『鬼殺し 上・下』『冬将軍が来た夏』（以上、白水社）、陳玉慧『女神の島』（人文書院）、陳雪『橋の上の子ども』（現代企画室）、『台湾セクシュアル・マイノリティ文学［2］ 紀大偉作品集「膜」』、『台湾文学ブックカフェ1 女性作家集 蝶のしるし』（以上、作品社）、編訳に、『台湾セクシュアル・マイノリティ文学［3］ 小説集――新郎新「夫」』（作品社）、『我的日本 台湾作家が旅した日本』（白水社）などがある。

〈エクス・リブリス〉

真《しん》の人間になる 下

二〇二三年 七 月二五日 印刷
二〇二三年 八 月一五日 発行

著者 甘 耀 明
訳者 © 白《しろ》 水《うず》 紀《のり》 子《こ》
発行者 岩 堀 雅 己
印刷所 株式会社 三 陽 社
発行所 株式会社 白 水 社

東京都千代田区神田小川町三の二四
電話 営業部〇三（三二九一）七八一一
編集部〇三（三二九一）七八二一
振替 〇〇一九〇-五-三三二二八
郵便番号 一〇一-〇〇五二
www.hakusuisha.co.jp

乱丁・落丁本は、送料小社負担にてお取り替えいたします。

誠製本株式会社

ISBN978-4-560-09087-9

Printed in Japan